「四腕シクルゼ流、四眼ルリゼゼが参る！」

シュウヤ・カガリ
女好きの冒険者にして無双の槍使い。
師匠アキレスの技を継ぎ、
さらに磨きをかけるべく精進の日々。
ヴィーネ
シュウヤの
筆頭従者長で、
美しきダークエルフ。
ロロ（ロロディーヌ）
変幻自在の黒猫型神獣。
シュウヤの無二の相棒。
BLACK CAT

ルリゼゼ
魔界騎士の異名を取る、四腕・四眼の魔剣士。
STRANGER &

「あぅ！　何回も揉まないの！」

槍使いと、黒猫。
STRANGER & BLACK CAT

16

author
健康
illustration
市丸きすけ

口絵・本文イラスト　市丸きすけ

第百八十六章「あいす」……………………………………7

第百八十七章「バニラ×訓練×二十階層」…………33

第百八十八章「只の魔石収集の筈《はず》が……」………78

第百八十九章「ママニが吠える」……………………96

第百九十章「呂布再臨」……………………………109

第百九十一章「It's payback time!」…………………148

第百九十二章「ぼあぼあ騎士の初恋?」……………164

第百九十三章「邪界の牛ステーキ」…………………178

第百九十四章「白《しろ》菫《すみれ》色《いろ》の水晶玉」……………………189

第百九十五章「デイダンの怪物」……………………215

第百九十六章「いつものことだ」……………………226

第百九十七章「ラグニ族の集落」……………………244

第百九十八章「ペルネーテに棲む怪物たち・前編」………267

第百九十九章「ペルネーテに棲む怪物たち・後編」………281

第二百章「暗《あん》刀《とう》血《けっ》殺《さつ》師《し》ユイ」……………………297

第二百一章「邪界導師との激闘」……………………316

第二百二章「四眼ルリゼゼ」…………………………353

第二百三章「ルリゼゼと決着」………………………384

あとがき……………………………………………394

迷宮都市ペルネーテ

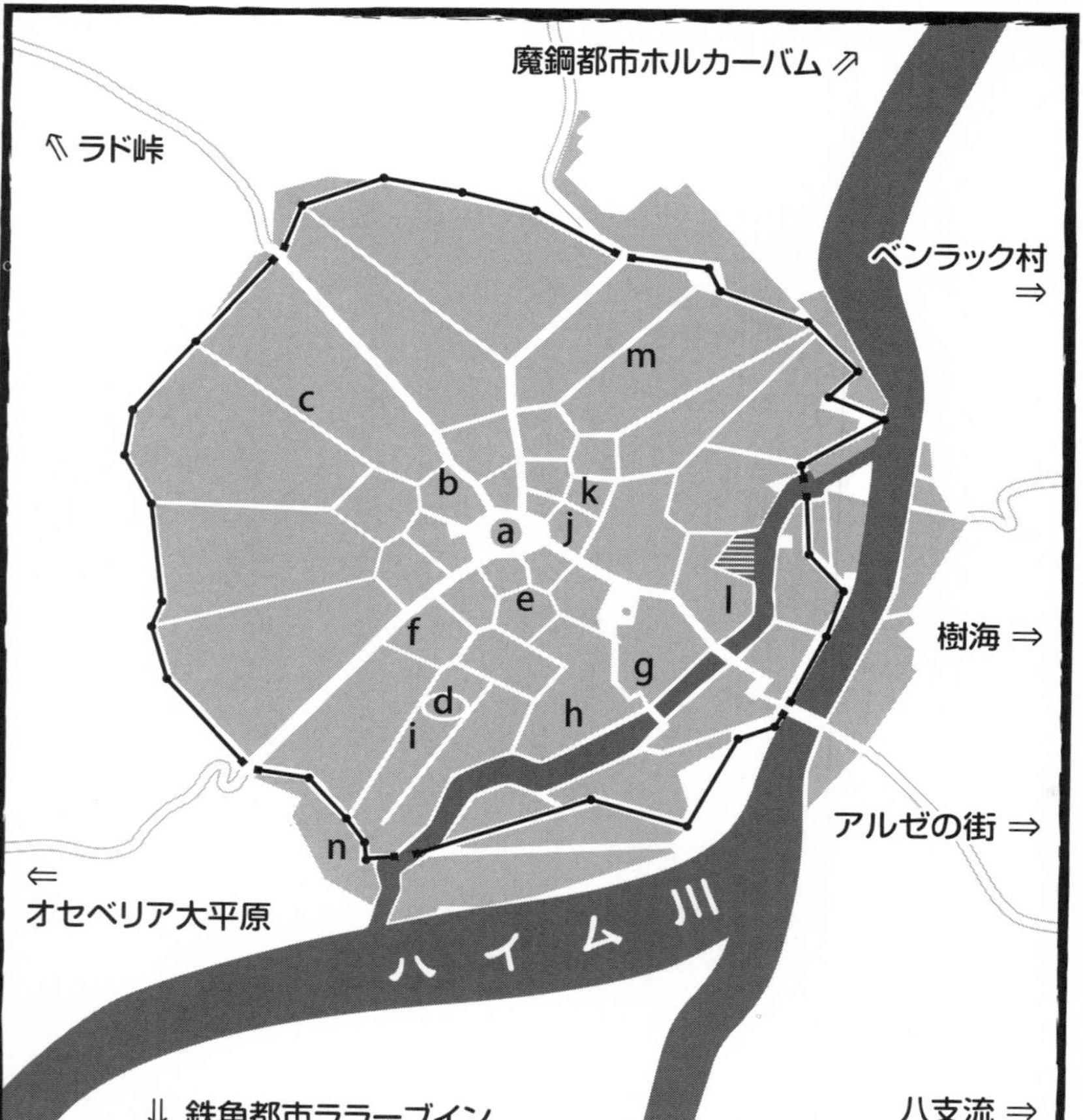

a：第一の円卓通りの迷宮出入り口
b：迷宮の宿り月（宿屋）
c：魔法街
d：闘技場
e：宗教街
f：武術街
g：カザネの占い館
h：歓楽街
i：解放市場街
j：役所
k：白の九大騎士の詰め所
l：倉庫街
m：貴族街
n：墓地

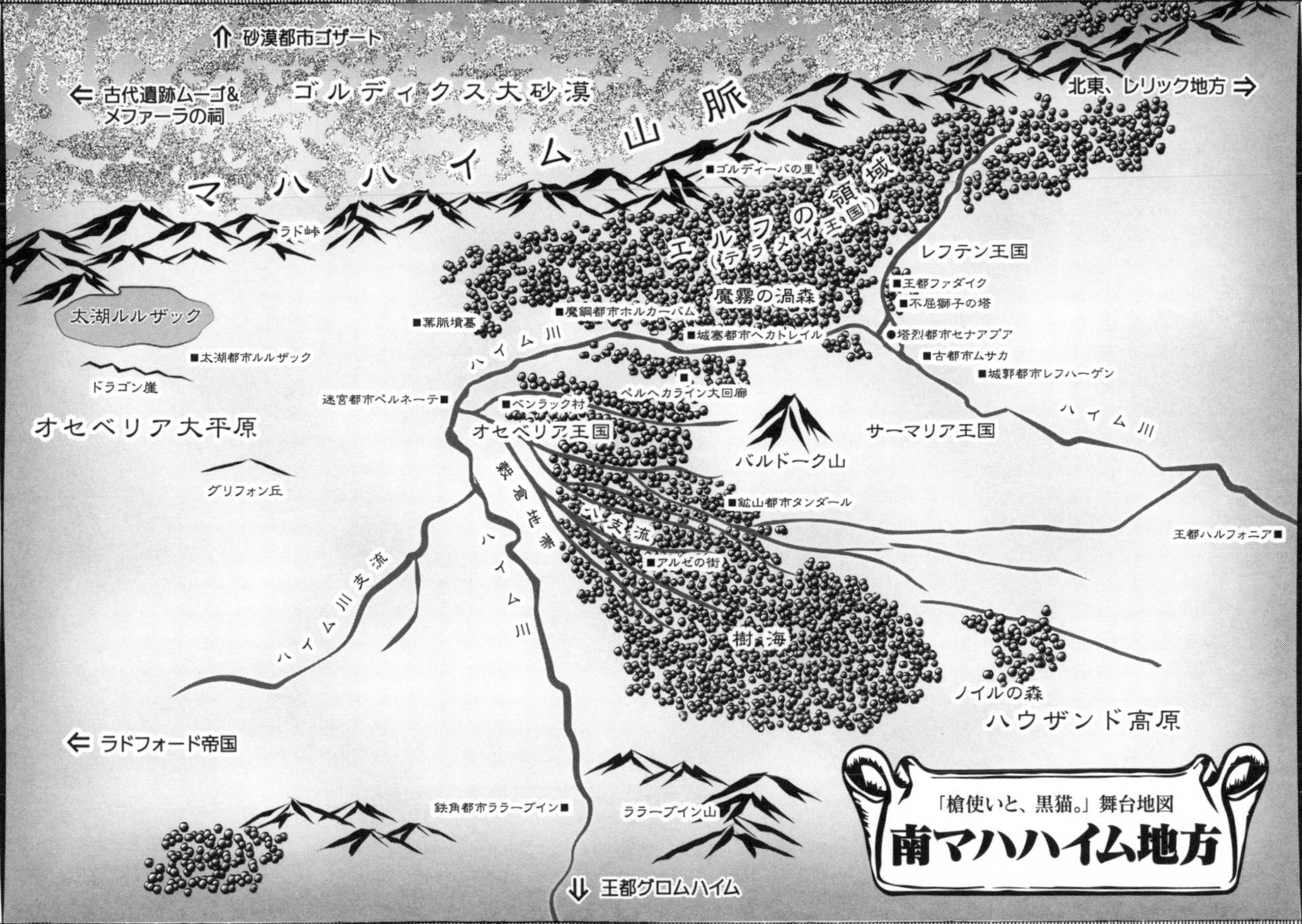

「槍使いと、黒猫。」舞台地図
南マハハイム地方
⇑ 砂漠都市ゴザート
⇐ 古代遺跡ムーゴ&
メファーラの祠
ゴルディクス大砂漠
北東、レリック地方 ⇒
マハハイム山脈
■ゴルディーバの里
ラド峠
エルフの領域
(テラメイ王国)
魔霧の渦森
レフテン王国
■王都ファダイク
■不屈獅子の塔
●塔烈都市セナアプア
■古都市ムサカ
■城郭都市レフハーゲン
太湖ルルザック
■太湖都市ルルザック
ドラゴン崖
■茉脈墳墓
■魔鋼都市ホルカーバム
■城塞都市ヘカトレイル
ハイム川
ペルヘカライン大回廊
迷宮都市ペルネーテ■
■ペンラック村
オセベリア大平原
オセベリア王国
バルドーク山
サーマリア王国
ハイム川
グリフォン丘
穀倉地帯
■鉱山都市タンダール
八支流
■アルゼの街
王都ハルフォニア■
ハイム川支流
ハイム川
樹海
ノイルの森
ハウザンド高原
⇐ ラドフォード帝国
鉄角都市ララーブイン■
ララーブイン山
⇓ 王都グロムハイム

第百八十六章「あいす」

ここはペルネーテ迷宮《めいきゅう》都市の第二の円卓《えんたく》通り。

この大通りには八百屋、花屋、鍛冶屋《かじや》、魔道具《まどうぐ》店、葬儀屋《そうぎや》、布屋などの商店が並ぶ。

それらの商店の中で一際《ひときわ》目に付くのは『魔獣《まじゅう》肉専門店の肉屋チャロガ』だろう。シュウヤとロロディーヌがこの店を知れば驚《おどろ》くはずだ。その『魔獣肉専門店の肉屋チャロガ』の店主は太鼓《たいこ》腹《ばら》で短足のドワーフ、名はハク・チャロガ。蓄《たくわ》えた口髭《くちひげ》と顎髭《あごひげ》は顎《あご》から上半身と下半身の毛が片側しか生えていない。そのチャロガ家は十代の歳《とし》になると、どうしたことか顎から下の毛の半分側が生えにくくなるのだ。そんな半分の顎髭が特徴的《とくちょうてき》な店主チャロガはゴーメイランという名のモンスターの肉の調理を得意としている。

そのゴーメイランは猪《いのしし》系の魔獣モンスターでペルネーテの地下を彷徨《さまよ》うように湧《わ》いている。その地下と言っても水晶《すいしょう》の塊《かたまり》から転移が可能な邪界《じゃかい》ヘルローネと惑星《わくせい》セラが融合《ゆうごう》した迷宮世界ではない。惑星セラのペルネーテの地下に湧くモンスターだ。その魔獣ゴーメイランの肉は体力魔力《まりょく》精神力を癒《い》やす効果があり栄養価が高く非常に硬《かた》い肉としてペルネーテ美食会では有名だ。その栄養価が高く硬い肉の調理方法で調理人の腕《うで》が知れることは有名だった。料理の腕前《うでまえ》を測る一つの指標でもある。そんなゴーメイランの肉の調理を得意としているハク・チャロガは、祖先のチャロガ氏族から伝わる秘伝の調理法を幾《いく》つも持つ一流の調理人でもあった。ペルネーテ美食会が主催《しゆさい》するペルネーテ美食競技大会の〝愛と美色と金色の牛角〟では審査員《しんさいん》長を務めることが多い。その料理人が作る調理品目当てに、『魔獣肉専門店の肉屋チャロガ』の店の前では長蛇《ちようだ》の列を作る時がある。そういった客以外にも様々な人々と馬車が行き交《いか》うのが大通りだ。今も租税《そぜい》要件の資料を積《つ》んだ貴族用の馬車、ドワーフが騎乗《きじよう》した魔獣の大商隊、御者《ぎよしや》が猫獣人《アンムル》の馬車、眉毛《まゆげ》が繋《つな》がる短足で日本の警察官的な格好の冒険者《ぼうけんしや》、虎獣人《ラゼール》の商人、金色の髪《かみ》で白絹ワンピースが似合う人族、牛種族の冒険者、馬の頭部と似た顔を持つ人族の商人、蛙《かえる》系種族と人族のハーフの冒険者が通っていた。

そして、そんな円卓通りで男女問わず視線を集める集団がいた。

それは絶世の美女たちと男性だ。その美女たちを連れた男性は真新しい鋼の鋲《びよう》と芥子色《からしいろ》が冴《さ》える革鎧服《かわよろいふく》を着ている。邪神《じやしん》シテアトップと使徒パクスとの衝突《しようとつ》で切《き》り裂《さ》かれた魔竜《まりゆう》王《おう》装備ではない。その革鎧服はメイド長と副メイドたちが用意した特別な装備一式だ。その革鎧服を着る男性の髪と瞳《ひとみ》は夜色。肩《かた》には可愛《かわい》らしい黒猫《くろねこ》を乗せていた。革鎧服を着た男性は飄々《ひょうひょう》と歩く、自然体。一見は普通《ふつう》の人族の男性だ。

しかし、一流の武芸者が彼《かれ》の歩き方を見たら……何かしらの〈闘法〉を極《きわ》めていると察知するだろう。その黒髪《くろかみ》の男性は〈魔闘《まとう》術〉や〈導魔術《どうまじゅつ》〉を体から発していないにもかかわらずだ。それほどまで洗練された歩法で歩いている黒髪の男性だったが通りを行き交う男たちの殆《ほとん》どは武芸の歩法なぞ気にしない。『あの男が、美女たちの彼氏《かれし》なのか？』と考える男ばかりだ。時々チッと舌打ちした音が響《ひび》く。しかし、それも仕方がない。一人一人が美麗《びれい》な女性なのだから。

嫉妬《しっと》と好奇《こうき》の視線の他にも、夜の瞳の男に対して黄色い野太い声も響いていた。

夜の瞳を持つ男は、そんな野郎《やろう》の声を聞く度身《たびみ》震《ぶる》いを起こしていたが、聞こえないふりをした。そんなびびりな一面もある夜の瞳を持つ男は、武芸者としての質以外にも、それなりに注目を受ける理由がある。それは第一に光魔ルシヴァルの宗主《そうしゅ》としての〈真祖の力〉だ。その〈真祖の力〉は〈大真祖の宗系譜《そうけいふ》者〉という名の恒久《こうきゅう》スキルの中に〈魅了《みりょう》の魔《ま》眼《がん》〉と共に内包されている。その〈真祖の力〉と〈魅了の魔眼〉は夜の瞳を持つ男の中でしっかりと活《い》きていた。〈魅了の魔眼〉は怪夜魔族《かいよまぞく》、吸血鬼系《ヴァンパイア》が持つ能力の一つ。その〈魅了の魔眼〉の夜の瞳を、他者が見てしまうと精神耐性《たいせい》が低い者は魅了されるだろう。そういった特殊《とくしゅ》能力を備えた夜の瞳を持つ男の名はシュウヤ・カガリ。槍《やり》使いだ。

シュウヤの肩で休む黒猫の名はロロディーヌ。愛称《あいしよう》はロロ。

ある業界、界隈《かいわい》では【槍使いと黒猫】と呼ばれ畏怖《いふ》された存在だ。

称号《しようごう》に〈混沌《こんとん》ノ邪王〉を持ち、恒久スキルに光魔ルシヴァルの宗主としての証明でもある〈大真祖の宗系譜者〉と〈光闇の奔流《ほんりゆう》〉を有し、エクストラスキルには〈ルシヴァルの紋章樹《もんしようき》〉も有している。そんな光魔ルシヴァルの宗主であるシュウヤの傍《そば》を取り合いつつ黒猫ロロディーヌを触《さわ》りながら笑い楽しく歩く美女集団も、また普通ではない。

一人一人が才女、女傑《じよけつ》、烈女《れつじよ》でありながら嬋娟《せんけん》を極めたシュウヤの〈筆頭従者長《選ばれし眷属》〉たちだ。シュウヤは、その主ある花の〈筆頭従者長《選ばれし眷属》〉を眺《なが》めて満足そうに微笑《ほほえ》んでいた。更《さら》に、シュウヤの微笑みは通りを行き交う女性たちも魅了してしまう。シュウヤは夜の瞳だけでない整った顔を持つからだろう。しかし、当の本人は気付いていない。そんな惚《ぼ》けた一面を持つシュウヤを見てニコッと微笑むプラチナブロンドの髪を持つ〈筆頭従者長《選ばれし眷属》〉の女性が前に出た。名はレベッカ。隣《となり》に魔《ま》導車椅子《どうくるまいす》に乗る黒髪のエヴァもいる。そのエヴァはプラチナブロンドの髪を羨《うらや》ましそうに眺めながら、

「ん、レベッカ嬉《うれ》しそう」

「うん。シュウヤと買い物だもん、そう言うエヴァも楽しそうよ？」

レベッカは親友と家族でもあるエヴァを見て『紫《むらさき》の瞳と天使の笑顔《えがお》はいつも癒やされる

のよねぇ』と考えていた。そのレベッカにとってエヴァとの買い物の時間は一際楽しい時間だ。が、今日は少し異なる。そう、光魔ルシヴァルの宗主のシュウヤとの買い物の時間でもあるからだ。エヴァもレベッカの笑顔を見ては自分のことのように喜びつつ、

「ん、当然。皆《みな》で買い物、楽しい」

と語る。そのエヴァの格好はツイードのような素材の上質ワンピースを着ている。つい先日シュウヤからお土産《みやげ》にもらったネックレスを装着した襟元《えりもと》はカッティングされており、腰《こし》もローウェストで引《ひ》き締《し》まって見えるワンピースだ。迷宮の金箱から入手した真珠《しんじゅ》のネックレスと迷った末のエヴァの装備だ。そんなエヴァが着るワンピースの生地《きじ》は魔導車椅子に乗りながらでも皺《しわ》が寄っていない。特別な生地のワンピースと推察できた。

「でしょ？　通りには様々な店がある。あ、エヴァ！　そのブーツは、もしかして」

「ん、そう、新しいブーツ。忙《いそが》しいミスティにお願いして一緒《いっしょ》に作った」

エヴァはブーツを見せる。乗馬用のようなトラッドブーツ的なブーツだ。ミスティが、

「マスターが独立地下火山都市デビルズマウンテンから持ち帰った鳳凰《ほうおう》角の粉末を用いて作ったの、エヴァの魔導車椅子に対応した革《かわ》と金属を融合させた靴《くつ》。防具的な靴は専門外だから防御力《ぼうぎょりょく》は期待できないと思うけど、お洒落《しゃれ》になるよう努力した」

と、説明するが、内実は異なる。そのエヴァの新しいブーツにはバックファスナーが付

く。横には細かな鋲と金属の溝《みぞ》がキルティング生地のように編《あ》み込《こ》まれてあった。幾重《いくえ》にも分解された魔導車椅子の部品がミスティの〈金属融解《ゆうかい》・解〉と〈超《ちょう》・魔金細工〉のダブルスキル融合能力で鳳凰角の粉末と見事に融合を果たしていた。その融合した魔法《まほう》金属とエヴァの魔印が宿る骨の足が一体化した未知の金属を活かしたブーツで攻撃力《こうげきりょく》と防御力も高い。

「お洒落装備。魔導人形《ウォーガノフ》に使う大切な粉末を使って大丈夫《だいじょうぶ》なの？」

美しい夜色の髪と白磁のような白肌《しらはだ》を持つユイの言葉だ。

ユイは飴《あめ》の棒を小さい舌で舐《な》めていた。ミスティは、

「大丈夫。マスターが持ってきた量は並ではないから。その量ったら、最初見た時は驚いて袋《ふくろ》を落としてしまいそうだったのだから……」

「独立地下火山都市デビルズマウンテンのお土産かぁ」

ヴィーネが、

「土産ですが、ご主人様と精霊《せいれい》様ががんばった報酬《ほうしゅう》でもあります」

「うん。ハフマリダ教団のアム・アリザさんからもらった報酬。でも、靴は羨ましい。金属のことは分からないけど、ミスティはお洒落な靴を作る才能もあると思う。わたしもサンダルを作って欲《ほ》しいな」

「褒《ほ》めても駄目《だめ》。レベッカは沢山《たくさん》持っているでしょう～」

ミスティは先生慣れをしているのか、どことなく生徒に対する口ぶりとなっていた。

「そうだけど～」

「ふふ、買い物達人のレベッカ、目当ての店は、この先でしょう、案内を頼《たの》むわよ」

そう語るユイ。格好は鎖帷子《くさりかたびら》と防護服が合わさる軽戦士スタイル。イレギュラーな黒カーディガンを羽織っている。そして、魔刀アゼロスが納まる鞘《さや》をカーディガン越《ご》しの右肩《みぎかた》に預けつつシュウヤに買ってもらった飴の棒を美味《おい》しそうに舐め続けていた。が、時折、殺気を感じたユイは鋭《するど》い視線を通りの端《はし》に向ける。そして、魔刀アゼロスが納まる鞘をその方角に向けた。

刹那《せつな》、殺気は消える。ユイが警戒《けいかい》を怠《おこた》らないのは闇ギルドの仕事の癖《くせ》だろう。

そのユイを見たレベッカは「了解《りょうかい》～」と、また楽し気に発言。

そのレベッカの声はエルフの歌手の如《ごと》く甲高《かんだか》い。過去、皆に『歌手ができるのでは？』と指摘《してき》を受けているが本人は『わたしは、究極の魔法絵師を目指しているんだから、蒼炎《そうえん》を使いつつだけど……』と自信を感じさせない口調で語っていた。そのレベッカはスキップをしつつ先頭を歩く。パニエ付きツイードスカートから生足が見えた。シュウヤの視線は、その生足へと注がれる。レベッカは、そのシュウヤの視線に気付くや、怒《おこ》ったような表情をキッと浮《う》かべつつスカートの端を手で押《お》さえた。が、満更《まんざら》でもなかったのか、わざとスカートから手を離《はな》して先を進む。この態度でも分かる通り、〈筆頭従者長《選ばれし眷属》〉は皆、総じて機嫌《きげん》が良かった。するとヴィーネが、

「ご主人様。アイテムボックスを持っていると買い物も楽ですね」

「あ、おう」

と、振《ふ》り向《む》いたシュウヤはヴィーネを見る。笑顔と美しい銀色の髪に魅了された。元々美しいダークエルフの銀髪《ぎんぱつ》に〈従者開発〉の効果が加わったヴィーネの銀髪は光沢《こうたく》と陰影《いんえい》が増して魅力度《みりょくど》が高まっている。そのヴィーネはシュウヤに買ってもらったショルダーネックレスを肩に掛《か》けつつインナーに魔力を内包した銀色のワンピースを着ている。背中には、胸ベルトと紐《ひも》で繋がる翡翠《ひすい》の蛇弓《バジュラ》を装着中。腰ベルトには道具袋と剣帯《けんたい》が繋がれており、その剣帯に納まる蛇剣《じゃけん》が歩く度に揺《ゆ》れていた。それらの装備を着けたスラリとした長い足は周囲の男たちを魅了する。膝《ひざ》を隠《かく》す紅色のロングブーツが青い太股《ふともも》を余計アピールしているように見えた。そして、周囲の男の視線が気に食わないシュウヤ。が、顔には出さず、銀色の瞳のヴィーネをジッと見ては、

「手提《てさ》げ袋を持っていたほうが買い物した気分になる。お、そろそろか」

そう語りながら前方を見た。すると、ミスティが細い腕を店先に伸《の》ばす。

「うん。桃色《ももいろ》の屋根と細形の店。生徒たちが噂《うわさ》していた店でもある。その店ではオセベリア王国の東部に生息するレーメの乳を活かしたお菓子《かし》が売られているらしいの」

そう語るミスティは先鋭的《せんえいてき》な衣装《いしょう》。薄手《うすで》のタートルネックのシルク服。煌《きら》びやかな光沢だ。斜《なな》め上《うえ》に腕を伸ばす仕草は元貴族を思わせる。スタイルの良い背中と細い腰が余計に目立つ。その女性としての洗練された肉体は美しい。すると、レベッカが、

「へぇー。学生たちの流行もチェックしているなんて、ミスティはさすがの講師ね！　そして、目的の卵料理店とは違《ちが》うけど、今日あそこの店に行ってみる？」

と、ミスティの指差した店の様子を見ながら語る。

「ん、うん。乳のお菓子？　新しいの食べてみたい」

「ルンガの乳製品とはまた違うのかしらね」

「桃色の屋根か。少し気になる……行ってみようか」

シュウヤは黒い瞳を輝《かがや》かせている。内心『桃色だと？』、『アーカムネリスの姫様《ひめさま》は元気かなぁ』、『あ、桃色髪《ももいろかみ》を持つ美人店主ではないだろうか』と考えている顔付きである。

「行くのね。生徒たちの視線が気になるけど」

「別にいいじゃない。そういえば、この間、女の生徒に告白されたとか言ってたけど、あれからどうなったのよ」

ミスティは少し頬《ほお》をひくつかせ、

「……表面は普通に接しているけど、少し、気まずいわ」

「その子は美人なのか？」

「ええ、それなりに」

ミスティのその言葉を聞くと、シュウヤは黒色の眉《まゆ》をピクリと動かし、夜の瞳を輝かせながら何かを想像している顔付きを作った。

「シュウヤ、何か変なことを想像していないでしょうね？」

同じく夜の瞳を持つユイが、その瞳を細めながら指摘していた。

「変なことは考えていない。ミスティが普通でよかったと安心していたところ」

「もう、笑いごとではないのよ。わたしは結構悩《なや》んでいるんだから……」

ミスティは同性愛に理解は示していたつもりだ。しかし、まさか自分が、その当事者になるとは思いもしなかっただろう。ミスティは講師の立場、先生の立場で、生徒の思いを真剣《しんけん》に考えていた。

「済まん。が、ミスティなりに努力をすれば、それなりの誠意は生徒には通じるんではないかな」

「うん。誠意か。分かった。ありがとね」

「うん。先生として立派だと思う。尊敬する。だから自信を持ちなさい」

レベッカは腰に手を当て、どこぞの師匠《ししょう》のように語っていた。

それを聞いたミスティは目を瞬《またた》かせて、

「尊敬……嬉しい。レベッカにも今度、靴を作ってあげる」

「やった！　ということで、あの店にいくわよー」

「ん、楽しみ」

レベッカの掛け声《ごえ》と共に、シュウヤと〈筆頭従者長《選ばれし眷属》〉たちは桃色の屋根の店に向かった。

光魔ルシヴァルらしい身体能力を活かした素早《すばや》い移動。第二の円卓通りを歩く人々からは一瞬《いっしゅん》で、美女たちが消えたように見えていた。

そうして、店の前に到着《とうちゃく》した光魔ルシヴァルの一行。

「ここかぁ、看板の字、タナカ菓子店《かしてん》か」

「ん、皆、美味しそうに食べている」

エヴァが指摘するように一般客《いっぱんきゃく》は器《うつわ》に載《の》る白いアイスのようなものをスプーンで食べている。

急に現れた美女集団に対しては男たちが羨む視線を送るだけ。別段に驚いた様子は見せていない。白い乳製品のアイスと似た食材は余程《よほど》に美味しいようだ。

「……タナカか、まさかな」

シュウヤは何かを知っている顔付きでつぶやいた。その愛《いと》しい宗主の様子を秘書的に観察していたヴィーネは何やら感づいた顔色を示すと、

「ご主人様、お知り合いですか？」

「いや、会ったことはないが……入ってみよう」

タナカ菓子店に入った。メイド風の店員たちが笑顔で出迎《でむか》える。

「いらっしゃいませー」

「いらっしゃい～」

レベッカがプラチナブロンドの髪を靡《なび》かせながら店内を見渡《みわた》し、

「わぁ……」

「おしゃれなお店～お客さんも多い」

「ん、他の店とは違う」

エヴァが指摘したように、少し異なる内装だ。古代ギリシャをモチーフとしながらも、現代的なこげ茶色の家具が並ぶ。白色と僅《わず》かな黒色で店内は統一されている。

シュウヤは『ここは現代的なカフェ＆アイスクリーム店だな』と考えていた。

左側にはカウンター。硝子《がらす》容器にアイスが陳列されている。冷える機構を備えた容器の

中には琥珀色《こはくいろ》の大人アイスと乳白色の普通アイスが売られていた。

シュウヤは、琥珀色のアイスを凝視《ぎょうし》。夜色の瞳を輝かせていた。そして、

『ブランデーを使ったアイスなのか？　この世界には当然ワインがある。葡萄《ぶどう》を活かした香り高い蒸留酒が作られているんだろう。昔、アキレス師匠と、ラグレンとラビさんたちと一緒に飲んだ酒もそうだ。エルフから手に入れたと壺《つぼ》を酒作りに用いていた。この南マハハイム地方にも、魔法の壺と似たような特別な蒸留法などを用いて酒を作るドワーフ、エルフ、人族はいるはずだ。酒の製造を秘匿《ひとく》して利益を得ているかも知れない。そうならば、この店主は酒を仕入れているか？　独自に酒作りを行っている可能性もある』そう思考を重ねるシュウヤは、このタナカ菓子店の店主を転生者、転移者と推測していた。一方で博士気質《かたぎ》なミスティは、硝子の中に設置されていた魔道具に注目していた。杖《つえ》の先端《せんたん》に嵌《は》まるような青色の魔宝石が金属の枠《わく》に嵌められて、それぞれ意味がある魔力を放っている。「……ん、琥珀色の大人あいす？」エヴァは見たことのない菓子を見て、不思議に思い呟《つぶや》く。

「たぶん、酒を使ったアイスか、キャラメル系と思う」

「聞いたことないお菓子ね。皆、食べるんでしょ？」

「うん、普通の」

「ん、食べる！」

「はい、普通のあいすを食べてみたいです」

「店員さん、あいすを下さい～」

「ん、わたしも」

「はい、あいすを一つ売ってください」

ユイ、エヴァ、ヴィーネは普通のアイスを注文。ミスティも、

「当然ね、店内とこの魔道具を少しスケッチするから、わたしの分も買っておいて、欲しいのは綺麗《きれい》な大人のアイス」

「了解。わたしも、お・と・な・だから、大人のあいす～。で、シュウヤは？」

ミスティのお姉さん的な台詞《せりふ》に反応したレベッカがふざけた調子で聞いていたが、その聞かれたシュウヤは、店主の姿を探していた。『店員は皆、美しい女性メイドさんか、店主らしき人物は見当たらないが……』

「シュウヤ？」

「あ、あぁ、俺《おれ》とロロは、普通のアイスでいい」

「にゃおん」

黒猫《ロロ》は肉球を見せるように片足を上げる。小柄《こがら》なレベッカに『買ってにゃ』とアピール

をしていた。

「ロロちゃん！　その足を触って、にぎにぎしちゃいたい！　けど、我慢《がまん》。並ばないといけないし、今はあいすを注文してくる」

レベッカはさっと踵《きびす》を返す。並んでいる列の最後尾《さいこうび》についた。

順番を待っていると、

「あ、ミスティ先生……」

「ジュノ、ここの店に来ていたのね」

少し微妙《びみょう》な間が空いた。そこでシュウヤが少し気付いた顔をする。

もしや、この子が例の女生徒ではないかと。

「あー先生だー」

「こんにちはー」

ミアとエルの生徒たちもミスティに話しかけてきた。既《すで》に解散済みであるが、一時的にミスティと冒険者パーティを組んでいた優秀《ゆうしゅう》な生徒たちだ。

「先生もこの店に来るとは、私たちの話を聞いていました？」

「え、そ、そうね」

ミスティは少し恥《は》ずかしいのか、質問を受けた生徒のエルから視線を逸《そ》らし、シュウヤの顔を見てしまった。

「あ、もしかしてー」

「え？　か、彼氏ですか？」

ミアが笑《え》みを浮かべながら話し、ジュノがショックを受けて、切なそうな表情を浮かべてミスティ先生へと聞いていた。ミスティは取り乱さずシュウヤに向けて「そうよ。大事な人――」と発言。シュウヤに細身の手を伸ばして生徒たちに紹介《しょうかい》した。

「ええ！　あ、あれ、どこかで」

「嘘《うそ》、嘘～、あ、本当。たしか……」

ミアとエルはシュウヤの表情を見ながら初心の酒場でシュウヤと出会った頃《ころ》を思い出そうとしていた。一方、細身のジュノは「そ、そんなぁ……」と発言して肩を落としている。

そんな女子たちを見たシュウヤは、

『俺の知るミアとは別人か。エルに劣《おと》らない綺麗な顔を持つ女の子。ジュノって女子生徒が、ミスティに告白した子なのかな』と推測した。

そのシュウヤは、

「どうも。シュウヤ・カガリと言います。ミスティがお世話になっているとか」

「あ、思い出した。凄腕冒険者《すごうでぼうけんしゃ》の方ですね」

「そうそう。前に一度酒場でお会いした。槍を使う方。あの時、ミスティ先生は残念そうな表情を浮かべていましたが、ちゃっかり、捕《と》らえていたんですね」

エルは秀才《しゅうさい》らしく理路整然とハキハキと喋《しゃべ》っていた。

「もう、エル。わたしは先生なんだから、からかったら駄目よ?」

ミスティは恥ずかしそうに頬をポリポリと指で掻《か》く。が、まんざらでもない顔である。

「――彼氏のシュウヤさん。先生が武術指導員として、魔法学院ロンベルジュに呼びたいとか聞いた事があります。だから指導しに来てくれるんですか?」

ミアは、彼氏と聞いて興奮しているのか、シュウヤに近寄りながら聞いていた。

「指導ですか……分からないですね。ミスティと相談して決めると思います」

シュウヤは会話のバトンを無難に先生のミスティへと渡《わた》す。

そのミスティは課外授業を行うように「アイスは並んで買うように」と先生らしく尤《もっと》もな言葉で会話を締めていた。シュウヤはジュノの様子を見ていたが、ミアとエルがジュノの肩に手をかけて優《やさ》しく語りかけていたから大丈夫だと判断。すると、レベッカがアイスを買う順番となる。レベッカが、

「定員さん、あいすを頼みます」

と店員に人数分のアイスを注文。店員は自然な笑顔で頷《うなず》き、

「はい、少々お待ちください、銀貨六枚になります」

店員は慣れた手つきでアイスを小道具で掬《すく》うと、アイスを人数分の皿に載せる。

シュウヤは店員の美貌《びぼう》にも注目していたが、仕事ぶりにも関心を示していた。アイスの値段的にも『ここの給料は高いに違いない』と、接客の対応が『高級喫茶《きっさ》の椿屋《つばきや》』さんに近いと。

「どうぞ～」

「ありがと、お金はここに」

「はい。ありがとうございました」

レベッカは店員から盆《ぼん》を受け取ると、そのアイスが載った盆を皆に向けて、

「さぁ、とってとって」

「了解」

「楽しみ」

すると、シュウヤの肩にいた黒猫のロロディーヌがアイスへと前足を伸ばす。

「あっロロ、まだだ。手を伸ばすな」

「ンン、にゃ」

黒猫ロロディーヌは耳を寝かせて前足を引っ込めていた。

皆、それぞれアイスが載った皿を手に取ったところでヴィーネが、

「ここでは邪魔《じゃま》になります。外に出ましょう」

「そうね」

「うん。外へ出ようー」

店の外へ出た一行は、それぞれにアイスを口に含《ふく》んで、

「――美味《うま》いっ」

レベッカの甲高い第一声。金色の細い眉尻《まゆじり》を下げて幸せの文字を演出している。

「ん、冷たいっ、でも、これがあいすっ」

「にゃ、にゃおん～」

黒猫ロロディーヌもアイスをペロペロと舐めて食べていたが、自然と黒豹《くろひょう》へ変身を遂げるとアイスを頬張《ほおば》り、一気にアイスを食べてしまった。その口元が白くなったロロディーヌは「にゃぉぉぉぉ～」とカワイイ顔を上向かせて吠《ほ》えていた。

「ロロちゃんも美味しいって叫《さけ》ぶのは分かる！　ほんのりとお酒の味がして美味い……研究時のお供にこれが欲しいかも」

「うん。冷たくて、最初は少しざらついているけど、透《す》き通《とお》るようにざらつきも無くなる。甘《あま》くて美味しい。魔刀の訓練後とか、シャワーの後、テラスに座《すわ》りながら食べるのもいい

わね」

「……」

美しい眷属たちは各々《おのおの》に感想を述べる。ただ一人ヴィーネだけは、黙々《もくもく》とアイスを食べていた。アイスだけに涼《すず》しい表情だが、その内心は動揺《どうよう》を示していた。

『冷たく美味しい、あいす。知らぬぞ、なんという美味なのだ。魔神帝国《まじんていこく》とて、この味を知れば戦争が収まるかもしれぬ。マグルの世は恐《おそ》ろしい……』と考えていた。

シュウヤも、一口、二口と、口の中へアイスを運ぶ。

「……おぉ、懐《なつ》かしい。正に、アイスだ」

彼は故郷でよく食べていたミルクが濃厚《のうこう》なバニラアイスの味を思い出す。そして、なぜか日本の富士山の映像に打ち寄せる波しぶきが思《おも》い浮かんでいた。富士の山を白く彩《いろど》るような味。静岡の海でがんばる海女《あま》さんも感動する味だ。シュウヤは海女のお婆《ばあ》ちゃん映像を振り払《はら》い半ば強引《ごういん》に納得《なっとく》しつつ庭の樹《き》と千年植物の水やりのために留守番をしているヘルメのことを思い出していた。

「高級レーメの乳を活かしているようだし、やはり美味い。今度、ヘルメにも食べさせてあげたい」

アイスの味を前々から知っているような口ぶりで、語る。

「……ご主人様。あいすを食べた事があったのですか？」

そう聞いたヴィーネ。未知のアイスの味に、ダークエルフとしての故郷を思い出して、動揺を示していたが、愛している宗主の言葉を聞いて気を取りなおしていた。

「ある。それに、酒入りは無理だが、普通のアイスは俺でも作れるぞ」

この発言に皆が目を見張る。

「ええぇ、こんな美味しいあいすが作れるの！」

興奮した口調のレベッカは双眸《そうぼう》に蒼炎を灯《とも》す。白い肌《はだ》も朱《しゅ》に染まる。興奮もあると思うが、大人のアイスを食べて酔《よ》っているのだろう。光魔ルシヴァルだが、酒が効いているようだ。

「ん、今度、リグナディの新メニュー用に作り方教えてほしい」

「いいぞ、ディーさんのほうが上手《うま》く作れると思う。忘れてなきゃ、今度教えよう」

「ん、ありがとう」

エヴァは天使の微笑《びしょう》を浮かべて、シュウヤを見る。

「もうなくなっちゃったー」

レベッカは顔全体を真っ赤なリンゴのように赤く染めつつ皿を見せていた。

「わたしもです。しかし、お客さんが絶えず入る理由が分かりますね。あいす。凄《すご》く美味しいお菓子でした」

「あいす。今の気持ちを書き留めておかなきゃ……あ、しまった。最初の形をもう少し見ておくべきだった……」

顔が真っ赤に染まったレベッカとは違いミスティの頬はほんのりと赤い。そのミスティは、腰からペンを取り出し、ブツブツと独り言を話しては、特異スキルを持つように素早く羊皮紙へ走り書きを行っていく。すると、レベッカが、

「シュウヤ、今度、家でこれと同じお菓子を作ってほしい！」

「……いいけどさ、もしかして、あのアイスで酔っ払《ぱら》ったのか？」

「ち、違うわよ、酔っぱらってない！」

「ん、レベッカ、ユイと同じように色白だから分かりやすい」

「完全に酔っ払いねー。わたしと違って、もう顔が真っ赤よ？」

ユイは自分の頬を指で指しながら、そう指摘すると、

「えぇぇ……そ、そうかも知れない」

レベッカは、ほんのり赤みがさした自分の顔を触って、確かめていた。

「さて、タナカ菓子店の主と少し話をしたかったが……忙しそうだ。レベッカも酔ってしまったし、家に帰ろうか」

「にゃぁ」

黒豹のロロディーヌは、シュウヤの脚《あし》に頭部を何度も衝突させる。

「ンン」と鳴いたロロディーヌは帰ることに賛成のようだ。甘える仕草の途中《とちゅう》でシュウヤを見ながら喉音《こうおん》を響かせる。虹彩《こうさい》の黒い瞳は少し散大中だ。

「ロロ、アイスは今度な」

「にゃ」

「了解。一応、周囲の怪《あや》しい存在に気を配るから」

「そうね。明日も学校がある」

「はい、ロロ様がカワイイです」

「酔ったことは関係ないでしょ～」

「ん、ちゃんと歩ける？」

エヴァがそう聞く間にシュウヤは酔ったレベッカに手を差《さ》し伸べたが、レベッカは気付かず。シュウヤは何気ない素振《そぶ》りで肩を落としつつロロディーヌに向けて微笑む。

「相棒、行こうか」と歩き出した。神獣《しんじゅう》に変身したロロディーヌと一緒に駆《か》けた光魔ルシヴァルの一団は、早々に武術街の自宅に帰還《きかん》。出迎えたメイドたちは「ご主人様、お帰りなさいませ」と挨拶《あいさつ》。シュウヤたちはアイスを食べた感想を話し合うと、シュウヤは、

「イザベル、クリチワ、アンナ。君たちが用意してくれた『ゴルゴダの革鎧服』の着心地《きごこち》は最高だ。ありがとう」と発言。すると、レベッカが、

「うん。赤い布のポンチョも素敵《すてき》。肩を覆《おお》う硬くもなり柔《やわ》らかくもなる特別な革と布は素敵！」

「たしかに、いい装備。ゴルゴダの皮と内臓と魔鋼センドラを使った特別な革鎧服。予備も豊富だし……でも仕入れと、その素材を加工できる存在が謎《なぞ》なんだけど……」

「ふふ、そこは寄宿学校レソナンテの伝なので」

メイド長イザベルと副メイドたちは言葉を濁《にご》す。彼女《かのじょ》たちが過ごしてきた寄宿学校レソナンテも、また、普通ではないことを暗示していた。

雲を食べるように噛《か》み付《つ》いては違う雲に猫《ねこ》パンチもとい馬《ば》脚《きやく》キック――。

ヒャッハー。空は楽しいな、相棒！

「にゃおお～」

相棒の声が不思議と空に響いたように周囲の雲が揺れた。

ここは迷宮都市《めいきゅう》ペルネーテの西の空。眼下には、ペルネーテの大草原が拡《ひろ》がっている。

その空で遊覧飛行だ。ヒャッハー――。

「にゃんおおお～」

再び発した相棒の声、その巨大《きょだい》な神獣の声は元気がいい！

ははは、相棒、楽しいな！

「にゃあああ」

と宙返りを連続で敢行《かんこう》する相棒――思わず相棒の背中に抱《だ》きついた。

――フサフサな毛の感触《かんしょく》がいい。一気にリラックス。

気持ちが通じた相棒もリラックスしたのか機動が緩《ゆる》やかになった。

そこで、下の草原を見る。モンスターと戦う冒険者《ぼうけんしゃ》が豆粒《まめつぶ》だ――。

飛行中の俺たちを察知する優秀な冒険者は……数名いた。気になるが攻撃《こうげき》する気配はない。気にせず飛翔《ひしょう》を続けた――すると奴隷《どれい》か囚徒《しゅうと》を護送する護送馬車が見えた。青色の鎧《よろい》を着た兵士が護送馬車を連れている。都市の外に刑務所《けいむしょ》があるのか？　それとも戦争奴隷を護送中だろうか。あの護送馬車の行き先に少し興味が出た。が、追わない――速度を上げながら高度を下げる。ロロディーヌは大きな黒翼《こくよく》を傾《かたむ》けて旋回《せんかい》――迷宮都市へと戻《もど》った。竜魔騎兵《りゅうまきへい》団などに見つからないように神獣として加速する。素早く武術街の自宅に向かった。あっという間に屋敷《やしき》の大門だ――その大門の屋根に着地するロロディーヌ。俺は鞍馬《あんば》競技の締めを行うように――足をあげながら屋根に降りた。ポーズを決める。が、相棒の触手《しょくしゅ》が飛来。髪《かみ》の毛《け》をわしゃわしゃと崩《くず》された。悪戯娘《いたずらむすめ》の神獣《ロロ》さんだ。まぁ、相棒は俺を撫《な》でてくれたんだろう。その神獣ロロディーヌは小さい黒猫《くろねこ》の姿へと変身。小さい黒猫《ロロ》は中庭で仕事する使用人たちへと向かうように跳躍《ちょうやく》。

カワイイ腹を見せつけるような跳躍だ。首から出した触手の先端から骨剣《けん》が伸びた。骨剣が石畳《いしだたみ》に刺《さ》さり触手が固定されるや、ロロディーヌは首に触手を遅《おそ》く収斂《しゅうれん》させた。そのままゆっくりと優しく中庭の石畳に着地を行うと石畳の上で跳躍するように走る。バルミントの木製の家がある場所に向かう。中庭で飼うことにしたバルミントが「ガォ」と鳴いている。黒猫《ロロ》が帰ってきて嬉しいようだ。煩《うるさ》く吠えている。

「にゃお」

「ガオォ」

バルミントは母に対して甘えるように大きい舌を出して黒猫《ロロ》の頭部を必死に舐めていた。幸せな光景だ。しかし、相棒の頭部は唾《つば》だらけ。

「にゃおお」

と黒猫《ロロ》は鳴いて、バルミントのぺろぺろ攻撃に降参したのか、バルミントの背中の上へと跳躍。黒猫《ロロ》はバルの後頭部に居座《いすわ》ると「にゃおおん」と鳴きながら触手で方向をさして指示を出した。はは、懐かしい。ポポブムのことを思い出す。

「ガオオオォ」

バルミントは『楽しいお！』と喋るように叫ぶ。黒猫《ロロ》を頭に載せたままドタドタと中庭を走り回った。更に、使用人のスカートのヒラヒラを口先で突《つ》いて悪戯《いたずら》をしたり、スカートの下に潜《もぐ》り込んだりして、俺も参加したくなるようなケシカラン遊びを行う。

そんな微笑ましい様子を暫《しば》し眺めた。そして、洗濯物《せんたくもの》を干している使用人たちと世間話をしてから本館の母屋《おもや》に戻った。暫し、暇《ひま》な時間を過ごす。あまりにも暇だったから……

この間のアイスでも作るかぁと、ヴィーネたちとコミュニケーションを兼《か》ねた会話をしていると、いつの間にか武術談義に移行。自然と、ヴィーネ、ユイ、カルードに剣の訓練をお願いしていた。

そうして、再び中庭に戻り訓練を開始。

「ご主人様、そこは水車斬《ぎ》りを意識したほうが、はい、隙《すき》がなく、次の攻撃に移れます」

魔剣《まけん》ビートゥを斜め下《した》に振り下《お》ろし——急ぎ魔剣ビートゥの柄巻《つかまき》を持ち上げる。

魔剣ビートゥの剣身を上段に運んでから、再び、魔剣ビートゥを振り下ろした。

「——今のような感じかな？　もう一回だ」

スムーズな魔剣の振り上《あ》げと振り下ろしを意識。宙に赤い軌跡《きせき》を残す。

「はい、素晴《すば》らしいです」

剣の先生、ヴィーネに褒められた。嬉しい。

「次は、左足を前に出しつつ、剣を右側に回して、右から迫《せま》る斬撃を往《い》なす訓練よ。これは基本歩法の一部でもあるから身に付けるべき」

ユイも指示を飛ばしてくる。

「マイロード、行きます」

水車斬りから蛇行斬《だこうぎ》りに移行。左足を前に出しつつカルードが振るった魔剣の剣刃《けんば》を凝視。俺の左脇《わき》に来た剣閃を弾《はじ》いた直後、流れるように左上から右下へと斬り下ろす。

「うん、まだゆっくりだけど、この一連の基本動作の訓練を続けましょう」

ユイ先生にも指導を受けたが……アキレス師匠から教わった槍《やり》のようにはいかない。

数時間、訓練を続けたが……結局スキルは得られず。次の日は、ユイとカルードが闇《やみ》ギルドの仕事でいない。だから訓練はせず、小休止。黒猫《ロロ》も家で留守番。

ヴィーネを連れて解放市場街に来ていた。ま、ヴィーネとデートだ。

――野禽《やきん》類、精肉、加工品、魔物《まもの》肉、を売っている肉屋を見学。

肉は肉でも色々だ。この解放市場は規模的に第二の円卓《えんたく》通りの商店街より小さいが、狭《せま》い範囲《はんい》に店が密集した作りだから商品が豊富にある印象を受けた。

ペソトの実という名のピーナッツ類を売る店に目的の品はなし。俺の目的は植物類。ここにあると思ったんだが……ヴィーネと恋人握《こいびとにぎ》りをしながら反対側の酒を売る店にそそくさと移動。その際、ヴィーネの嬉《うれ》しそうな横顔が見えた。その顔色を見て嬉しくなった。

その酒店でアルコール度数の高いウォッカ系の酒を買う。複数の蓋《ふた》付きの瓶《びん》も買った。その場から離れて肉屋の前を進む。香辛料《こうしんりょう》売り場になった。いい匂《にお》いだぁ。と相棒のように鼻をくんくんと動かした。匂いに釣《つ》られる。鼻を指で擦《こす》りつつ、そのいい匂いを漂《ただよ》わせている店の見学を開始。多数のイカと似た魚の干物《ひもの》が天井《てんじょう》の綱《つな》にぶら下がっている。

口の開いた麻袋《あさぶくろ》には、色々な粉と粒《つぶ》が入っていた。この店には目的の品が売っているかも知れない。バニラビーンズらしき香木《こうぼく》は、どこかな。と、袋《ふくろ》の匂いを嗅《か》ぐ。匂いは違う。ないなぁ～。ここにあるのはシナモン、クミンかな。クミンは、カレーに使える。ディーさんにカレーのレシピも教えられるかも。が、ここに香辛料が売られているということは需要《じゅよう》がある。このペルネーテの何処《どこ》かには、美味いカレーを出している商店もあるのかも知れない。あまりそういった情報が出回らないのはネット、テレビ、雑誌、新聞がないからだろう。口コミで広がるにしてもグルメ好きの裕福《ゆうふく》な人々は、この世界では一握《ひとにぎ》りだろうし、一定の範囲に集中するんだろう。モンスター、盗賊《とうぞく》、殺人者が跋扈《ばっこ》するこの大陸を席巻《せっけん》するほどの情報拡散は中々難しいと予想。しかし、冒険者依頼《ぼうけんしゃいらい》には、王国美食会という組織名があったことは覚えている。だから、たんに俺が知らないだけで、上流階級では色々なグルメ情報が行《い》き交《か》っているのかも知れない。更《さら》に、昔カザネ婆《ばあ》が梅干しを見つけて梅の料理が南マハハイム地方で広まった話もある。カザネ婆は凄い冒険者だった。そんな思考を重ねながら、香辛料売り場を過ぎ、

「……ご主人様、先ほど、あいすの食材作りといいましたが、植物ですか？」

「そうだ。この間のアイスに使う植物。時間は掛かるが一応は作るつもりだ」

ヴィーネは俺の言葉を聞いても不思議そうな表情を崩さない。地下で生活していたヴィ

ーネの気持ちは分かる。酒も使うが、あの冷たいミルク製品に植物を利用するのは想像できないだろう。

「詳《くわ》しく言えば臭《くさ》みを取るバニラエッセンスを作ろうと考えているんだ」

「臭みを取る……」

ヴィーネは反復する。マグルの世には、植物から作る食材はありふれている。植物自体を食材に使うことを不思議に思っているわけではないだろう。わざわざバニラの香りを使わずとも、その代用ができる酒類など魔道具《まどうぐ》もあるのかな。

が、一応は、エヴァに教えると約束をした。数ヶ月《すうかげつ》後にディーさんたちが使える食材の下準備は整えておくつもりだ。さて、次の店だ。魔煙草《またばこ》を売っていた店にも寄った。目的はラン科の植物。多年生のツル熱帯植物と似た植物。魔煙草の売り場には……。

そのツル植物は売っていなかった。木材店に向かう。

アジア風の衣装を着ている虎獣人《ラゼール》の店主が見えた。

店内の品物は、前と変わらず様々な木材と神像が売られている。

「おっ、ドナーク&ジクランのお二人さん、いらっしゃい！」

前にも聞いたな。そのドナーク&ジクランとは有名な方々か。

やはりボニーとクライドなんだろうか……。

「どうも、覚えていてくれたんですね」

「当たり前だ。珍《めずら》しい種族の別嬪《べっぴん》ダークエルフを連れた人族の男なぞ、そうはいない。通りから来る男たちの視線は気にならないのかい？」

店主の言葉より、店主のウィスカーパッドの毛穴の大きさが気になってしまう。

そんなことは言わず、

「……男の視線には興味ないですから」

「ははは、素直《すなお》で豪快《ごうかい》なお人だ」

店主の笑顔《えがお》は可愛《かわい》い。黒猫《ロロ》がいたら反応したはずだ。

さて、ドナーク&ジクランのことを聞いてみるか。

「少し前も聞きましたが、ドナーク&ジクランとは誰《だれ》でしょうか」

そう聞くと虎獣人《ラゼール》としての表情筋を微妙に動かす。表情筋もふさふさな体毛の量も微妙に違う。微妙な感情の気配は読み取れない。

「知らないのか。フジク連邦《れんぽう》で、我らを逃《に》がすために立ち上がった英雄《えいゆう》を……侵略王《しんりゃく》七腕《ななかい》のカイの腕《うで》を一つ潰《つぶ》したが、敗れてしまった悲劇の英雄を」

店主には悪いが、少しだけ聞いたことがある程度だ。

「詳細《しょうさい》は知らないですね」

「英雄を殺したカイは、今では腕が潰されて侵略王六腕のカイと名乗っているが、フジク連邦もグルドン帝国《ていこく》も……ここでは遠い国。まったく知られていないのは当たり前か。悲劇の英雄のドナークは黒髪《くろかみ》の男で、ジクランは銀髪《ぎんぱつ》の女だったと言われている。その二人は手勢を率いて、侵略王カイと幾度《いくど》となくぶつかり、カイの腕を一本奪《うば》ったところで二人は殺されたらしい。が、その二人の活躍《かつやく》で、多くの虎獣人《ラゼール》の同胞《どうほう》たちが西方に脱出《だっしゅつ》を遂《と》げて命が助かったんだ」

前にママニとビアが語っていたグルドン戦役《せんえき》か。いつか遠い未来……そのフジク連邦の東方へ進んだ時、そのカイが生きていたら、衝突《しょうとつ》するかも知れないな。

「……そうだったんですね」

「おう。それで、この間のように杖の材料を探しているのかい？」

「あ、今日は違《ちが》いまして、匂いの元になる、ツル系の植物を探しているのですが」

「そんなマニアックな物を探しているのか。それなら南のセブンフォリア経由と、東のサーマリアからゴーモック商隊経由で手に入れたものがある。豆が入った黒い鞘《さや》だな」

お、やった。見つけた。

「はい、それを下さい」

「おうよ、待っとけ……確か、この奥《おく》に……あったあった」

おぉ、ビンゴだ。店主が取り出したのは、まさにバニラビーンズ。

「それを大量にください」

「了解《りょうかい》した、銀貨十枚といいたいが、全く売れないので一枚でいいぞ」

「ありがとう。買わせて頂きます」

そうして、ヴィーネを連れて武術街の屋敷に戻った。買ったバニラビーンズを切り、瓶に入れて酒を注ぐ。瓶に蓋をした。十個作製。部屋の片隅《かたすみ》に瓶を置いた。

「その瓶に詰《つ》めた素材が料理に使われるのですね」

「おう。数ヶ月、熟成を待つ。ヴィーネは熟成を促《うなが》す魔法《まほう》の瓶とか知っているか?」

「商人たちから聞いたことはあります。大小様々に魔道具があるようです」

……それを手に入れたほうが早かったかも知れない。

「今すぐではなくていいから、その魔道具を見かけたら買っておいてくれ」

「はい、市場調査を兼ねて見ておきます」

ま、手に入ったら素材を移《うつ》し替《か》えればいい。無かったらこのまま保存だ。

「それじゃ、剣と槍の訓練をしよう」

「はい、訓練!」

ヴィーネに剣を習う。その日は剣の訓練に精を出した。着実に剣の軌道《きどう》は鋭《するど》さを増していく。次の日も次の日も訓練を重ねた。今日も剣術《けんじゅつ》をユイとカルードとヴィーネに見てもらっている。しかし、スキルは得られない。剣の才能は槍ほどないのか、と――魔剣を振《ふ》って虚空《こくう》を斬《き》った瞬間《しゅんかん》――剣の質が変わった感覚を得た。

魔剣の軌道が滑《なめ》らか、腕の振りもスムーズ、鋭く振り抜《ぬ》けた感覚。
※〈水車剣〉※スキル獲得《かくとく》※
「――やった。〈水車剣〉を覚えた」

と自然とガッツポーズ。

「閣下、やりましたねっ」

近くで水やりを行っていたヘルメが褒《ほ》めてくれた。隣にいたレベッカは拍手している。

「ご主人様、遂《つい》に覚えましたたか！」

一緒《いっしょ》に剣を振り回《まわ》していたヴィーネも動きを止めて、笑顔だ。

「やったわね！　おめでとう。両手剣、片手剣に共通する偉大《いだい》な基本スキルよ。シュウヤの身体能力は並ではないから、強力なスキルとなるはず」

「マイロードの成長をこの目で見られるとは！　〈従者長〉の一人として嬉しいですぞ！」

「お父さん……喜ぶのはいいけど、少し暑苦しい」

ヴィーネ、ユイ、カルードはいつもの調子だが、彼女たちのお陰《かげ》だ。感謝。

「皆《みな》、教えてくれてありがとう。剣を槍武術に混ぜても違和感《いわかん》がなくなる」

アキレス師匠《ししょう》のことを思い出し、感謝の念を込《こ》めた。ラ・ケラーダを送る。

胸前で拳《こぶし》と掌《てのひら》を合わせ、丁寧《ていねい》に頭を下げた。

「マイロード……わたしこそ感謝を……」

カルードが泣きそうな面でそんなことを、言っちゃ悪いが、面白《おもしろ》い。

「はい！　ついに、槍剣《そうけん》ルシヴァル武術流の開祖となる日が……」

「ヴィーネ、槍剣ルシヴァル武術流といっても、だれも習えそうにないわよ」

槍剣ルシヴァル武術流か。習うとしてもアキレス師匠ぐらいだろうか。いや、アキレス師匠のほうが、まだ槍の技術は高いはず。それほどに『一の槍』風槍流の動きは深い。

そして、俺のような槍馬鹿で剣も学ぼうとしている訓練野郎《やろう》はいないからな。

「はい……槍の域は、到底真似《とうていまね》ができるモノではないですね」

「うん。しかも、お師匠様から学び遵奉《じゅんぽう》している槍武術を、まだまだ伸《の》ばそうとして激しい訓練を重ねているし……剣も貪欲《どんよく》に学ぼうとしている。本当、訓練馬鹿だけど、尊敬できるところよね」

「はい。常に武を磨《みが》こうと努力をする姿勢は、まさに偉大なる雄《おす》。それと同時に〈筆頭従者長《選ばれし眷属》〉として、わたし自身も、弓、剣、魔法、それ以外の勉強を怠《おこた》っては駄目《だめ》なのだと、考えさせられます」

「ですな。マイロードのお陰で、わたしも基本に立ち返ることができました。斬り上げからの斬り下げが、鋭くなった気がします」

「……確かに――父さんの言う通りかも」

ユイが魔刀《まとう》を振るい、基本動作の動きを確かめている。そこで、魔剣を仕舞《しま》う。

「これで〈導想魔手《どうそうましゅ》〉で扱《あつか》う魔剣もそれなりに使えるようになるだろう。最近は、魔力《まりょく》の手に槍を持たせているから使わないかも知れないが」

「剣の訓練は終了《しゅうりょう》ですか？」

「またやるかも知れないが、あくまでも主力は槍だ」

「はい。槍使いがご主人様。その想《おも》いを考えるだけで胸がときめきます」

「俺もだ。その胸を見るだけで――」

スコーンと、レベッカのツッコミが俺の後頭部に決まる。

「ふふ。ボケ潰し成功――」

「レベッカさんよ、その面白いツッコミセンスを寄越《よこ》したってことは――」

「きゃぁ」

脇腹《わきばら》をくすぐったらレベッカは逃げた。ははっと笑いつつヘルメを見る。

「――ヘルメ、掃除《そうじ》を頼《たの》む」

「はいっ」

ヘルメは人型から液体化。その液体化したヘルメに俺は喰《く》われたように覆われた。

この水膜《すいまく》に体が包まれる感覚は少し気持ちがいい。なんだろうか、慈《いつく》しむ愛、いや、桃《とう》源郷《げんきょう》、おっぱい王国。と、幻想《げんそう》の国を考えていたら掃除が終わったのか、全身を包んでいた液体の粒たちが体から離《はな》れていった。宙の一か所へ集結した丸い液体ヘルメ。ぐにょりと形を変えながら元の綺麗《きれい》なヘルメの体に戻っていく。

「――閣下、完了《かんりょう》しました」

「ありがと。それじゃ、お茶でも飲んで休もうか」

「はい、お供します」

「ご主人様、わたしも行きます」

「そうね。訓練も終わったし、ゆっくりとしましょうか」

「マイロードと共に」

皆で母家《おもや》に入る。常闇《とこやみ》の水精霊《せいれい》ヘルメは瞑想《めいそう》ゾーンに移り修行《しゅぎょう》モード。俺たちはリビングで食事。食後に紅茶を飲みつつ、まったりと過ごした。黒猫《ロロ》もバルミントとの遊びから戻ってくる。机で香箱座《こうばこすわ》り。黒猫《ロロ》と俺《おれ》は瞼《まぶた》を閉じたり、開いたりするリラックスメッセージを行う。そして、黒猫《ロロ》の頭部から背中まで撫でてあげた。ゴロゴロと返事の喉音を鳴らしてくれる相棒。そんな黒猫《ロロ》の背中の黒毛をくるくると指で回して遊んでいると、その黒毛の形が地図の記号に見えてきた。ふと、魔宝地図のことを思い出す。ハンニバルによって鑑定《かんてい》済みの地下二十階層の地図があったな……と。リビングでまったりと皆が集まるのを待つ。そうして、〈筆頭従者長《選ばれし眷属》〉の全員が家に揃《そろ》ったところで地図のことを話した。

「大賛成よ！　イノセントアームズが青腕宝団を超《こ》える！」

「ん、このペルネーテに於《お》ける最下層踏破《とうは》者と同意義」

　レベッカとエヴァは嬉しそうだ。昔、レベッカと一緒に迷宮に挑《いど》んだ時、青腕宝団のことを憧《あこが》れるように見つめていた。レベッカも感慨深《かんがいぶか》いのだろう。

「そうなる。邪神《じゃしん》シテアトップの像の部屋の特殊《とくしゅ》な転移可能装置と呼べる水晶《すいしょう》の塊《かたまり》を利用したショートカット機能を使っての二十階層への到達《とうたつ》だが」

「この際、細かいことはいいのよ。二十階層への到達が大事なんだから」

「ん、憧れの青腕宝団を超えるから、レベッカ、自信満々の顔」

「この間、一緒に依頼《いらい》で行動を共にした優秀《ゆうしゅう》なクラン。青腕宝団のリーダーは凄い刀使いだった。あの刀は絶対業物《わざもの》よ」

「カシムさんの魔刀ね。金箱、白銀箱、虹《にじ》箱から出たんだと思う。だから、今回の地図から出る宝箱も金箱とか虹箱を期待しちゃう！」

「ん、レベッカの顔を見ていたらワクワクしてきた」

「わたしもです。ご主人様、楽しみですね」

レベッカのお宝への欲望が、エヴァとヴィーネにも移ったらしい。

「そうだな、ワクワクだ」

「……地図はもっとこなしていきましょうよ」

レベッカが、金色の眉《まゆ》を不自然に動かしながら語る。

「急にどうした？」

「実は……死に地図を少し買っちゃった」

「レベッカらしいが、その地図の階層は？」

「二十一階層、三十階層、三十二階層」

「三枚も買ったのか」

「うん……安かったんだもん」

「俺たちは滅《めっ》されない限りは永遠の命。いつか行こう。が、それは今回の二十階層がどんな場所か調べてからの話だ。その魔宝地図を置きに向かうとして、他に話はあるか？」

「ん、シュウヤ、訓練ばかりしていて、お菓子《かし》の話を忘れてる！」

エヴァが珍しく紫《むらさき》の瞳《ひとみ》を揺《ゆ》らし語尾《ごび》を強くして語る。そういえば約束をしていた。アイス作り。しかし、眉のひそめ方と怒《おこ》り方もいじらしく可愛いという。さすがはエヴァ。

「ごめん。忘れていたわけではない。素材の準備はしてある。アイスだけなら、その準備もあまり必要ないから、この地図をやり終わったら、作りに行こう」

「ん、そうなんだ。準備していてくれたの知らなかった。ごめんなさい」

エヴァは、天使の微笑を浮《う》かべて謝《あやま》ってきた。

「俺も詳しく伝えていなかったのもある。悪かった」

「ん、大丈夫《だいじょうぶ》」

エヴァの笑顔を見ると、安心を覚える。

お詫《わ》びに、アイスの他にも色々なお菓子を作ってしまうか。菓子パンは既《すで》に売っているようだからプリン、パウンドケーキ、カステラ、マドレーヌ、エッグタルト、イチゴ大福的なモノもいいかも知れない。マドレーヌ的なものは一度この世界で食ったことがあるんだが……あのアイスのタナカ菓子店《かしてん》に負けないようにカフェ・ディー店に改名を促す？全国にチェーン展開的なノリで、魚の定食屋からモデルチェンジを促すか。

さて、お菓子の妄想《もうそう》はこの辺にして。

「迷宮二十階層だ。作戦的なものを一応、話し合おうか」

「そうね。わたしたちは経験者。だけど、確認《かくにん》は大事」

「ん、前衛もできるけど、後方でフォローに回る。トンファーも使いたいけど我慢《がまん》」

「ゴーレムのパンチなら任せて、壁《かべ》としても利用できる」

「前衛の一部をわたしとユイが兼ねるとして、魔法のタイミングなど……」

迷宮を移動する戦術と戦いに移行した時の戦術を話し合う。盾役《たて》と前衛　強襲《きょうしゅう》のタイミングと囮《おとり》の役回り。アタッキングサードから如何《いか》にゴールを奪うか。フリースペースを突くための、フットサルならブロッケイオ、エイトの動き。バスケならスクリーンプレイ。サッカーIQが求められるような議論は白熱する。意見が纏《まと》まったところで、

「それじゃ、各自、準備を整え中庭に集合。ヘルメ、行くぞ――」

「はいっ――」

ヘルメは水状態となって俺の左目に納まる。皆、光魔ルシヴァルの身体能力を活《い》かして素早《すばや》く各自の部屋へ戻った。俺も準備しようと近くのマネキンに掛《か》かる外套《がいとう》とバルドーク製の紫の鎧に視線を移すが、邪神シテアトップに受けた攻撃で引《ひ》き裂《さ》かれた状態だ。壊《こわ》れている。今度ザガ&ボンに修理を頼むか。今日は胸ベルトとゴルゴダの革鎧服《かわよろいふく》を着よう。このゴルゴダの革鎧服《かわよろい》はメイドたちが特別に用意してくれた。皮紐《かわひも》と絡《から》む金具を嵌《は》める。ゴルゴダの革ブーツも履《は》いた。〈血鎖《ちぐさり》の饗宴《きょうえん》〉を活かした血鎖鎧《ちぐさりよろい》もあるし防御《ぼうぎょ》はこれで大丈

夫だ。準備を整えてから中庭へ出ると「ガォォ」とバルミントの声が響《ひび》いた。バルミントは幼竜の姿から少し成長を遂げている。荒神《あらじん》カーズドロウが使役《しえき》していた高古代竜《ハイエンシエント・ドラゴニア》の面影《おもかげ》があるな。その可愛いバルミントは皆が中庭に集結したから嬉しいらしい。俺が剣の訓練を続けていた時よりも、大きな声で吠えている。

「バルちゃん、大人しくしているのよ」

「ガォォォン」

レベッカのグーフォンの魔杖《まつえ》を噛もうとしているバルミント。

「あーだめだって」

レベッカがグーフォンの魔杖を噛まれて、あたふたしている。

「ん、バルミント、大きくなった」

「バルちゃん、翼がバタバタしている、カワイイー」

装備を整えたエヴァとユイがバルミントと戯《たわむ》れるレベッカへと近付いていく。

「はは、でも、レベッカだと簡単に食べられちゃいそうね」

ユイが笑いながらバルミントに舐《な》められているレベッカの顔を見ながら話していた。

「ユイだって、わたしと同じぐらいでしょ〜」

ミスティ、カルード、ヴィーネも集まってくる。

「んじゃ、皆、集まれ、迷宮に向かうぞ」

「ご主人様、今日は、どの魔槍《まそう》を使うのですか？」

　最近はオレンジ刃《ば》の魔槍クドルルと短槍の雷式《らい》ラ・ドオラを使っていたから「普通《ふつう》に魔《ま》槍杖《そうづえ》バルドークかな」と発言。ヴィーネは微笑《ほほえ》む。

「紅矛《ほこ》と紅斧刃《おのば》ですね」

「邪神ヒュリオクスの使徒だったパクスの魔槍は？」

「黄色い、雷式ラ・ドオラも素敵よね」

「使うかも知れないが、熟練度はやはり魔槍杖バルドークだ。さ、ゲートを使うぞ」

「にゃおん」

　黒猫のロロディーヌが元気よく『出発にゃ』という意味で鳴いた。俺の肩《かた》を叩《たた》く。

「はい」

「了解。五階層に直行ね」

　レベッカの声が聞こえたところで、

「そうだ。最初は五階層の邪神シテアトップ像。そこの水晶の塊を利用して、地下二十階層に向かう。そこから魔宝地図の宝を目指すことになる」

「ん、長旅となりそう」

二十四面体《トラペゾヘドロン》の十六面の謎記号をなぞる。

二十四面体《トラペゾヘドロン》を起動させた。パレデスの十六面の鏡の先の空間が映る。邪神シテアトップ像の中の空間で青白い霧《きり》が漂う。皆で、その青白い霧が漂う空間を見て頷《うなず》き合った。「行こう」と発言してから二十四面体《トラペゾヘドロン》のゲートを一緒に潜り、瞬時《しゅんじ》に迷宮五階層に到着《とうちゃく》。空気感は前と変わらない。乾《かわ》いた空気、足元は湿《しめ》った感がある。青いドライアイスを溶《と》かして発生させたような青白い霧が流れていた。

「五階層に転移成功！　邪神シテアトップの像の中！」

「ん、シュウヤが設置したパレデスの鏡は便利。トラペゾヘドロンは凄い魔道具」

「邪界《じゃかい》ヘルローネの次元世界に転移が成功した証拠《しょうこ》。他の次元へと転移が可能なトラペゾヘドロンは最強の転移アイテムかも知れないです」

聡明《そうめい》なヴィーネの発言に納得《なっとく》。

二十四面体《トラペゾヘドロン》とパレデスの鏡は凄い。

「うん。あとは、あそこの水晶の塊から一気に二十階層ね！」

「ん、二十階層の到達は、青腕宝団を超える」

「うん、わくわくする。シュウヤ、早く行こう～」

レベッカは蒼《あお》い瞳に蒼炎《そうえん》を灯《とも》しながら力強く語る。踵《きびす》を返し、先を歩いた。

「レベッカ一応、警戒《けいかい》よ？」

「どうして？」

「シュウヤの話では、十階層の部屋に邪神シテアトップが出現したからね」

「迷宮の階層ごとに、邪界ヘルローネの支配が強まるところがあるようですから」

「ん、ペルネーテの迷宮のすべてが邪界ヘルローネ？」

「すべてが、邪界ヘルローネではないだろう。惑星《わくせい》セラと黒き環《ザララープ》が重なり合った都市が迷宮都市ペルネーテだからな」

「はい」

「ん」

「そして、水晶の塊を触《さわ》っての迷宮世界、邪界ヘルローネへの転移だ。水晶の塊は一種の凄《すさ》まじい性能を誇《ほこ》る量子コンピュータなのかも知れない。生命体を丸ごとスキャンするVRMMOの魔機械とかな」

「りょうしこんちゅらん？　ぶいあーるえむえむおー？」

「別の異世界へと次元転移が可能となる転移魔道具の一種と似たようなもんだ」

「水晶の塊が、転移陣《じん》的な魔道具と言いたいのね」

「そうだ」

「ん、五階層と十階層の邪神シテアトップ像の中の部屋は邪神シテアトップの聖域？」

「聖域でしょう。わたしたちが冒険《ぼうけん》したペルネーテの迷宮には、邪神シテアトップの装飾が施《ほどこ》された箇所《かしょ》が多かった。そこからの推測ですが、階層ごとに迷宮世界を支配する邪神の姿などが色濃《いろこ》く繁栄《はんえい》されているはず。そして、邪神シテアトップは、青白い霧の中から出現し、消える時も青白い霧となって消えていましたから五階層〜二十階層は邪神シテアトップが支配する領域が多いと予測します」

「う、それが本当なら怖《こわ》いかも」

ぴたっと動きを止めたレベッカ。その言動を見たミスティ、不安を覚えた面で、

「その邪神シテアトップが青白い霧の中から襲《おそ》い掛かってきても、マスターがなんとかしてくれるでしょ、ね？」

「一度倒《たお》したから、心配する必要はない。と思う。だが一応戦闘《せんとう》態勢は取っておこうか」

「分かった」

「ん、がんばる」

「アゼロスだけでも抜くわ、闇の仕事と同じ。警戒は怠らない」

「……いい表情だ、ユイ。わたしも魔剣ヒュゾイを抜こう。邪神だろうと何度でも倒《たお》す」

そう語る〈従者長〉カルードは渋《しぶ》い。皆、気合いが入った。歪《いびつ》な水晶の塊に向かう。歪

な水晶の塊に到着した皆。

「触るわよ」

「ん」

「はい」

「シュウヤ、指を合わせて」

「ん、わたしも」

と、カルードをぬかした皆でイチャイチャ。皆で水晶の塊を触ると互《たが》いに頷き合う。

同時にヴィーネの長耳に息を吹《ふ》きかける悪戯を行う。「あぅ」

「ははは、行こうか、また邪神シテアトップの像の中だ」

「うん」

ユイとカルードはいい面だ。隣《となり》のエヴァも頷く。

「ん」

「行こう」

ミスティとレベッカも頷いた。

「は、はい。ご主人様……」

俺の頬《ほお》にキスをしてくれたヴィーネを引き離すレベッカの姿が面白い。その皆と、

「二十階層、転移――」

そう言葉を発すると一瞬《いっしゅん》で二十階層の邪神シテアトップ像の中に転移が完了。

視界が揺らぐとかはない。しかし、不思議な転移方法でワープ方法だ。

邪界ヘルローネ様式転移術と名付けるか？　そして、皆が語っていたように五階層と十階層と同じ邪神シテアトップ像の中に存在する秘密部屋がここだ。

青白い霧が足元に漂う光景も五階層と十階層と同じ。改めて、歪な水晶の塊を凝視《ぎょうし》。この〝歪な水晶の塊〟は、ペルネーテの地上にある迷宮の出入り口に存在する水晶の塊とは違う。邪神像の中に入れる者だけが使える特別な転移装置が歪な水晶の塊だ。この水晶の塊のお陰で二十階層など深い階層へのショートカットが可能となる。邪神たちに選ばれし者たち専用と呼べる転移装置。この歪な水晶の塊は一種の黒き環《ザララープ》の力が集約した超《ちょう》が付く魔神具《まじん》的な魔道具なんだろうか。そう思考しながら『ヘルメ、視界を貸せ』と念話を送る。

『は、あんっ』ヘルメの喘《あえ》ぎ声は可愛い――精霊眼《せいれいがん》のサーモグラフィーの視界を得た。俺自身は掌握察《しょうあく》と魔察眼《がん》を使って周囲を見回した。邪神シテアトップの姿はない。

「何も気配はない？」

「ないですね」

「特に何も感じませんな」

ヴィーネとカルードがレベッカの言葉に応えながら青白い霧を踏《ふ》むように歩いた。

「……ないと思うけど」

ユイも父の後ろから刀を持ちながら歩いていく。

「今のところは何も感じないな」

「はい」

短い返事のヴィーネは柄《え》に手を置いて、居合い的な技をいつでも繰《く》り出《だ》せるように歩いている。ユイと似た剣術も可能なヴィーネは心強い。

「……そう、良かった」

「ん、安心したレベッカの顔が、可愛い」

「ってエヴァ、顔を近づけすぎ！　恥《は》ずかしいでしょー」

エヴァとレベッカはいつもの調子でついてきた。ユイは、

「二十階層の邪神シテアトップ像の中の部屋は変わらずかな。少し広い？」

「はい、邪神シテアトップの領域と呼べる十天邪像の中ですが、五階層や十階層の邪神シテアトップの像より、巨大《きょだい》ということでしょうか」

「聡明なヴィーネさんの語りは正解ですな。そして、ユイ、用心しよう」

カルードはヴィーネと娘《むすめ》の言葉に応えた。渋い表情だ。そして、魔剣、魔刀にしか見え

ない魔剣ヒュゾイの柄を握《にぎ》りつつ用心しながら進む。「うん」とユイも警戒を怠らない。魔刀アゼロスで袈裟《けさ》斬《ぎ》りをいつでも実行できる体勢だ。ミスティは、

「ここも邪神シテアトップの間……」

スケッチブックにメモを取った。皆で、出入り口がある場所へ向かう。洞窟《どうくつ》的な邪神像部屋は段々と狭《せば》まり、お猪口《ちょこ》的な出入り口と、その先に黄金の扉《とびら》が見えた。出入り口付近の造形は五階層と十階層と変わらない。黄金の扉の鍵穴《かぎあな》に十天邪像の鍵《かぎ》を差《さ》し込み回した。ゴガッ、ゴゴォォと甲高《かんだか》い音と重低音が鳴《な》り響いた。この音はあまり慣れない。レベッカは驚《おどろ》いていた。黒猫《ロロ》は前に体験しているのもあって驚かず。

像の出入り口が動く光景を黙《だま》って見つめていた。鍵穴から十天邪像の鍵を取って胸のポケットに仕舞う。皆で、その出入り口から外に出た。外は十階層よりも広い寺院遺跡《いせき》。巨大な邪神像たちが並ぶ。その像たちを下から見上げた。紫色《むらさきいろ》が基調で、長髪《ちょうはつ》の女神像《めがみぞう》は大きな槌《つち》を持つ。巨乳《きょにゅう》もリアルだ。おっぱい研究会として、そのディテールに注目せざるを得ない。十体の巨大な邪神像は五階層と十階層よりも精巧《せいこう》になっていた。

「巨大遺跡《きょだいいせき》、五階層の寺院と変わらない」

「十階層も同じだが、明らかに、二十階層のほうが大きい像だ」

「ん、凄《すご》く大きい……」

エヴァが邪神の像の一物さんを見ながら、悩《なや》ましい声音《こわね》で呟《つぶや》く。が、すぐに俺をチラッと見て「ん、シュウヤが一番！」と言ってくれた。皆、数回頷いた。

「ふふ、ご主人様の愛が一番」

と発言したヴィーネさんは、横乳を薄着《うすぎ》の肩に押《お》し当《あ》ててくれた。

微妙《びみょう》に照れるが皆、優《やさ》しい。その男の邪神の像には、四つの角を擁《よう》した頭部が三つもあった。すると、俺の背後に回ったレベッカが「そうそう。ちゃんと愛してくれるし――」と跳躍《ちょうやく》して背中に乗ってきた。「おんぶ♪」と言いながら両手を、俺の首に回して背中にのし掛かってきた。

「レベッカの体は軽いなぁ――よし――」

「わっ」

レベッカをおんぶしながら走った。そのまま邪神の女神像の裏に回る。

そして、レベッカの尻《しり》を両手で鷲《わし》づかみ！　そのまま両手で尻を揉《も》み拉《しだ》く。

「あう！　何回も揉まないの！」

と言いながら胸を押し付《つ》けてきたレベッカは、心臓の鼓動《こどう》とフェロモンの匂いから興奮していることは分かる。更に、胸の膨《ふく》らみが薄《うす》いから突起《とっき》した乳首《ちくび》の形が丸わかり。そのまま「素直じゃないレベッカさんだな！」とレベッカをおんぶしつつ、その小振《こぶ》りな尻を右手で強く揉み拉く。左手で優しくマッサージ。

「アァッ、あんっ、ばか！　カルードさんもいるんだからダメだって」

「皆は十個存在する邪神の像を見学中だぞ？　そのカルードは相棒といちゃついている。『ぽぽん』がほしいのですな！って声が響いているだろ」

背中にいるレベッカは身を横にずらして――

「あ、ロロちゃんは触手《しょくしゅ》をカルードさんに伸ばしている。気持ちを伝えているのね」

「あぁ、短い間だが、俺たちは俺たちで楽しむか？　掌握察には魔素の気配はない」

「でも、わたしだけ……アンッ」

揉んだ瞬間、体を反らしたレベッカ。両手でレベッカの尻を揉み拉く。

「嬉しいくせに、感じてるんだろ？」

「……」

レベッカは俺の背中に顔を押し付けてきた。息が荒《あら》くなる。

「返事がないなら、皆のところに戻《もど》るか？」

指と手の動きを止めた。

「え……」

「聞こえないなぁ」

「ばか！　分かったから、もっと激しくもみもみして……」

「了解――」

連続的に尻を揉み拉く。すると、察知したヴィーネが寄ってくる。ジッと睨《にら》んでから、

「ご主人様、やはり、お楽しみでしたか。次の機会はわたしに――」

と速《すみ》やかに身を翻《ひるがえ》すヴィーネ。レベッカの感じた姿を見て遠慮《えんりょ》したようだ。

「ヴィーネは大人だな」

「うん……アンッ」

その僅《わず》かな間にも、レベッカの尻マッサージを優しく続けた。

「アッ、ここで、こんな感じて……アン、だ、その指、そこダメ、アンッ」

震《ふる》えたような小声と喘ぎを漏《も》らす。

「レベッカの尻と太股《ふともも》は細いが、柔《やわ》らかいし、すべすべした肌《はだ》の質感がエロいし、良い感《かん》触《しょく》だ――」

「あぅ、もう好きにして……アンッ、アァ……」

顔も体も俺の背中に押し付けて、微《かす》かに腰《こし》を上下させてくる。

「レベッカの腰が自然と動いている」

「え、やだ、ちがっ、アンッ」

構わず尻を揉み拉く。両手に女陰《じょいん》から太股と尻に伝う液体を感じたところで〈血魔力〉を両手に込めた掌でレベッカの尻を強く揉むと、レベッカは背を反らし、

「アァ――」

と甲高い喘ぎ声を発して細い体が弛緩《しかん》した。俺の首に回していた両手がだらりと下がった。倒れないように、その細い手を掴《つか》む。レベッカは俺の背に寄りかかり、暫《しば》し、何もせず。心臓の鼓動が治まるのを待ってから「大丈夫か？」と聞くと、

「アンッ、優しいんだから……声だけで、また濡《ぬ》れちゃったじゃない！」

嬉《うれ》しがるようで怒るレベッカ。その尻をむぎゅっとした。

「アンッ、わ、分かったから、ね、手を離して、今度はシュウヤのばん！　気持ちよくしてくれたお礼に――」

レベッカはそう言いながら、背中から降りると、

「こちらに向いて、ズボン脱《ぬ》いで」

とお望み通りに正面を向く。ズボンをスパッと脱いだ。レベッカは頷いた。

そして、俺の一物を凝視すると妖艶《ようえん》に微笑んで、

「ふふ、勃起《ぼっき》したまま――」

屈《かが》んだ姿勢となるや一物の先っぽに口付けをしてきた。一物が一瞬《いっしゅん》痺《しび》れた。

「シュウヤのビクッとなった、可愛い――」

レベッカは上唇《うわくちびる》と下唇《したくちびる》で亀頭《きとう》を包む。優しい舌の動きで亀頭から鈴口《すずぐち》を舐めつつ精管を刺激《しげき》してから、頭部を前に動かしつつ一物の根元までねっとりと舌が往復を繰り返《かえ》す。

一物に絡み付いてくる舌の動きは絶妙《ぜつみょう》だ。

そうして「んんぅ――」鼻息を荒《あ》らくしながら一物を深く咥《くわ》えたレベッカ。

一物を咥えた状態で俺を見上げる、その蒼い双眸《そうぼう》は完全に欲情していた。

俺の一物を吸うように美しい顔を上下させてくる。サウススター仕込《じこ》みのフェラが始まった。絶妙すぎる……帝国の人気商品でバナナと似た果物がサウススター。マーガレット商会だったかな……く、レベッカの舌がたまらん、が、負けるかよ！　違うことを考えよう。サウススター……マーガレット商会のおきゃんな女商人が売る人気商品だ。俺をニホン風と語っていたから転生者か……あぁ、吸《す》い込みが……。

「気持ちいい――」

「ングッ、ウンン――」

〈筆頭従者長《選ばれし眷属》〉として成長しているレベッカか！

その唾液《だえき》を交えた〈血魔力〉を活かした舌技も絶賛成長中だった――。

歯茎《はぐき》と舌で一物の精管を擦《こす》る、うはぁ、タマラナイ。

レベッカの口内が特殊な性器に思えてきた、上手《うま》すぎる――。

自然とレベッカの頭部を両手で持って腰を前後させてしまう。

レベッカは「ングッ――」と一瞬苦しそうな表情を浮かべるが、ニコッと微笑むと、上唇の襞《ひだ》を拡《ひろ》げるような勢いで俺の腹部にまで顔を近付けた。

一物と腰を呑《の》むような体勢となると、俺の尻に両手を回した。

レベッカは一物を喉《のど》に届くほど深く呑み込みつつ強く吸う。

指先でふぐりを撫《な》でて揉むや、一物から脳天まで快感が走った。

思わず「イキそう」と俺が呟くとレベッカは息を荒くして「ンンンァァ――」と言葉にならない声を発して美しい顔を激しく前後させた。そして、『出していっぱい、来て、飲むから』血文字でメッセージが来た直後――更《さら》に、一物の吸い込みが激しくなった瞬間、果てた。俺の精液を喉に浴びても気にしないレベッカは精液を呑んだ。そして、最後まで精液を搾《しぼ》り取《と》るように唇《くちびる》を窄《すぼ》めつつ一物を引っ張るように「スパッ」と音を立てて頭部を引いてフェラを止めた。やや寄った蒼い目で一物を凝視。「ふふ、まだまだ凄い元気……」頷いてから、

「あぁ、凄く上手だった。レベッカ、ありがとう、苦しくなかったか?」

「うん、大丈夫。それよりシュウヤ――」

上着とスカートを脱いだレベッカ、一枚の下着を着たまま、濡れたパンツを脱いで邪神像に手を付けた姿勢となった。「後ろからお願い……」自然と頷いた。

「分かった──」と言いながらレベッカの頬にキス。

「あ、ふふ」

腰を左手でなぞりつつ背中と尻を撫でてから背後に移動。

レベッカの細い尻を両手で持ちつつ尻の肉を指で押し拡げて、濡れた女陰の割れ目を拡げた。「あぁ……」期待するレベッカの声は熱い。同時に濡れた女陰はレベッカの荒い呼吸に連動して微かに震えていた。陰裂《いんれつ》の色合いが綺麗だ。湿ったプラチナブロンドの薄毛《うすげ》も可愛《かわい》い。そして、滾《たぎ》った一物の先端《せんたん》を、そのうるんだ女陰の秘部に宛《あて》がった。

「レベッカ、先っぽが入った」

と告げると、尻と背中を震わせたレベッカは腰を少し前後させながら、

「……うん、きて……」

と頭部を微かに揺らす。うるんだ赤い鬢が俺の一物を誘《さそ》うように、レベッカが腰をくねらせた直後──俺は腰を前に突《つ》き出した。猛《たけ》る一物が、ずにゅりと膣《ちつ》の中を進む。亀頭が子宮をダイレクトに穿《うが》った。「アァァァ」とレベッカは甲高い声を発しつつ背中を弓なりにしなわせる。

「す、凄い、入った……おっきいい――」

感じたレベッカは声が震えている。そのレベッカの細い腰を両手で支えながら、自らの腰を怒濤《どとう》の勢いで前後させた。時に悩ましく腰を左右に円を描《えが》くように動かしつつ一物の角度を変えて腰を打つ。レベッカの膣から溢《あふ》れた愛液と太股の汗《あせ》が散った。

「アンッ、そこ、ダッ、アァァッ」

腰を少し引く――亀頭で、レベッカの膣の左右と上の粘膜《ねんまく》を剥《は》がすように擦り上げた。そこから腰を再度強くレベッカの腰に打ち付けた。一物が膣の深奥《しんおう》に深く刺《さ》さる。

「アァ、イクッ――」

レベッカは体を震わせる。構わず、尻の肉を指でマッサージしつつ、再び強く腰を打ち付けた。「アァ、ダメ、ダメ、また――」レベッカのわななく声が愛《いと》しい。

もだえたレベッカは頭部を振《ふ》るってプラチナブロンドの髪《かみ》を揺らす。全身に電流でも走ったように震わせた。せり上がった下着から覗《のぞ》かせる白い肌は斑《まだら》に朱色《しゅいろ》に染まっている。

「また、イ、イク――」

そのレベッカのオーガズムに合わせて腰の動きを強めた刹那《せつな》、絶頂の快感が一気に噴《ふ》き上《あ》がる。「俺もだ、イク――」と、レベッカの中で果てた。一物から奔流《ほんりゅう》のような勢いの精液が迸《ほとばし》る。「アァァ」

暫し、余韻《よいん》の動きで腰を前後させると、レベッカは連続で果てた。

一物を引き抜《ぬ》いて、レベッカの尻を撫でてから太股にキス。レベッカは「アンッ」と強く感じた声を発してから卑《ひ》わいに動く女陰から愛液を零《こぼ》した。そのレベッカの隣に寄りかかって……数分後、レベッカは起きた。

「……激しかった。けど、嬉しかった。ありがと」

頬にキスをされた。

「おう。いつものことだ。皆が待つところに戻ろうか」

「ふふ、うん。優しいシュウヤ大好き!」

『閣下、レベッカは気持ち良さそうでした。羨《うらや》ましい!』

『ヘルメも今度な』

『はい』

身なりを整えたレベッカと一緒《いっしょ》に皆《みな》のところに戻る。邪神像を調べながら、

「……階層ごとに巨大化《きょだいか》して精巧な作りになっているようだ」

と発言。艶《つや》がいいレベッカの肌をジッと恨《うら》めしそうに見つめていたヴィーネだったが、
ハッとした表情を浮かべて、

「あ、はい。ご主人様……ここには、敵はいないようですね」

そのヴィーネは翡翠《ひすい》の蛇弓《バジユラ》を持ちつつ周囲を警戒してくれた。

「ん、シュウヤとレベッカはえっち」

「本当よ！　でも、少し興奮してしまったわたしたちでもある」

「うん。わたしたちはわたしたちで個別の機会を狙《ねら》うから」

「それもそうね」

「……さすがはマイロード」

カルードは尊敬の眼差《まなざ》しを寄越す。ミスティがその言葉を聞いて「ふふ、カルードさんは変わらない」と笑顔《えがお》を見せてから、

「さぁ、この遺跡の奥《おく》に進みましょう。五階層よりは遠いけど、形が同じなら階段があるはず」

「その前に沸騎士《ふつきし》を呼び出しておく」

「にゃ」

「ん、ロロちゃんが反応した。ぼあぼあと煙《けむり》のような魔力《まりよく》を出す沸騎士たちが好きなの？」

魔導車椅子《まどうくるまいす》に乗ったエヴァが、右肩《みぎかた》に戻った黒猫《ロロ》に話しかけている。

「にゃおん――」

黒猫《ロロ》はエヴァに呼ばれたと勘違《かんちが》いしたのか、エヴァに向けて跳躍。

太股に着地。甘《あま》ったれた表情を浮かべて、頭部をロングワンピへと擦りつけていた。

エヴァは天使の微笑《びしょう》を浮かべて、

「ふふっ、ロロちゃんも、一緒にがんばろう」

「にゃお」

黒猫《ロロ》もつぶらな瞳で応える。カワイイ。

この光景をずっと見ていたい気がするのは……俺だけだろうか。

微笑ましすぎるんだが。

「エヴァ、いいな～～」

「エヴァの太股がロロ様のお気に入りの場所のようです」

膝枕《ひざまくら》の会話をしたのを思い出す。いいなぁと思うが、休憩《きゅうけい》はここまで。

「……えっちしといてアレだが、皆、そろそろ、気合いを入れろ」

皆へ引き締《し》めを促《うなが》す。

「はい、ご主人様」

「うん」

「ん、分かった」

「にゃぁ」

『閣下、皆、気合いが入ったようです』

『おうよ』

皆が気合いの声をあげている間に――闇の獄骨騎《ダークヘルボーンナイト》の指輪を触る。

沸騎士たちを召喚《しょうかん》した。指輪から二つの魔力が迸る。

その迸る魔力は糸や線にも見える。その細い魔線《ません》が宙に弧《こ》を描きつつ地面に付着。

地面は揺れるように沸騰《ふっとう》した音を立てては蒸気の煙を立ち昇《のぼ》らせた。

デデンデンデン、と音が鳴るように、蒸気を体内に吸収する二体の沸騎士が出現。

地面の蒸気的な魔力の煙を、沸騎士たちが体内に吸収する時間は一瞬だった。

「閣下。黒沸騎士ゼメタス、今、ここに！」

「閣下。赤沸騎士アドモス、参上でありますっ」

二体の沸騎士は片膝《かたひざ》を地面につけた状態で頭を下げている。

「よう、沸騎士たち。いつもの前衛だが、仲間の護衛とフォロー、ま、臨機応変に対処」

「畏《かしこ》まりました」

「はい、お任せあれ」

沸騎士たちは骨盾を構えると前進を開始した。

「にゃおん」

直《す》ぐに黒猫《ロロ》が黒豹《くろひょう》へ姿を大きくさせながら騎士《きし》たちを追いかける。

「あ、わたしのゴーレムも前に行かせるから」

沸騎士と黒豹《ロロ》に遅《おく》れて、ミスティの簡易ゴーレムがのしのしと歩いていく。

俺《おれ》たちも十天邪像が並ぶエリアを進み出した。

前衛、黒沸《にえ》ゼメタス、赤沸アドモス、黒豹《ロロ》、簡易ゴーレム。

強襲前衛、ユイ、カルード、ヴィーネ。

中衛、俺（左目にヘルメ）、エヴァ。

後衛、ミスティ、レベッカ。

この隊列で進むが敵は階段には現れず。

階段は細いので隊列はバラバラに上がっていった。お、早速《さっそく》、魔素の反応だ。

「魔素の反応が複数、階段上の先からだと思う、気を付けろ」

「はい」

「閣下、了解《りょうかい》しました」

「にゃお」

黒豹《ロロ》は俺の話を聞いても、四肢《しし》を走らせて階段を急ピッチで上った。

沸騎士より前に出た。暢気《のんき》すぎる。心配だ。急いで階段を二段、三段飛びで上がる。

沸騎士たちと同時に階段を上りきり、外に出ると、戦いの現場が目に飛《と》び込《こ》んできたが……なんだこりゃ。黒豹《ロロ》ではなく、多数の軍勢が入り乱れて戦っているのが見える現場という……少し混乱したが、五階層と同じくフィールド型エリアだと判断。

俺たちが出てきたところは、丘《おか》で高い。眼下に広がる草原エリアで戦争が起きていた。左が魔族《まぞく》と思われる軍勢、右も魔族と思われる軍勢。遠いが中央の奥に城らしき建物がある。

その遠い場所でも、違《ちが》う種族と思われる軍勢が戦っていた。

「何、ここ……魔族か邪神《じゃしん》の兵士たちかな」

「ふむ。眼が三つ、眼が四つある化け物兵士たちで、軍が構成されているようだが……」

カルードが娘の言葉に反応して、額に手を翳《かざ》しながら遠くの戦場を見やる。

しかし、ここで地図から宝の場所を探すのか……。幸い、ここには軍勢が来ないからいいが……。

魔宝地図をアイテムボックスから出して、確認。……地図によると、ここからずっと左か。

「……ねぇ、ここ地下二十階層よね？」

「……空？　明るい。草原？　ここは地下に見えない」

確かに、太陽はないが地下には見えない。五階層と同じ世界系だろう。

階段を上りきったレベッカとエヴァは呟きながら、茫然《ぼうぜん》と空から草原の様子を眺《なが》めていく。

「ご主人様、宝の場所はかなり左の方ですね」

ヴィーネが地図を見ながら語る。

「そのようだ、あちらの窪《くぼ》んだエリアだろう」

「マスター、その地図を少し見せて」

「おう」

ミスティは魔宝地図を掴むと、素早《すばや》く羊皮紙にスケッチしていく。

日記帳のような書き方だが、凄まじい速さだ。

跳《は》ねたインクが頬についているので、指で拭《ふ》いてあげた。

「あ、ありがと……簡易的な地図なのね」

彼女《かのじょ》は頬を紅《あか》く染めながら地図を返してきた。

「だけど……場所は」

ミスティは嫌《いや》そうに戦場を見る。そういうことだ。あそこを通らないといけないな。

「……あの乱戦の争いようだと、話し合いが通じる相手ではなさそうだ。とりあえず、俺が先にあの軍勢の間へと楔《くさび》を打ち込み乱入してみる。もし襲い掛《か》かってきたら問答無用で薙《な》ぎ倒して道を切り開くことにしよう。皆は、後続の戦いに備える形でゆっくりと降りてくればいい。襲い掛かってくる敵を殲滅《せんめつ》しろ、ロロ！」

「にゃあ」

黒豹《ロロ》を呼ぶ。黒豹《ロロ》は瞬時に黒馬に変身すると駆《か》け寄《よ》ってきた。

その近寄るロロディーヌの背中へ向けて跳躍。鬣《たてがみ》の毛を触りながら背中に跨《また》がった。足回りをフィットさせる。

相棒の後頭部、首の下辺りから伸《の》びた触手手綱《しょくしゅたづな》の先端が、俺の首にピタッと張り付く。その触手の一部を握った。馬の手綱を扱《あつか》うように触手を少し引っ張る。

相棒ロロディーヌと人馬一体を超《こ》えた〈神獣《しんじゅう》止水・翔《かける》〉による共有感覚を活《い》かす。

源義経の崖《がけ》下りを思《おも》い描きながら一気に丘を降りようか。

「――マイロードの初陣《ういじん》ですな！」

「ちょっと、速い――」

『閣下の槍無《やりむ》双《そう》を体験できそうです！』

初陣？　少し違うような気がするが、背後からカルードの勇ましい喜びの声とレベッカの声が聞こえた。

『相手が向かってきたらな』

左目に住むSな彼女《精霊》へと念話を送る。

触手手綱を片手で握りつつ右手に魔槍杖《まそうづえ》バルドークを召喚。

魔槍杖バルドークの穂先《ほさき》の紅斧刃《おのば》がギラついた。武器の相棒と呼べる？

魔槍杖バルドークの重さは心地《ここち》いい。そして、眼下には千を超えるだろう軍勢対軍勢の猛々《たけだけ》しい乱戦模様《もよう》だ。そんな戦場目掛《めが》けて駆け下《お》りていった。

魔槍杖バルドークの柄を握り直した。その際に、魔槍杖バルドークの紅斧刃の揺《ゆ》れた動きを見て……。

魔槍杖バルドークに棲《す》みついた紅斧刃の怪物《かいぶつ》が、あの軍勢たちの生き血を求めて笑っているかのように感じられた。

ご主人様たちは迷宮《めいきゅう》に潜《もぐ》られた。我ら《奴隷》に休暇《きゅうか》をくれたが〝魔石収集〟の命令は生きている。がんばらねば、そう心に思う虎獣人《ラゼール》のママニであった。ママニは虎《とら》の顔に面頬を装備。首に喉輪《のどわ》を装着した。薄い金色に輝《かがや》く鎖帷子《くさりかたびら》。肩口《かたぐち》に覗かせるのは長弓《ちょうきゅう》と矢筈《やはず》と筒《つつ》。筒と長弓を結ぶ紐《ひも》はたすき掛《が》けのように胸で結ばれている。背中の矢束《やたばね》は主人のシュウヤがママニにプレゼントしたアイテムだ。

闇の精霊サジュの祝福がかかった貴重なる矢。

ママニは、その矢を見ながら……ご主人様から頂いた、この矢は貴重だ。

しかし、数に限りがある以上は、あまり使うつもりはない。

それに、わたしにはご主人様から頂いた大事なアシュラムがある。

このアシュラムならば五階層に出現するモンスターの大半は一撃《いちげき》で屠《ほふ》ることが可能……ましてや、パーティだ。ママニは、そう思考しては……。

腰ベルトにある短剣《たんけん》を確認《かくにん》。ポーション袋《ぶくろ》もセットされてある瓶《びん》の数も確認していた。

そして、シュウヤがプレゼントした、その大事な大型円盤《えんばん》武器アシュラムを大切そうに掲《かか》げて皆を凝視。「——では、皆、準備は宜《よろ》しいか?」そう発言。

鋭《するど》い獣《けもの》の虎獣人《ラゼール》らしい瞳《ひとみ》で同僚《どうりょう》たちを見据《みす》えながら皆の気概《きがい》を確認する。虎獣人《ラゼール》のママニは奴隷たちのみで活動する場合、リーダー役になっている。ママニは匂《にお》いでの探知に優《すぐ》れた〈嗅覚《きゅうかく》列〉というスキルがある。索敵《さくてき》の要でもあるからだ。ママニは〈嗅覚列〉を活用して索敵の指示を出しているうちに、自然とリーダー的な存在となっていた。それはママニの過去を知る者ならば当然だろう。

あの虎獣人《ラゼール》のピレ・ママニだ。と、納得《なっとく》するかも知れない。

そうママニは、東方の国、フジク連邦《れんぽう》のハーディガの丘で行われた戦場にて、グルトン帝国《ていこく》の一隊を何度も撃退《げきたい》したエスパーダ傭兵《ようへい》団の小隊を指揮していた経験を持つからだ。

その黄金武者ママニの言葉に逸早《いちはや》く反応をしたのが、

「モチロン!　準備は万全《ばんぜん》」

小柄獣人《ノイルランナー》のサザーの元気な声だ。

サザーは踊《おど》るようにくるりと横回転。こぶりな犬の耳がふわりと上がる。

プロロングルスの蒼《あお》い色合いの衣服が麗《うるわ》しく見える。小さい背嚢《はいのう》が可愛らしいが、大きい魔法《まほう》の剣《けん》は少し体格と合っていない。その魔法の剣の名は、水双子剣《イスパー&セルドイン》。小柄でモコモコした毛がとても可愛らしいが、飛剣流を学んだ剣術家《けんじゅつ》であり、野試合ながら烈級の飛剣流の達人を数度倒《たお》している実力者でもある。

そして、八階層を経験している冒険者《ぼうけんしゃ》としてかなりの貴重なる経験を持つ。

そんな強い一面もあるサザーだが、最近は黒猫のロロディーヌを『ロロ様は怖《こわ》い』と思っている。本気で貞操《ていそう》を奪《うば》われるのじゃないかと、ついこの間も、ボクの胸とお尻を……と、赤面しつつ感じてしまったことを恥じているボクっ娘《こ》であった。

「我も準備完了《かんりょう》である」

ざらついた女声を発生させたのは蛇人族《ラミア》のビアだ。

蛇のような舌をしゅるると揺らし伸ばしながらの早口。

ビアは頑丈《がんじょう》な胴体《どうたい》と、その表面にドラゴンを感じさせる鱗《うろこ》の皮膚《ひふ》を持つ。

その胴体の上に、ハーフプレートと蛇の腹のような下腹部に佩楯《はいだて》を装備しているから重量感が溢れていた。背中には背嚢を背負い、投《な》げ槍《やり》が入った筒を背負っている。赤ぶどう色の鞘《さや》に納まったシャムシール《シャドウストライク》の黒剣を腰にぶら下げて、右手に大きな盾《たて》を持つ。太い蛇の腹を持つ蛇人族《ラミア》特有の戦闘《せんとう》職業、武装騎士長たる前衛の鑑《かがみ》とも言える姿だ。

「わたしも大丈夫《だいじょうぶ》です。行きましょう――」

笑顔の耳長《エルフ》のフー。黄金色《こがねいろ》の髪を片手でかき上げた。

頬のマークは蛇のような形で、チャーミングである。

そのフーは胸が大きく膨らんだ銀糸のワンピースを装着。小さい背嚢と繋《つな》がる紐が、見事なぐらい胸の強調をしていた。シュウヤが見たら……確実に〝けしからん〟と、思いながら、おっぱい研究会&委員会を発動させるのは確実だろう。フーの腰にはバストラルの頬がある。黄土色の魔法石が先端に嵌《は》まる短杖《つえ》で魔杖《まつえ》が、バストラルの頬。

ママニを先頭に蛇人族《ラミア》のビア、サザー、フーの高級戦闘奴隷《せんとうどれい》たちはシュウヤの邸宅《ていたく》の中庭から大門を出て、武術街に進んだ。

彼女たちは第一の円卓通りに出た。相変わらず、混雑している。

この盛況《せいきょう》ぶりはカオス。冒険者ギルド前を通り、公示人の叫《さけ》びが轟《とどろ》く。

——冒険者たちよ、迷宮ばかりが仕事ではないぞ！

——真東ベンラックから続く狭間《はざま》が薄い樹海には、虚《うつ》ろの魔共振《まきょうしん》の影響《えいきょう》か分からないが、冒険者たちを多数亡《な》き者《もの》にしている樹怪王《じゆかいおう》の軍団が存在しているのだ！

——北のゴルディクス大砂漠《だいさばく》では古代遺跡の入り口が見つかったが、周囲に棲息《せいそく》する砂《さ》漠《ばく》ワームの大怪物が砂の津波《つなみ》を巻き起こし、数多くの地元民と冒険者を亡き者にしている！

布告場の公示人の言葉を聞いたサザーが、

「A、Sランクのモンスターは結構いますからね」

「わたしも聞いたことはある」

「我はあまり興味がない。恩ある主人の仕事をやるのみだ」

そのビア、『我はもっと強くなりたいのだ。魔石収集だけでなく、主人と共に迷宮に潜りたいぞ！』と、怒《いか》りの心情を表に出してしまう。

自然と魔眼《まがん》の〈麻痺蛇眼《まひじゃがん》〉を発動させた。

影響《えいきょう》を受けた男の商人は、採れたて卵《たまご》が入った大きな篭《かご》をたすき掛けで抱《かか》えていたが倒《たお》れて、その卵を割る。更にイケメン冒険者が倒れた。女商人の胸に顔を埋《う》めてしまうというシュウヤが羨むハプニングを起こしてしまっていた。

ビアは蛇のような長い舌を口から伸ばしつつ、普通《ふつう》の蛇人族《ラミア》らしいは虫類系の瞳に戻すが『我は知らん』……と、しらばっくれた。すると、フーが、

「ビアったら……ふふ。気を付けてね。あと今日は、恩のあるご主人様から、素晴《すば》らしい装備をもらったんだから、がんばろう?」

フーの言葉に戦闘奴隷たちは頷《うなず》いている。通りには、ダンスを披露《ひろう》している大道芸人がいた。

ダンスに興味を持ったサザーだったが、すぐにフーの傍《そば》に戻っていた。

そして、小さい台に乗り神の教えを説いている小太りな司祭。

他にも、司祭と対照的な痩《や》せた遍歴《へんれき》説教師。台に乗らず熱意ある説教を行っている。

捩《ね》じられ杖を掲げている魔法を宙に放つアリア教の集団。

二人組の女の子もいる。その二人組の女の子は「残り僅かですー」と砂漠《さばく》都市の商品を売っていた。片腕《かたうで》のない厳《おごそ》かな雰囲気《ふんいき》を持つ冒険者の勧誘《かんゆう》も激しい。

とれたての野菜を売る商人。怪《あや》しいスクロールを売る魔導師《まどうし》。

特殊《とくしゅ》な鉄の馬梏《てかせ》を鳴らしながら並んだ荷馬たちと、馬銜《はみ》を引っ張る外套《がいとう》を着込《きこ》む大柄《おおがら》の商人。肩《かた》をいからせた筋肉質な冒険者たち。

食い太った雌《めす》馬に体を舐《な》められているドワーフ。

闘鶏《とうけい》を数羽《すうわ》纏《まと》めて売る人族の集団。

猿魔獣《さるまじゅう》とオーガ系モンスターに首輪鎖《ぐさり》を繋げて従わせている従魔師の老夫婦《ろうふうふ》。

グリフォンと似た魔獣《まじゅう》に乗るカウボーイハットをかぶる鱗皮膚《うろこひふ》を持つ戦士。

珍《めずら》しい巨大な亀《かめ》に乗るのは、眼《め》が五つもある銀髪《ぎんぱつ》の弓師。

ママニたちは、そのような、あらゆる種族たちががやがやと騒々《そうぞう》しく行《い》き交《か》う第一の円卓通りを歩いて迷宮の出入り口に向かい、その円筒《えんとう》の建物に入った。

その中心の水晶《すいしょう》の塊《かたまり》に全員で触《ふ》れて、ママニが代表して「五階層」と発言。

直接、五階層へ転移した。荒野《こうや》たる五階層に到着《とうちゃく》したママニたち。暗雲漂《ただよ》う不気味な光を見たサザーは不安そうに顔色を暗くした。が、その顔色は普段《ふだん》の顔色だ。薄暗《うすぐら》い周りには、魔法の光源があちこちに浮《う》かぶ。キャンプをしている冒険者たちの光源だ。その周りで休んでいる冒険者たちは水晶の塊から現れた戦闘奴隷たちの様子を眺めている。特に美人であるエルフのフーには視線が集まっていた。虎獣人《ラゼール》のママニは無言で、腕《うで》を泳がし、冒険者たちの視線を無視して腕を東へ伸ばすと歩き出す。無言のままビアが蛇の胴体をくねらせながら先頭を進む。特徴的《とくちょうてき》な歩き方。下半身が太蛇のビアならではだろう。そのまま前衛のビアは鞘からシャムシール《シャドウストライク》の黒剣を抜き片手に構えながら前進している。強襲《きょうしゅう》前衛のママニとサザーが、少し遅れて後衛のフーが最後尾《さいこうび》に続いた。縦笛の音が流れるような風が吹《ふ》く荒れた土地を進むと、ママニの〈嗅覚列〉が反応を示す。ママニは鼻をむずむずと動かして、

「前方から七匹《ひき》の死霊系《しりょう》毒炎狼《グロウウオルフ》の匂い！　各自、警戒《けいかい》」

ママニの声に、いち早く反応したのは、先頭に立つビアだ。そのビアが「承知」と、発言して、サザーも背中から水双子剣《イスパー＆セルドイン》を抜くと、

「うん」

続いてエルフのフーがバストラルの頬《ほお》と呼ばれる短い魔杖を胸前に掲げながら、

「――了解。後部の毒炎狼《グロウウオルフ》は魔法で仕留める！」

「見えた！　我《わ》が先陣《せんじん》！　モンスターをもらう――」

ビアが左手一本で筒の中に納まる手投げ槍をスッと引き抜くと――。

その手投げ槍を投擲《とうてき》。毒炎狼《グロウウオルフ》の頭部に直撃《ちょくげき》。毒炎狼《グロウウオルフ》を倒す。

続けて、二匹の毒炎狼《グロウウオルフ》を手投げ槍で仕留めていた。

残りの毒炎狼《グロウウオルフ》は左右に逃《に》げるように展開。

ビアは投げ槍を行った左手で盾を持つ。

そして、右手でシャムシール《シャドウストライク》の黒剣を持ちつつ前進。

「キショエエエエエエッ！」

ビアは挑発技《ちょうはつわざ》〈咆哮《ほうこう》〉を繰《く》り出《だ》す。左右に散った狼《おおかみ》たちがビアへ視線を集中させていた。

『その隙《すき》に、ここ！』と、強い気持ちでママニが大型の円盤武器アシュラムを〈投擲〉。モーニングスター系の鎖を用いたようにアシュラムの円盤の縁《ふち》から刃《は》が伸びた。回転するアシュラムは唸《うな》りを上げて毒炎狼《グロウウオルフ》の頭部と衝突《しょうとつ》。

円盤の縁の刃が回転しつつ、毒炎狼《グロウウオルフ》の頭部と胴体までを裂《さ》いて抜けた。毒炎狼《グロウウオルフ》の背後の地面にアシュラムが刺さって止まる。

その地面では土煙《つちけむり》が舞《ま》う。『素晴らしい武器を下さったご主人様に感謝だ』

ママニはシュウヤに感謝。そして、大型円盤武器《アシュラム》から伸びている黒鎖は回収はせず、短剣を引《ひ》き抜き警戒。そのタイミングでサザーが駆けた。

サザーはプロロングルスの蒼服効果により身体能力が上がっている。

毒炎狼《グロウウオルフ》と間合いを詰《つ》めた。

鋭い踏《ふ》み込みから地を噛《か》む。流れるように左手が握《にぎ》る水双子剣《イスパー》を出して、前に出るや毒炎狼《グロウウオルフ》の脇《わき》を突き刺す。

同時に右手が握る水双子剣《セルドィン》を振るうサザー。

右にいた毒炎狼《グロウウオルフ》の胴体が真一文字に切《き》り裂かれた。

脇に水双子剣《イスパー》が刺さる毒炎狼《グロウウオルフ》はまだ生きていた。反撃《はんげき》をしようと黒環《くろわ》を膨《ふく》らませる。サザーは落ち着いて水双子剣《イスパー》を引き抜いた。そして、小さい肘《ひじ》を上向かせる所作から。──水双子剣《イスパー》で袈裟《けさぎ》斬りを実行。

炎《えん》ブレスを吐《は》こうとしていた毒炎狼《グロウウオルフ》は頭部と体が斜《なな》めに分断。

斜めに切り裂かれた口から「ガフォ……」と空気が漏《も》れて、ぱっくりと裂かれた二つの傷口から鮮血《せんけつ》が迸った。最後の残った毒炎狼《グロウウオルフ》には、フーが、

「バストラルの頬の効果は凄《すご》い！」

と発言しつつ、再びバストラルの頬を使用。その短杖の先端から出た礫《つぶて》が毒炎狼《グロウウオルフ》と衝突。毒炎狼《グロウウオルフ》は瞬時《しゅんじ》に地面に縫《ぬ》われて磔《はりつけ》にされた。こうして毒炎狼《グロウウオルフ》の一つの群れを全滅《ぜんめつ》させるマ

マニたち。得意な毒炎を吐くこともできなかった毒炎狼《グロウウオルフ》は無念だろう。

キャプテンママニは大型の円盤武器アシュラムの黒鎖を腕に収斂《しゅうれん》させつつ回収を行う。

アシュラムを腕に装着して、そのアシュラムを大きな盾として扱うと、

「――各自、魔石の回収を急げ！　見張りはわたしが行う」

パーティメンバーへと厳かに宣言していた。

「了解」

フーは毒炎狼《グロウウオルフ》の死骸《しがい》に近寄る。体を悩《なや》ましく屈めてナイフで死骸を解体し魔石を採り出した。「うん」と頷いたサザーは両手に持った双子剣を両肩口《りょうかたぐち》にある鞘に納める。はばき止まる微かな音が響《ひび》いた。戦闘奴隷たちは魔石の回収を終えると休憩を行う。狩《か》りの後は必ず休憩を繰り返す。主人であるシュウヤの言葉を忠実に守りながら慎重《しんちょう》に荒野を進んでいった。

そして、煙毒《えんどく》の森の間の【水晶の崖】に到達《とうたつ》したママニたち。この水晶の崖と呼ばれる五階層の地域は冒険者の数が少ないうえに煙のようなモノが立ち昇り薄暗い死角が多い地域である。更に匂いの索敵が作用しにくい地域だ。皆が警戒を強めながら歩いている時。

隅《すみ》を照らすような、少しぼやけた明かりが漂っているところから、

「ピュリンッ！　何故《なぜ》だぁぁ、ぐあああああぁぁ」

悲鳴が響く。そう叫んだ男の足に骨針が刺さる。仲間のピュリンから攻撃《こうげき》を受けた男は倒れた。ピュリンと呼ばれた女は、額から目にかけて線状の入《い》れ墨《ずみ》がある。薄青《うすあお》い双眸を光らせつつ体から放出した魔力と繋がる骨の大魚たちを宙に漂わせていた。そのピュリンと呼ばれた女は嗤《わら》って、

「ピュリン？　あぁ、貴方《あなた》、この体の持ち主に惚《ほ》れていた子か。ふふ、この子の魂《たましい》は私の中でちゃぁ～んと、糧《かて》になってくれているわ」

そう不気味な女声で話をしながら、周りを泳ぐ骨の魚を撫でていた。倒れた男は、元仲間のピュリンが、もうピュリンでないことに気付くと歯噛《はが》みをして「糞《くそ》、ば、化物が、ピュリンを喰《く》ったのか？」と発言。悔《くや》しそうに唇からも血を流す。怪しい女は、

「ええ、美味《おい》しかったわ。やはり五階層の常連となる冒険者は、その肉質、記憶《きおく》、魂の質もすべてが違うわね、うふ」

可愛らしくウィンクをする。倒れていた男は片膝を突けて、

「……化物めが！　ピュリンはそんなことはしない、ピュリンを返せ！」

冒険者《ぼうけんしゃ》戦士の必死な言葉に、

「ププ、プハハッ、ヒィヒィ、笑わせる。返せるわけがない。もうお腹《なか》の中だし、消化しちゃったわ」

ピュリンの姿の怪しい女は腹を抱えて笑い喋《しゃべ》る。倒れていた男はカッと目を見開き、そして、「ぐ、ぐそっ、くそがぁ――」叫びつつ立ち上がり、怪しい女に向かった。ピュリンの姿をしている怪しい女は、眼を怪しく光らせ「――化物で悪かったわね」と骨針を飛ばしていた。骨針は冒険者の男の額に刺さる。男は驚愕《きょうがく》した顔付きのまま仰向《あおむ》けで倒れた。怪しい女の手には骨針のような武器があった。周りで死んでいる冒険者たちの体にも、その骨針が刺さっている。ママニたちは、それらの現状を見てすぐに目を合わせると、

「あれは冒険者同士の仲間割れか？」

先頭に立つビアが蛇のような舌をしゅるると伸ばしながら早口に語る。ビアは内心『あの不規則に活性化し萎《しぼ》む体内魔力は侮《あなど》れん。強者の可能性がある』と、考えていた。

「そうだろう」

ママニの言葉だ。彼女は警戒度《けいかいど》を引き上げた。

「ここは死角が多いから……」

サザーは斬《き》り合《あ》いに持っていける体勢に移行。双子剣に手をかけていた。

「怖い……」

フーはサザーの背後から、この光景を見て怯《おび》えていた。一方、怪しい女は双眸《そうぼう》を薄《うす》く光らせながら、

「さ〜て……待ちに待った一日一回のお楽しみ〜。収穫祭《しゅうかくさい》〜頂くわよ〜」

と独り嗤い宣言。死体に近付いて両膝《りょうひざ》で地を突くと死体の頬へと黒いマニキュアの爪《つめ》を当てる。女はキスをするように口を窄めた。その唇から聞き取れない声が漏れる。それは呪文《じゅもん》だった。次の瞬間——死体の額に刺さっていた骨針が輝くや、死体の双眸、鼻、口、耳から血が溢れた。そして、輝いた骨針には熱があるのか骨針の根元付近の血が泡立《あわだ》った。その光を帯びた骨針の先端から白いエクトプラズムのような濃厚《のうこう》な魔力が湧《わ》き出《で》た。

続いて、周囲の死体の額に刺さっていた骨針からも白いオーラを思わせる魔力が発生した。それらの白いエクトプラズム的な魔力を、すべて、口に吸い寄せた女は満足したような表情を浮かべると、複数の死体を見やる。死体の額に刺さる骨針の輝きが消えた。刹那、女の黒マニキュアの爪が蛇のように伸びて、複数の死体に突き刺さった瞬間、死体は溶《と》けながら黒爪の中に吸《す》い込まれた。すべての死体は消えていた。水晶の崖の荒《あら》い地面が残るだけとなった。そして、女は恍惚《こうこつ》とした表情を浮かべて「あぁ〜うまがっだぁ〜収穫完了《しゅうかくかんりょう》」と発言、両手を拡《ひろ》げて背筋を伸ばす。額の刺青紋章《いれずみもんしょう》と双眸が青白く輝くと周囲の骨魚たちも一回り成長を遂《と》げた。更《さら》にその怪しい女は、青白い魔力を体に纏《まと》う。と、体の一部の筋肉を隆起《りゅうき》させた。その筋肉がむぎゅっと蠢《うごめ》くと、皮膚が浅黒く変色した。最終的にピュリンと呼ばれていた可愛《かわい》らしい姿とかけ離《はな》れた筋肉質な女性へと体を変えていた。銀色の髪《かみ》は縺《もつ》れ髪となり巻き毛へと変化。服は破れて臍《へそ》が露出《ろしゅつ》し健康的な恥部《ちぶ》も晒《さら》す。ママニは姿を変えた化物を凝視《ぎょうし》して『只の魔石収集のはずが……』と考えた。

　そして、皆に向けて、

「……あれは危険だ。撤退《てったい》しよう」

ママニが忠告した途端《とたん》。双眸を青白く光らせた銀髪の化物女がママニたちの姿に気付く。

姿は変えても一対《いっつい》の瞳の色と銀髪は変わらない。

「ん？　あっ見られちゃったか～」

女は変性途中《とちゅう》なのか、特徴的な間の抜けた声を出しながらも、銀色の眉《まゆ》を顰《ひそ》め、

「殺す」

そう脅《おど》すような言葉を漏らした。女は細筆で書いたような眉を顰めて、

「殺す、殺す～」

その喋りの途中から銀髪の女は癖《くせ》なのか、ウィンクをするように片目を瞑《つぶ》りつつ嗤った。臍を晒して胸を張る。左右の肘を四十度くらいの角度にゆらりと上げた。魔力を纏わせた指先で小円の魔法陣《まほうじん》を宙空に二つ描《えが》くと、その小型魔法陣を爪繰《つまぐ》った。その魔法陣は宙を漂いつつ光ると魔線が宙空で泳ぐ骨魚と繋がった。骨魚は栄養を得たように背鰭《せびれ》の骨を大きく靡《なび》かせると、眼窩《がんか》を強く光らせた。そして、鋭そうな牙《きば》を見せるや、海中の捕食者《ほしょくしゃ》

の如《ごと》く——ママニたちへ襲《おそ》い掛かる。

「——攻撃が来る、撤収《てっしゅう》、アルガンの嘆《なげ》き！」

ママニは予《あらかじ》め決めておいた危険に対処する作戦名を叫ぶ。

冷《ひ》や汗《あせ》をかいたのか体毛が目立つ虎の顔を拭《ぬぐ》う素振《そぶ》りを見せた。そして、大型の円盤武器アシュラムを胸元《むなもと》に出して構えた。背後のエルフのフーが固唾《かたず》を飲むが、すぐに切り替える。「土精霊バストラルよ。我が……」と指示通り魔法の詠唱《えいしょう》を始めた。

「承知——」

ママニの言葉に呼応したビアは、詠唱中のフーを守るように前進。そして、太い腕を用いて、手槍《てやり》を〈投擲〉——ビアは『面妖《めんよう》な怪物を先に潰《つぶ》す』そう意識込めて投擲していた。

その投げ槍は骨魚ではなく銀髪の女の胴体に向かった。

「あら、反応が速いわね——」

銀髪の女は楽し気に語ると、両手の黒色の爪を伸ばし黒い剣に変化させつつ垂直に風巻く速度で振《ふ》り上《あ》げて、ビアの〈投擲〉の槍をいとも簡単に切り裂いた。ビアは驚《おどろ》かない。

そのビアは『やはり効かぬか。ママニの判断は正しい、主人並みに魔力を放出していた面妖な相手』と、ビアなりに銀髪と浅黒い肌《はだ》を持つ化物女を分析《ぶんせき》していた。そして、右手の盾と左手に湾曲《わんきょく》したシャムシール《シャドウストライク》の黒剣を持ちつつ一歩踏み込む構えで、自身に飛来する

骨魚を見据える――『骨魚は速いが、我なら潰せる！』そうビアは考えると、同時に動いた。魚の頭部へと反った刃のシャムシールの黒剣を縦に振り下げ斜め上《うえ》に振り上げて〈二連斬剣《シャドウストライク》〉を発動させた。骨魚をシャムシールの黒剣が瞬時に二つに寸断。

煙が立ち昇る荒野の地に平たい断面が目立つ骨魚だったものが二つ転がる。

〈魔骨魚〉をあっさり斬ったビアの剣筋を見た銀髪の女は目をカッと開く。そして、

「へぇ、驚き。成長した〈魔骨魚〉を両断かぁ」

そう発言。まだ二匹の〈魔骨魚〉が残っているから余裕《よゆう》なのだろう。

その二匹の〈魔骨魚〉がママニたちに向かうと、鈴《すず》の音のようなフーの詠唱音が響く。

「《岩の断轟《ロック・パニッシャー》》！」

フーの言語魔法の上級：《岩の断轟《ロック・パニッシャー》》だ――。

複数の大きい岩がどこからともなく出現し、互《たが》いにぶつかりつつ、銀髪の女へと集結するように飛翔《ひしよう》する。

銀髪の女は、《岩の断轟《ロック・パニッシャー》》の岩の群れが、自身に迫《せま》っても、涼《すず》しい顔色を浮かべたままだ。

その一弾指《いちだんし》――縺《もつ》れた銀髪が扇状《おうぎじよう》に変化した。その扇《おうぎ》の形に変化を遂げた銀髪を振るい、大きい岩と衝突、岩は割れた――《岩の断轟《ロック・パニッシャー》》を叩《たた》いて落として魔法の岩攻撃を防ぐ。そ

の間に〈魔骨魚〉たちがママニたちへと襲い掛かった。ママニは肘を畳《たた》み大型の円盤武器アシュラムを掲げて〈魔骨魚〉の攻撃を受け止めた。そこから即座《そくざ》に反撃の「開・靭脚《うつぼあし》――」と気合いの声で叫んだママニ。左足の膝頭《ひざがしら》を急角度で持ち上げ開脚《かいきゃく》する上段蹴り《〈開・靭脚〉》を〈魔骨魚〉の下骨に喰らわせた。〈開・靭脚〉のスキルを放ったママニは普段指示役に徹《てっ》しているが、こういった接近戦も得意な虎拳《こけん》流の達人でもある。頭上に鯉《こい》が跳ねるように〈魔骨魚〉を浮かしたところで、左手が握る大型の円盤武器アシュラムを振り上げた。

――〈魔骨魚〉の顎《あご》に、その円盤武器アシュラムの縁を衝突させた。

完全に〈魔骨魚〉の顎骨《がっこつ》を粉砕《ふんさい》。顎だけでなく頭蓋骨《ずがいこつ》にも罅《ひび》が入ると〈魔骨魚〉はすべてが砕《くだ》け散《ち》って吹き飛んでいた。そして、上級魔法を唱えた直後のフーにも〈魔骨魚〉が迫っている。

〈魔骨魚〉は、綺麗《きれい》な声で詠唱を生み出していたフーの喉笛《のどぶえ》を噛みきらんと口を拡げていた。抜剣《ばっけん》していたサザーが反応し、『フーには触れさせない！』そんな心の声を体で表現する視線が鋭いサザーは脇構えから地面を蹴《け》る。身軽なサザーは高く跳躍《ちょうやく》し、〈魔骨魚〉と距離《きょり》を瞬時に詰めた直後――水双子剣のセルドィンの剣腹を自身の背中に付くほどに回す。同時に体を捻《ひね》りつつ水双子剣を迅速《じんそく》に振るう〈漣《さざなみ》〉という回転斬《ぎ》りで〈魔骨魚〉を切断した。

断面は滑《なめ》らかな三つの骨塊になって落下。『〈漣〉は、ボクの得意スキル。でも、この水双子剣のセルドィンとイスパーの切れ味は凄い……』とサザーは自らの技《わざ》の切れよりも、シュウヤにもらった水双子剣イスパー＆セルドィンの切れ味に満足。そして、次の魔法の詠唱を開始しているフーと目配せ。そのフーを守るビアとママニともアイコンタクト。

互いの連携《れんけい》の位置を確認しあった。サザーは遊撃《ゆうげき》ポジションを維持《いじ》するように走る。

「ふーん、〈魔骨魚〉をすべて倒してしまうなんて、予想外……先ほどの冒険者たちは翻《ほん》弄《ろう》されて骨針を無数に喰らっていたのに、実力は雲泥《うんでい》の差ね？　素晴らしいわ……」

銀髪の女は上級魔法を潰すように壊《こわ》した扇状の銀髪を収縮。黒い爪も縮めて普通の黒い爪に戻《もど》すと、感心したようにパチパチと柏手《かしわで》を行う。口角を上げて愉悦《ゆえつ》の表情を作ると、「失敗したかなァ……」と呟《つぶや》く。そして、可憐《かれん》と評されるような造作の下唇《したくちびる》に黒爪を当てながら、

「一日一回のお楽しみタイム《収穫祭》も使っちゃったしぃ」

ココアミルク肌が綺麗な腰《こし》をふりふりと揺らしながら語る。そして、

「貴女《あなた》たちを吸えれば、もっと貴重なモノが得られたかも知れないのにぃ……わたしの馬鹿、馬鹿ァ。あ、でもでも、普通に戦うのも楽しいかも知れない！」

銀髪の女はそう語る。双眸に魔力《まりょく》を纏わせると、ママニたちの様子を観察。

そして、独特な水色の魔力を全身に纏わせていった。

ただならぬ相手に虎獣人《ラゼール》のママニは切り札を使うことを意識。

『ご主人様……すみません』

と、心の中でママニは、地下二十階層にて黒馬ロロディーヌに騎乗《きじょう》して、丘から絶賛駆《か》け下り中のシュウヤに対して謝《あやま》っていた。

「……頂いた鎧《よろい》が壊れるので、使いたくはなかったがッ――――！」

異質なガリッとした硬質音《こうしつ》が響く。
それはママニが虎らしい歯を激しく上下に噛み合わせた音だ。
虎獣人《ラゼール》の女性、しかもかなりの美形であるが頑強《がんきよう》な面魂《つらだましい》となった。
と同時に震《ふる》えるような声で、
「グゥォ……グォォォォォォォ――」
ママニが吠えた刹那《せつな》――。
ママニは体を膨らませて巨大《きよだい》な虎獣人《ラゼール》の姿になっていた。
虎の化身《けしん》、仁王《におう》立ちした虎神のような特異な黄色魔力を全身から放っている。
そう、ママニは切り札を使用した。特異体としての能力。
豹獣人《セバーカ》に多い変異体と同じと思われるが少し違う。
ママニは、ラーマニ部族の族長の娘《むすめ》。極《きわ》めて数が少ないラーマニ特異体継承《けいしようしや》者である。
現在のピレの名は〝とある秘密の理由から〟部族間の儀式《ぎしき》を用いた結果だ。
そして、ママニの黄金の鎖帷子は膨張《ぼうちよう》に耐《た》えきれず千切れて壊れた。
が、顔の大きさは変わらない。面頬はそのままだ。
そして、顎から〝意識ある黄色の髭《ひげ》〟たちが伸びていた。
喉輪の防具はない。留め金が折れるように曲がった状態で荒野の地に落ちていた。小回りの利《き》くサザーが、まだ直せば使えるベルトと落ちたポーション袋を素早く回収している。

「チッ、夙《つと》に名の知れた変異体、いや亜種《あしゅ》か……」

先ほどまでピュリンと呼ばれていた銀髪の女はママニの巨大な姿に反応。

銀髪が逆立ち筆で書いたような細目を目《め》一杯《いっぱい》大きくさせた。

大きな虎獣人《ラゼール》のママニを見据えつつ……黒爪を伸ばし黒い剣に変化させると、初めての戦闘態勢を取り構えた。

大きな虎獣人《ラゼール》のママニの左手が持つ大型の円盤武器アシュラムがフリスビーに見える。

その大きな左手が持つ円盤武器アシュラムを銀髪の女へと投げつけた。

ママニは『わたしがここで注意を引く！』そう思考しつつ、

「ぬおおおおおぉ」

凄《すさ》まじい膂力《りょりょく》で吶喊《とっかん》――荒野に大きな虎獣人《ラゼール》の足跡が刻まれた。

特異体のママニの加速度はシュウヤが〈魔闘術〉を足跡に纏う速度と同じか、やや速いぐらいである。銀髪の女は自身に迫る大型の円盤武器アシュラムを黒爪の剣で弾《はじ》いた。

刹那、電光石火の速度で銀髪の女と距離を詰めた大きな虎獣人《ラゼール》のママニは左足で地面を踏み込《こ》む。颪を纏う強烈《きょうれつ》な正拳《せいけん》突きを繰り出した。

銀髪の女の顔と胴体にかけて正拳突きがクリーンヒット。

銀髪の女の顔が大きく窪《くぼ》む。「ぐぇっ――」と声を発して吹き飛《と》ぶ。

大きな虎獣人《ラゼール》ママニは、

『手応えあり！　当然だ。今のわたしは特異体虎獣人《ラゼール》！　普通の虎獣人《ラゼール》ではない。そして、虎拳流の力の術理を超えた致死《ちし》の一撃だ。さすがに化物女とて……』そう思考するが『……なんだと!?』ママニは驚愕した。

強烈な拳《こぶし》を喰らった銀髪の女は出血しつつ吹き飛ぶが、歪《いびつ》な体勢から蛛の巣のように変化させた黒爪で地面を刺《さ》してママニの正拳突きの衝撃《しょうげき》を殺していたからだ。

その銀髪と浅黒い肌が血に塗《まみ》れていた女は、

「……痛いわぁ」

と間の抜《ぬ》けた声を発生させながら血塗れた垂れた銀髪を背後に移動させた。

上向かせる。細目だが、青から血色に染まったぎろりとした双眸で大きな特異体の虎獣人《ラゼール》ママニを見下ろす。独特な心理的圧迫《あっぱく》を戦闘奴隷たちに与《あた》えていた。

顔の半分は拳の跡《あと》で窪んでいたが、その窪みが、ぐにょりと膨らんで、元の整った顔を取《と》り戻す。その銀髪の女は、「――死になさい」と濃密《のうみつ》な殺意を込めて発言。続いて、黒爪たちをママニに向かわせる。

大きい虎獣人《ラゼール》のママニは、体の正面を銀髪の女に向けたまま大型の円盤武器アシュラムを手元に引き寄せるため黒鎖を引きて退く。

が、伸《の》びた銀髪の女が繰り出した黒爪の斬撃を浴びた。

「――ぐっ」

引き戻していた大型の円盤武器アシュラムは途中で地に落ちる。

大きな虎獣人《ラゼール》のママニは太い両腕《りょううで》で胸を隠《かく》すように両腕を構えた。

しかし、そのママニの両腕の半分を銀髪の女の黒い爪の刃が斬った。

ママニの斬られた腕から血飛沫《ちしぶき》が迸《ほとばし》る。

「ママニ！」

サザーがすぐ様、瓶を投げつけポーションをママニにぶちまける。

傷は瞬《またた》く間にポーション効果によりふさがった。が、大量に出血したママニは苛立《いらだ》ちを露《あら》わにするように表情を歪《ゆが》めながら肩で大きく息を繰り返《かえ》した。憎々《にくにく》しげに銀髪の化物女を睨《にら》むママニ。

銀髪の女も、そのママニの視線を受けて喜ぶようにママニを凝視。

強敵のママニに集中していた。浅黒い肌を見せつけるように、腕を振るう銀髪の女。

ママニは、蠢く顎髭《あごひげ》たちを片手で触《さわ》りながら、

『――よし、完全にわたしだけを見ている。後はビア、任せたぞ。わたしの最終切り札〈黄

色い髭たち〉の出番はまだない』

と、考えたママニは、体の負担が大きい特異体を終了《しゅうりょう》させる。

元の姿、普通の虎獣人《ラゼール》に戻した。

大型の円盤武器アシュラムを腕に回収していた。

そう、ママニの憎々しい視線、態度を含《ふく》め行動そのモノが〝作戦〟なのだ。

「変身は終わり？　なら、もっと斬り……ァ　レ？」

銀髪の女は黒爪が動かない。視界も横転──『なんだァ？』と銀髪の女は完全に混乱した。そして、蛇人族《ラミア》のビアが、

『──我の〈麻痺蛇眼〉が決まった！　撤収だ』

と思考すると、阿吽《あうん》の呼吸でエルフのフーが、

「アースウォールド！」

詠唱を終えていた土属性魔法を発動させた。

突如《とつじょ》、太い土壁《つちかべ》がドンッと音を立てて、麻痺《まひ》により倒れた銀髪の女とママニたちの間に出現していた。同時に戦闘奴隷たちは踵《きびす》を返す──五階層の荒野を駆《か》け出していた。

体力に自信のないフーが先頭を走り、体力には少々自信のあるサザーが真ん中、体力に自信のあるママニとビアが最後尾という形で荒野を走り続けていた。

これも前もって危機から撤収する動きである。

ママニ、ビア、サザーによる〝殿《しんがり》〟の代表的戦術、繰り引き。

彼女《かのじょ》たちは、その戦術を繰り返さず途中で止めて、必死の形相を浮かべながら走り続けていた。

主人のシュウヤが、彼女たち戦闘奴隷の実力に感心していたように、彼女たちは体力も並ではない。他の冒険者たちが狩りとキャンプを行う安全地帯まで戻っていた。

五階層の水晶の崖《がけ》の地域を離脱《りだつ》したことを確認《かくにん》したママニは足を止める。

「……あの銀髪の化物女は？」

「我の後ろにはいない。どうやら追撃《ついげき》は諦《あきら》めたようだ」

ビアは逃げてきた方向を見て、蛇と似た舌を伸ばしながら語る。

「はぁはぁはぁ……」

エルフのフーは膝《ひざ》を地面につけ、肩で息をして喋《しゃべ》れない。

「……はぁはぁ、ここなら、他の冒険者もいるし攻撃はしてこないと思う」

小柄獣人《ノイルランナー》のサザーはそういうが、水双子剣《イスパー&セルドイン》は両手で握った状態だ。キャプテンママニは頷く。ママニの胸の双丘《そうきゅう》が揺《ゆ》れているが体毛の黄色の毛が覆《おお》っており、あまり乳房《ちぶさ》の大きさは目立たない。

そのママニ、虎《とら》の目を厳しくさせながら、

「あの銀髪の化物女は隠蔽《いんぺい》タイプ。派手に追《お》い掛《か》けては来られないはずだ。が、姿を自由に変えられる能力を持つ。何気ない冒険者でも、今後は油断ができない……」

「ふむ。我の〈投擲〉した鉄の槍をあっさりと黒爪で切り裂いていた。魔力も桁違《けたちが》いだ。一瞬《いっしゅん》、主人なみに放出していたぞ」

「ご主人様に要報告ね。まだ不安だから、急ぎ水晶の塊から帰りましょう」

「あぁ……面の皮が厚い化物だからな」

「……あらゆる面でね」

ママニたちは冗談《じょうだん》を言い合うと頷き合う。ビアは麻痺の魔眼を発動しそうなぐらいに目を大きくさせて「余裕よの、ソナタら。先ほどの面妖な怪物《かいぶつ》は、我らの大切な主人と同等クラスの強さかもしれぬのだぞ?」と、喋りつつ蛇のような長い舌をしゅるると伸ばしていた。

「そうかな?　ご主人様のような機動力はなかったよ」

速度に自信のあるサザーが呟く。奴隷《どれい》たちは安全地帯だと分かるが、背後を確認しながらも話し合いを続けた。〝化物女の対策のために、もっと訓練を重ねよう〟。

〝主人であるシュウヤと直接、模擬戦《もぎせん》をお願いしよう〟

意見は纏まっていた。さすがは元八階層を経験している高級戦闘奴隷たちである。

一方、ビアの魔眼を浴びて、体が動かない銀髪の女は、『なによ、この痺《しび》れた体は！』と苛立つ。そして、ビアの魔眼の効果がキレたところで、急ぎ、体勢を直して起き上がる。

水晶の崖の地に先ほどまで戦っていたママニたちの姿はない。

遠くを見て溜《た》め息《いき》を吐いた銀髪の女。ニヤリと嗤うと「アハハハハ」と呵呵大笑《かかたいしょう》。

『お見事、やられちゃったなぁ、逃げられた。でも、彼女たちの顔と特徴《とくちょう》は覚えた。あの変異体は特に』と思考する銀髪の女。ココアミルク肌を持つ銀髪の女は細い指で髪《かみ》を梳《す》くように伸ばしつつ『けど、どうしよかなぁ。明日になれば、また変身できるし、姿、形を変えちゃえば、誰《だれ》にもわたしの事は分からないから、彼女たちを無視してもいい。いいけど、肉、骨、魂、記憶は〝色々〟と美味しそう～。陰《かげ》から彼女たちを追ってみようかな？　うふふ、また潜《もぐ》り込んで、一気に収穫祭をしたら楽しそう～。あの優秀《ゆうしゅう》な能力たちも欲《ほ》しいな～吸収が成功したら、ピュリンとアッシュたちの能力のように、わたしの糧になってくれるはず！　うふふ、狩り場《ば》を地上に移して調べてみるかなぁ。でも、五階層だと、冒《ぼう》険者《けんしゃ》の質が丁度良くて仕事が楽なのよねぇ……悩む～』と思考を重ねながら宙に小さい魔法陣を描く。その魔法陣から新たな〈魔骨魚〉を生み出していた。

「お前たち～さっきぶり～」

銀髪の女は〈魔骨魚〉に敬礼して挨拶《あいさつ》。その〈魔骨魚〉の骨格の表面を掌《てのひら》で撫《な》でてひょいと跳躍。健康的なココアミルク肌が露出した尻《しり》を〈魔骨魚〉の上に載せて、体を横向きにしつつ「上を向いて進もう！」と〈魔骨魚〉に前進を促《うなが》す。〈魔骨魚〉は宙をゆらりと揺れながら荒野の迷宮《めいきゅう》五階層を進み出した。

『今は、気を取り直し普通の仕事もがんばろうかなぁ』

銀髪の女はそう考えた。そして、砂埃《すなぼこり》が舞う荒野を眺《なが》めては、無意識に銀色の髪で『?』のマークを作り『！』と似たマークも作る。銀髪の女は『次の収穫祭は、だれにしよう。あの虎獣人《ラゼール》はとくに美味しそう』と、化物らしく思考を重ねている。すると、毒炎狼《グロウウオルフ》の群れが、その銀髪の女の前方に現れた。

毒炎狼《グロウウオルフ》は〈魔骨魚〉に乗った銀髪の女に襲い掛かる。

そんな毒炎狼《グロウウオルフ》には、他の冒険者だろうと化物女だろうとお構いなしだ。

毒炎狼《グロウウオルフ》だったが、瞬く間に黒爪が突《つ》き刺さる。

あっさりと毒炎狼《グロウウオルフ》は返り討《う》ちに遭《あ》う。

すべてを倒《たお》しきった銀髪の女は〈魔骨魚〉の動きを止めた。空は変わらず暗雲の不気味な光だ。が、そんな暗雲を裂くように光が通った。光は銀髪の女の前に急降下。光から姿を現したのは男。ローブの頭巾《ずきん》から覗《のぞ》かせる頭部は腐乱《ふらん》している。生気のない変色した皮《ひ》膚《ふ》と魔法《まほう》の鎧の隙間《すきま》から覗かせる内臓は他とは明らかに違《ちが》う。光に似合わない。死体そのものだろう。口元の肉が溢《あふ》れて、コーホーコーホーと呼吸をするように息を吐いた。呼吸する度、口と体から大量の蝿《はえ》の群れが溢れる。その蝿の一部は男の腐《くさ》った肉を喰らいつつ飛翔している。男は、荒野の地から生気を吸うように魔力を吸った。すると、男の体内に飼っていた大小様々な蝿が一斉《いっせい》に男の体から離れて飛び立った。そんな奇妙《きみょう》な蝿を扱《あつか》う男が、

「……リリザ。仕事は順調か?」

銀髪の女をリリザと呼ぶ、その蝿を扱う男の名はマアムド。

マアムドの眼窩の奥《おく》では豆粒《まめつぶ》的な煉瓦《れんが》色の炎が揺れていた。そして、腐った頬から覗かせる剥《む》き出た頬骨《ほおぼね》と顎骨の内に歯茎《はぐき》を覗かせている。腐った皮膚の間を行き交う蝿は大きい。それらの蝿は魔界《まかい》セブドラに棲《す》まう悪神ギュラゼルバンと酷似《こくじ》する。が、邪神《じゃしん》ニクルスの眷属《けんぞく》として、悪神ギュラゼルバンの使徒の能力を取り込んで体現しているだけだ。

「……死体遊びのマアムド。ほら、順調よ」

リリザは体の一部を変形させて、体の一部に仕舞《しま》っていた魔法のアイテムと、大量の魔石をマアムドに見せた。マアムドは頭部を傾《かたむ》けてリリザの体を覗く。

「――そのようだ」

「今日はそれだけ? 何か報告があるのかしら、死体遊び君」

リリザの小馬鹿にするような発言を聞いてもマアムドは態度を崩《くず》さない。が、ゆらりと巨大な蝿〝ゲルザンドの使《つか》い魔〟がマアムドの背後から出現した。一瞬、リリザは硬直《こうちょく》する。『ヤヴァ、怒《おこ》らせちゃった⁉　コイツ私より強いし……どうしよう。でも戦いは水物、ジャイアントキリングはどの世界でもあるんだから！』そう考える。マアムドは気にしていない。そのマアムドは悪霊《あくりょう》の憑依《ひょうい》を得意とし、死者を操《あやつ》れる死霊魔《しりょうま》法《ほう》ネクロマンシーを得意とする。

「我らに招集が掛かった」

「へぇー使徒たちも集まるんだ。んで、迷宮の何階？」

「十五階層だ」

「えぇえぇ、あそこかぁ……」

リリザは十五階層と聞いて嫌《いや》そうな表情を浮《う》かべた。

「何だ？　ニューワールドは嫌《きら》いか？」

「ううん、こちらの話だから気にしないで」

「あの世界もまた広いからな、気持ちは分かるが……」

リリザは高級戦闘奴《せんとうど》隷《れい》たちの表情を思《おも》い浮かべて、彼女たちを食べるのは暫《しばら》くお預けかなぁ。と考えていた。

ふと、ママニたちが気になった。が、目の前に集中だ。

「にゃごぉぉぉぉ」

騎乗している神獣《しんじゅう》のロロディーヌが加速──丘《おか》を一気に駆け下《お》りた。

人馬一体を超《こ》えた〈神獣止水・翔《かける》〉のお陰で、相棒とは以心伝心──。

「なんだァ、黒い稲妻《いなずま》か？　赤い稲妻か？　土煙をあげながらこちらに突進《とっしん》してくるぞ」

「魔界騎士《まかいきし》か？」

「神界戦士か？」

「どちらでもいい──俺《おれ》たち以外は皆殺《みなごろ》しだ。殺せ、殺せ！　手柄《てがら》だ！」

左側の大柄《おおがら》の怪物兵士たちが叫《さけ》ぶ。頭部には緑色の眼《め》が三つ。腕《うで》が四つ。

黒色の鎧で胸甲《きょうこう》には三眼と剣《けん》と杖《つえ》などの細かい模様がある。二つの黒い剣を長細い上腕《じょうわん》が握り、二つの黒い刃《は》が反った剣を下腕が握る。それらの剣を斜め上に掲《かか》げて、鋭《するど》そうな切っ先を向けた。切っ先から飛び道具か？　と思ったが飛び道具はない──。

魔力が迸った魔剣《まけん》なだけか。ま、相手がだれであろうと『殺せ、殺せ』、『手柄だ』と叫んでいる連中だ。問答無用で襲い掛かってきそうな敵だってことだろう。

争い合う勢力の主力は歩兵のようだが騎兵《きへい》と射手に魔法使《まほうつか》い、魔術師《まじゅつし》、そのような遠距離《えんきょり》タイプも多く存在している。刹那、射手たちが矢を放ってきた。

無数の矢が飛来――軍団規模だから、しっかりとした指揮系統があるようだ。

魔察眼の範囲《はんい》には多大な魔力を持つ存在は多い。空から偵察《ていさつ》もできたが矢が飛んでくるように――ここは未知の戦場――空の上だって、何があるか分からない。

どんな攻撃が飛んでくるか――ま、俺が受ければ――。

後衛の〈筆頭従者長《選ばれし眷属》〉も戦いやすくなるはずだ。

そして、前線で俺のような神獣《しんじゅう》に乗った不可解な存在が大暴れしたら否《いや》が応《おう》でも目立つ。だからこそ敵側に優秀な指揮官がいるならば〝何かしら〟動くと推察できる。

右側の怪物兵士たちも『殺せ』、『殺せ』の大合唱。

近付く俺たちを無視して、左と右の勢力同士で戦う怪物兵士たちのほうが多いが――。

「――やってしまえぇぇ」

「邪族《じゃ》の新手だぁ」

「あの首は我《われ》が貰《もら》う――」

右側に多い凶悪《きょうあく》な風貌《ふうぼう》で四眼を持つ怪物兵士たちの言葉だ。

左の三眼と四腕を持った怪物兵士たちよりも速く、その四眼の怪物兵士たちが迫った。

四眼の怪物兵士が四本腕で握《にぎ》る武器は、黒光りした槍《やり》か――。

槍衾《やりぶすま》が迫る。伸るか反《そ》るか――来るならこい！。

「ぬぉらぁぁぁ――」

――気合い一閃《いっせん》。魔槍杖《まそうづえ》バルドークを右下から左上へと掬《すく》うように薙《な》ぎ払《はら》った。

神獣ロロディーヌに近付く怪物兵士たちの体を斜《なな》めに分断。

「――魔族《まぞく》を倒しただと⁉　が！　見知らぬ奴《やつ》だ！　殺せェ！」

「糞魔族《くそまぞく》がぁぁぁ」

右側の怪物兵士は魔族なのか？　左の三眼の怪物の兵士たちは魔族と叫びつつ迫った。

この左側の三眼の怪物を一気に狩る！　そう意気込《いきご》みながら左手を真横に翳《かざ》す。

左手首の小さい龍《りゅう》にも見える〈鎖《くさり》の因子〉のマークから〈鎖〉を射出――。

〈鎖の因子〉の刺青《いれずみ》が光った刹那――〈鎖の因子〉から出た〈鎖〉は凄まじい速度で直進し、左側の三眼の怪物兵士たちに向かう。三眼の怪物兵士たちへと〈鎖〉のプレゼントだ。

『――いらねぇ』

と、左側の三眼の怪物兵士さんから心の声が響《ひび》いたような気がしたが気のせいだろう。

飛び掛かってきた三眼の怪物兵士が着る黒の胸甲を〈鎖〉は貫《つらぬ》いた。直進を続けた〈鎖〉は疾風迅雷《しっぷうじんらい》の速度で次の獲物《えもの》へと向かう。三眼の怪物兵士の胴体《どうたい》と、その背後の三眼の怪物兵士の足を連続的に貫く〈鎖〉は止まらず、隣《となり》の三眼の怪物兵士の腰を砕き破壊《はかい》。更に、三眼の怪物兵士の背骨を打《う》ち抜く〈鎖〉はホップアップしつつアホ顔の三眼の怪物兵士の頭部を貫いた。無数の死体が〈鎖〉にぶら下がった。

〈鎖〉の振動《しんどう》を受けた複数の死体は螺旋回転《らせんかいてん》しながら周囲に吹《ふ》き飛んで散る。尚《なお》も〈鎖〉は止まらない。三眼の怪物兵士たちが装備していた兜《かぶと》、鎧、グリーブなど関係ないと言わんばかりに縦横無尽《じゅうおうむじん》に三眼の怪物兵士を貫きまくった。〈鎖〉のティアドロップの先端《せんたん》が龍の頭に見える。大地を喰《く》らう龍が如く戦場ごと兵士を呑《の》み込む勢いで〈鎖〉は突き進《すす》む。

神獣ロロディーヌは無双《むそう》を行う〈鎖〉のタイミングに合わせて迂回《うかい》するように曲がり、敵を吹き飛ばしながら進むが、その相棒の体に矢が当たってしまう。更に四眼の怪物兵士が〈投擲《とうてき》〉してきた投《な》げ槍も衝突《しょうとつ》。傷は大丈夫《だいじょうぶ》か？　と思ったが、神獣のロロディーヌに矢と投げ槍は効かない。触手《しょくしゅ》ではなく体毛の黒毛が、すべての攻撃《こうげき》を弾いていた。

「ギャァァァァァ」

「ひぇえ、俺の大事なモノがぁ」

「足がぁぁ」

〈鎖〉で倒した左側から三眼の怪物兵士たちの悲鳴があちこちで響く。その中で特徴的《とくちょうてき》な青白いズボンを装備した三眼の怪物兵士が腹に大量の血がついているのを見て、「なんじゃこりゃぁあ！」と必死な表情を浮かべて叫んでいた「死にたくねぇ……」どこかの刑事《けいじ》、もとい、俳優に見えたが、そこで息絶えた。〈鎖〉を扱いながら駆け続けたが、視界にチラつく〈鎖〉を見て神獣ロロディーヌに〈鎖〉が絡《から》むと危険と判断――即座に〈鎖〉を消失させた。その刹那、相棒のロロディーヌは跳躍を実行。両前足を前方へと伸ばした――一対の前足が二体の怪物に向かう。神獣ロロディーヌの両前足の〈刺突《しとつ》〉と呼ぶべきジャンプ蹴りか？

「フギャ」

「ゲフッ」

正面から俺たちを攻撃しようとした二体の三眼の怪物兵士たちの頭部を踏《ふ》み潰すと、後《うし》ろ脚の蹄《ひづめ》で、更に、その三眼の怪物兵士を踏みつけて跳躍――前方斜めに上がった。

そのまま空を飛翔する黒馬ロロディーヌ。

「――今だ、かこめぇぇぇ」

「これ以上一騎で好きなように、やらせるなァァァ」

右側の四眼の怪物兵士を率いる小隊長が指示を飛ばす。

一斉に、四眼の怪物兵士たちはテキパキと指示通りに陣形《じんけい》を整える。その動きは見事、士気も高いことが窺《うかが》えた。殲滅《せんめつ》戦術か。俺たちを槍衾《くしざ》で串刺しにするつもりらしい。

——お？　相棒が逸早《いちはや》く反応。

神獣ロロディーヌは胸元を獅子《しし》のように隆起させつつ全身から触手を繰《く》り出《だ》した。

針鼠《はりねずみ》の針の如く宙に躍《おど》り出《で》た触手は放射状に展開するや宙に弧《こ》を描くと、うなりを上げる速度で触手から骨剣を出しつつ四眼の怪物兵士たちに向かう。

次々に、触手骨剣が四眼の怪物兵士たちの体を捕《と》らえて貫いた。

相棒のミサイルのような触手骨剣の連続攻撃は凄《すご》い。が、ここは戦場だ。

どんな凄い攻撃で敵を倒そうとも敵の動きは止まらない。

しかし、相棒もそうだ！　高々と跳躍した神獣ロロディーヌ。

俺たちに群がる四眼の怪物兵士たちを押《お》し潰すように触手を体に収斂《しゅうれん》させつつ四肢《しし》で、それら四眼の怪物兵士の頭部を踏みつぶしながら着地——。

粉塵《ふんじん》と血肉と骨と装備品が周囲に散弾銃《さんだんじゅう》の弾の如く散らばった。

が、当然——その着地際《ぎわ》の隙《すき》を突こうと、群がってくる四眼の怪物兵士は多い——。

四眼の怪物兵士は散弾銃的に壊れた装備の破片《はへん》を体に浴びて傷だらけになりながら近付いてくる。そんなタフな四眼の怪物兵士目掛《めが》けて魔槍杖バルドークを振るった。

その四眼の怪物兵士の首を撥《は》ねるが――。

次から次へと倒しても倒しても――後から後から四眼の怪物兵士は湧《わ》いてくる。

殺気、飛来する魔素を察知した――。

俄《にわ》かに頭部を横に動かして〈投擲〉された投げ槍を避《さ》けた。

飛来した数本の矢を魔槍杖バルドークで払う――。

相棒にも矢と魔《ま》法弾《ほうだん》と投げ槍が向かうが、黒毛と触手で器用に弾いた。

そんな防御《ぼうぎょ》能力をいつの間に、たまたまかも知れないが、俺は目の前の四眼の怪物兵士を紅斧刃《おのば》で両断――続いて逆手に持った柄《え》を出した石突《いしづき》の竜魔石《りゅうませき》で、四眼の怪物兵士の胴体を突《つ》き吹き飛ばす――が、飛来する矢が肩《かた》に刺さった。

「ぐぁ」

痛いが――お返しに〈鎖〉を返す。手首の鎖因子のマークから〈鎖〉が射出――。

射手の頭部を〈鎖〉で貫いた。しかし、その隣の怪物兵士が〈鎖〉に対応。

〈鎖〉の表面を鮫《さめ》のような刃を持つシャムシールで擦《こす》らせつつ――。

俺の首を薙ごうとしてきた。

背筋に寒気が走るほどの鋭い斬撃だ、急いで魔槍杖バルドークを上げた。

紫《むらさき》の柄でシャムシールの刃を弾くことができた。痛ッ――握り手の指が数本飛ぶ。

構わず、シャムシールで鋭い斬撃を放った四眼の怪物兵士目掛けて魔槍杖バルドークの柄を右手で押す。俄に加速する紅斧刃の穂先《ほさき》が四眼の怪物兵士の頭部を捕らえて、その頭部を潰す。同時に魔槍杖バルドークを持ち上げつつ片足の裏《うら》で、その四眼の怪物兵士の死体を蹴り飛ばした。シャムシールは地面に落ちた。鋭い斬撃を寄越《よこ》してきた四眼の怪物兵士を倒すことに成功。斬《き》られた指は再生。

「ガゾルラが倒れた――」

「が、矢が刺さったままだ、倒せるぞ！」

「潰せぇぇぇ」

――敵の数は多い。敵が群がる間に、全身の筋肉を意識。

大腰筋《だいようきん》が軋《きし》むように、右腕《みぎうで》を背中へと回して力を全身に溜め込んだ。

呂布の再臨を目指す！　溜めた力と絶殺の意志を右腕と魔槍杖バルドークに乗せつつその魔槍杖バルドークを目一杯の力で振るった。〈豪閃《ごうせん》〉を発動――。

――空間を削《そ》ぎ落《お》とす勢いの紅き流線《紅斧刃》が、四眼の怪物兵士たちの首を呻《うめ》き声さえ上げさせず一気に刈《か》り取った。

ハクレンの群れが川から大ジャンプを行うように四眼の怪物兵士の首たちが宙に舞《ま》う。

が、魔槍杖バルドークを振《ふ》り切《き》ったところを狙《ねら》われる。

芸術染《じ》みたハクレンを想起しつつ、複数の矢と魔法の火球を視界に捉《とら》えた。〈鎖〉を使おうか。一瞬で蜷局《とぐろ》を何重にも巻ける勢いで出まくった〈鎖〉を扇状の大盾《おおたて》へと変形させた。その大盾〈鎖〉で、飛来してきた矢と火球を弾いた。

「——今だ、守りに入った、今だぁぁぁ」

「うぉおおおおお」

守りに入った俺たちの背後を狙う三眼の怪物兵士たち。

「にゃご——」

神獣ロロディーヌは両前足で地面を突く。と、同時に両後脚《あとあし》を後方に伸ばした。

暴れ馬が放つような後脚は、三眼の怪物兵士の頭部を捕らえて、その頭部を破壊。

頭部を失った三眼の怪物は錐揉《きりも》み回転しながら吹き飛ぶと、他の三眼の怪物兵士たちと衝突、多数の三眼の怪物を転倒《てんとう》させた。

強烈な蹴りを放った神獣ロロディーヌは、血濡《ぬ》れた後脚の汚《よご》れを落とすように草原の地を強く蹴って戦場を駆ける。さすがは相棒。凄い脚力《きゃくりょく》だ。

すると、黒馬ロロディーヌは右前方へと頭部を傾けて口を広げた。

『ロロ様は炎《ほのお》を⁉』

『目の中だ。ヘルメは大丈夫だろう？』と、俺の左目にいる常闇《とこやみ》の水精霊《せいれい》と念話を行おうと思った瞬間《しゅんかん》――神獣ロロディーヌが、右側に多い四眼の怪物兵士たち目掛けて口から炎を吐《は》いた。それは螺旋状《らせんじょう》の炎でビーム砲《ほう》の如く直進するや、四眼の怪物兵士たちの頭部を直撃《ちょくげき》。続けてヘッドショット、またヘッドショット、またもやヘッドショット。

立て続けに四眼の怪物兵士たちの頭部を連続燃焼《ねんしょう》させた。

圧倒的《あっとうてき》な光景だ。そんな火炎《かえん》ヘッドショットを繰り出し続けて、四眼の怪物兵士たちの数を減らす。が、左には三眼の怪物たちがいる。四眼の怪物兵士たちとは違う。

緑と青が混じった皮膚の怪物たちだ、四眼の怪物兵士とは違う種族だろう。

四眼の怪物兵士と三眼の怪物兵士は得物も別だ。

しかし、俺たちに攻撃をしてくることは共通。

手槍《てやり》、弓、魔法、様々な武具と魔道具《まどうぐ》を用いて攻撃を仕掛《しか》けてくる。

――〈鎖〉の大盾を用いるだけではないことを示すか――。

自らの騎乗体勢を崩す――体を左右へ動かして飛び道具を避けた。

体勢が崩れた俺を狙う三眼の怪物どもには対処ができる。

タイミングを見計らい――体勢を直す。

右腕が握る魔槍杖バルドークを斜め後方に伸ばすと、三眼の怪物の胸を紅矛《ほこ》が貫いた。

魔槍杖バルドークを引く。続けざまに三眼の怪物兵士の肉が付着したままの魔槍杖バルドークを振るった。紅斧刃で三眼の怪物兵士の頭部をぶん殴《なぐ》った。
「ぐあ」
「げぇぇ」
そして、あべしとなった三眼の怪物を確認しながら――。
魔槍杖バルドークを引《ひ》き払いつつ血肉を飛ばす。
再び、近付いた三眼の怪物兵士目掛けて穂先が螺旋《らせん》する〈刺突〉を何回も繰り出した。
三眼の怪物兵士を二体続けて倒した。
それらの血飛沫を吸収すると独特の雰囲気《ふんいき》を持った魔獣騎兵《まじゆうきへい》が近付いてくる。
三眼だから、三眼の怪物兵士軍団側。たぶん優秀な存在だろう。
そして、目玉が飛び出したダルマのような顔付き。まさに、獬豸《かいち》顔。
要するに狛犬《こまいぬ》顔を持つ三眼の怪物兵士たちを率いる武将か？
その三眼の怪物の武将が凄まじい突進から青い槍穂先《やりほさき》を伸ばしてきた。
――急遽《きゆうきよ》、紅斧刃でその穂先を弾く。
〈鎖〉を消しているから〈鎖〉で対応できるが相手は槍使い――。
蒼《あお》い魔槍《まそう》の引きが素早《すばや》い――連続して鋭い突きが胸元《むなもと》に来た。
「ふぬ！　やりおるわ！」

ダルマ、もとい、三眼の狛犬顔が叫ぶ。蒼い魔槍を引く速度と突きを出す速度から、この狛犬顔の槍武術の技術が高いことを一瞬で把握《はあく》。

獬豸《かいち》だけに――強いってか？

神獣ロロディーヌの速度についてくる狛犬顔が騎乗する魔獣も普通《ふつう》ではないだろう。

感心しつつ魔槍杖バルドークの中部で――。

再び、俺の胸を突いてきた蒼い穂先を防ぎつつ――。

魔槍杖バルドークで円を描《えが》くように蒼い〈刺突〉だと思われる突きの連打を防ぐ。

防ぐ――度に――紫の火花が散った。

魔槍杖バルドークからの振動が、この相手の強さを意味していた。

狛犬顔の得物の蛇矛《へびほこ》が蒼色に輝《かがや》く。反撃《はんげき》に紅矛を突き出したが――。

相手も姿勢を崩さず魔槍杖バルドークの穂先を弾いてきた。

いつの間にか、俺と狛犬顔の一騎打《いっきう》ち状態に移行。

「この速度、魔界騎士の一人と見た――」

「違う――」

否定しながら〈刺突〉を繰り出した。紅の穂先と青の穂先が衝突――。

互《たが》いの槍が持ち上がるように弾けた。

「違うだと？　――我は邪界騎士デグ」

デグは槍を返しつつ石突を俺の頭部に当てようとしながら――名乗ってきた。

風を孕《はら》む薙ぎ払いを、頭を屈《かが》めて避けながら、

「――俺は騎士《きし》じゃ、いや、自由騎士シュウヤだ！」

咄嗟《とっさ》にそう言葉を返した――デグの頸《くび》を薙ごうと魔槍杖バルドークを右から左へ振るう。

デグは俺の魔槍杖バルドークの動きを見ない。

「――自由騎士よ！　これを喰らえ！」

凄まじい突きだ。槍穂先が膨《ふく》らみながら顔に迫《せま》った。

間合いが急激に変わって驚《おどろ》く。〈魔闘術《まとう》〉を全身に纏《まと》いつつ首を僅《わず》かに反らす。

デグの凄まじい突きを避けることができた――が――。

いてぇえ、頬《ほお》と耳が！　顔の半分が抉《えぐ》られるように耳も削《けず》られた。

――痛すぎる！　血飛沫が散った。片耳がなくなった。

すげぇ、やるな。邪界騎士デグッ――。

「ぬぉっ」

邪界騎士デグは渾身《こんしん》の槍突が避けられたことに動揺《どうよう》を示す。

が、俺の突きを邪界騎士デグは頭部を屈めて避けた。その際デグがかぶっていた兜が弾

き飛ぶ。俺の紅矛が、かすったのか、デグの額から血が流れた。

「ンン、ガルルゥ」

再生した耳を震わせるほど、短い威嚇《いかく》声を発したロロディーヌだが、攻撃はしない。

〈魔闘術〉で俺は速度が増している。そして、触手手綱《しょくしゅたづな》の先端が俺の首に張り付いたまま
だから、俺の気持ちは相棒ロロディーヌにも伝わっている。

その俺を騎乗《きじょう》させている黒馬ロロディーヌは、触手を射出はしない。邪界騎士デグとの
一騎討《いっきう》ちに加勢はしなかった——よく分かっているらしい。俺の心が弾《はず》んでいるのを！

すぐに魔槍杖バルドークを引いて邪界騎士デグの胸元に〈刺突〉を繰り出す。

邪界騎士デグは穂先を盾にして俺の〈刺突〉を防ぐ。構わず続いて普通の突きだ——。

〈魔闘術〉を纏わない〈刺突〉と〈魔闘術〉を纏う突き技を繰り出した。

緩急《かんきゅう》のある突き技には、風槍流『突崩《つきくず》し』という名がある。魔槍杖バルドークの紅矛が
血を求める牙《きば》の如く——激しい突きの乱舞《らんぶ》となった。

「な、なんだっ——」

風槍流の突きの妙《みょう》を見た邪界騎士デグは慌《あわ》てたような言葉を漏《も》らす。

紅矛の連続した風槍流『突崩し』に対応できず切り傷が増えた。

そして、神獣ロロディーヌが速度を落とした。その瞬間、魔槍杖バルドークの軌道《きどう》を急激

に変えた。狙いは邪界騎士デグの魔槍を持つ手だ。竜魔石が邪界騎士デグの手を捕らえた。

「げぇ」

邪界騎士デグの指が数本へし折れたように潰《つぶ》れた。が、デグは魔槍を離《はな》さない。

すぐさま、右手が握る魔槍杖バルドークを押し出した。紅矛が邪界騎士デグの頭部に向かう。邪界騎士デグは仰《の》け反《ぞ》りつつ魔槍を盾代わりに使用して紅矛を防いだ。強いが、

「実は自由騎士ではない――」

と発言しながら魔槍杖バルドークを引く。

脇《わき》を締《し》めつつ邪界ヘルローネの世界を突くように〈闇穿《あんせん》・魔壊槍〉を発動させた。

最高速度の〈闇穿〉が邪界騎士デグの胸元を掠《かす》る――。

「ぬあ――」

一筋の血飛沫が迸る。邪界騎士デグは紙一重で、俺の最高速度の〈闇穿〉を避けた。

確実に凄腕《すごうで》――しかし、やや遅《おく》れて登場した壊槍グラドパルスは避けることができない。

魔槍杖バルドークの〈闇穿〉を越《こ》えた壊槍グラドパルスは螺旋回転しながら直進。邪界騎士デグの上半身を螺鈿《らでん》細工に巻《ま》き込《こ》みつつ直進するや、ドッと鈍《にぶ》い空気音を集約させつつ邪界ヘルローネの世界に穴を空けるように消えた。

魔獣に跨《また》がっていた邪界騎士デグは下半身のみ。上半身の傷跡《きずあと》は凄《すさ》まじい。

巨大《きょだい》なGドリルが通過した痕《あと》のようだ。肉と骨がねじ切れて歪《いびつ》な三日月状の傷跡。

その傷口から放出した血が四方八方へと迸った反動で邪界騎士デグだった肉塊《にくかい》は事切れた人形のように落下。刹那《せつな》、戦場が切り裂《さ》かれたように兵士たちが左右に退いた。

もしや、今倒した奴……顔的に三国志演義《えんぎ》だと関羽に斬られた文醜《ぶんしゅう》のような武将だったのか？　正史だと荀攸の計略により一兵士に討たれて死んだらしいが。

神獣ロロディーヌを中心に、草原に巨大な亀裂《きれつ》が走ったかのよう。

俯瞰《ふかん》の映像で見たら壮観《そうかん》だったろう。

そして、その瞬間『人中の呂布、馬中の赤兎《せきと》あり』と、『曹瞞伝』の有名な言葉を想起した。

黒馬ロロディーヌの相棒は、そんな赤兎馬《せきとば》を連想させるかのように周囲を窺った。

荒《あら》い息で「ガルルルゥ」と口から炎を溢れさせている。

首下から伸びた触手の群れが荒々《あらあら》しく揺れる。そして、立派な鬣《たてがみ》が揺れた。

その鬣と首下の揺れる毛には、闇の炎、宇宙的な輝きを宿しているように見えた。

神秘的に見えるロロディーヌの黒毛は、周囲の三眼、四眼の種族の兵士たちにも見えているはず。神獣ロロディーヌは、ゆっくりと歩を進めていた。

ふと、足を止める。すると、

「邪界騎士デグを倒したからといって調子に乗るな！　名も知らぬ黒き獣《けもの》を操る黒髪《くろかみ》の魔界騎士！　この邪界騎士ヘラギュレスが仕留めて見せよう！　いざ尋常《じんじょう》に勝負！」

同じような魔獣に騎乗した邪界騎士ヘラギュレスが駆けてきた。

相棒は頭部を邪界騎士ヘラギュレスに向け「ガルルゥ」と唸《うな》り声《ごえ》を発した。

邪界騎士ヘラギュレスはランスチャージの構えか。

突進する姿は正直恐怖《きょうふ》を覚える。が、武者震《むしゃぶる》い。

相棒の触手手綱もぶるりと震《ふる》えた。お前もか相棒！

黒馬ロロディーヌの触手手綱の先端は俺の首と繋《つな》がっているが、その触手手綱が、グンッとしなり動いて持ち上がると、俺の両頬を叩《たた》いてくる。

『気合いを入れろか？』と心で聞いた。

相棒は「ンン」と喉声《のど》で返事を寄越すとッ――。

邪界騎士ヘラギュレスへと向けて駆け出していた。

邪界騎士ヘラギュレスの顔は、デグの狛犬顔とは違う。三眼の端正《たんせい》な顔立ち。

右腕が握る魔槍の穂先は、中央が邪矛《じゃぼう》で、やや下がった左右の位置に刃を備えた方天画戟と似た穂先だ。俺は右腕で魔槍杖バルドークを抱《かか》えて柄を右脇に通した。

背中に魔槍杖バルドークの柄を感じる風槍流『支え串《ぐし》』を実行しつつ邪界騎士ヘラギュ

レス目掛けて突進。一騎駆《が》けを行う邪界騎士ヘラギュレスの形相は鋭い。

その鋭い形相が乗り移ったような方天画戟と似た魔槍の穂先を凝視《ぎょうし》。

やや短く持った魔槍杖バルドークの穂先で、その方天画戟と似た魔槍の強烈《きょうれつ》ランスチャージを受けた。ドッと破裂音《はれつおん》が響く、同時に魔槍杖バルドークを右側へと動かす！

――方天画戟と似た穂先を外に弾《はじ》く。そこから腰《こし》と右腕で支えた魔槍杖バルドークで体を内側に絞《しぼ》るイメージで魔槍杖を振るう。邪界騎士ヘラギュレスの胸を紅斧刃で狙う。

邪界騎士ヘラギュレスは「ぐ、な!?」と反応、が、遅《おそ》い！

薙ぎ機動の紅斧刃が、邪界騎士ヘラギュレスの左肩《ひだりかた》の防具と衝突――。

ヘラギュレスの肩防具を削り斬ることに成功！　が、感触《かんしょく》は浅い。邪界騎士ヘラギュレスは落馬せず。騎乗する魔獣は通り過ぎた。相棒も直進の勢いは衰《おとろ》えない。

背後の邪界騎士ヘラギュレスに振り向《む》くかと思ったが、『閣下――』と、左目から出現した小型ヘルメが水と氷を前方に放射して、俺たちに飛来した複数の矢から守ってくれた。

同時に走る相棒が屈む――その姿勢から四肢で地面を強く突いた。

「ガルルルゥ、ヒヒィィーン」

と珍《めずら》しい馬声を轟《とどろ》かせて姿勢を上向かせる。ドッと重低音を立てた反動で、俺は高々と跳躍《ちょうやく》。相棒は一瞬で黒馬から黒猫《くろねこ》の姿に縮んだ。複数の矢は標的を見失う。俺と相棒がいた位置を通《とお》り抜《ぬ》けていた。小型ヘルメを左肩に載せたまま俺は伸身宙返《しんしん》り。

そんな俺に反応した優秀な射手が放った魔矢が迫るが、ヘルメの《水幕《ウォータースクリーン》》と似た魔法が展開。魔槍杖バルドークの柄を盾代わりに複数の魔矢を弾くことに成功しつつ両足で着地。背後に魔素。

「――うぬはここまでだ！」

邪界騎士ヘラギュレスの声だ。邪界騎士ヘラギュレスは魔獣から降りて俺に突進していたようだ。振り向くと方天画戟と似た穂先の突き技が迫っていた。ヘルメを左目に戻《もど》しつつ魔槍杖バルドークを右腕と脇で支える風槍流『支え串』を実行。

その魔槍杖バルドークを振るい、方天画戟と似た穂先の突き技を紅矛で弾いた。

「反応が速い！」

と俺を褒《ほ》めた邪界騎士ヘラギュレスへと、反撃に左手で柄を掬い上《あ》げた。

薙ぎ機動の紅矛が、邪界騎士ヘラギュレスの頭部に向かう。

「なんの――フハハ――」

余裕《よゆう》の邪界騎士ヘラギュレスは上半身を傾けた。紅矛の一閃を避けつつ、魔槍を振るい下げてくる。俺は両手持ちの魔槍杖バルドークの柄で、その振り下ろし攻撃を受けた。

同時に魔槍杖バルドークを回転させる。柄で方天画戟と似た穂先を引っ掛《か》け巻き込むように弾いた。邪界騎士ヘラギュレスは俺の狙いを察知、「チッ」と舌打ちしつつ魔槍を引いていた。この邪界騎士ヘラギュレスも強い。その邪界騎士ヘラギュレスの胸元に〈刺突〉を繰り出すが——魔槍の柄で弾かれた。構わず、柄を握る左手を緩《ゆる》めた。

そして、右手が握る柄の握力《あくりょく》を強めつつ魔槍杖バルドークを素早く引いて、再度、魔槍杖バルドークを押し出す〈刺突〉を繰り出した。

が、邪界騎士ヘラギュレスは上段受けで二度の〈刺突〉を防ぐ。

「——鋭いが、甘《あま》い〈邪羅・強魔道〉——」

邪界騎士ヘラギュレスはスキルで力を強めた。

魔槍杖バルドークを強引《ごういん》に下に押し込めてきた——。

地面と衝突した魔槍杖バルドークの紅矛と邪界騎士ヘラギュレスが扱う方天画戟と似た穂先。その一弾指《いちだんし》、俺は、

「スキルか？　ここで力を強化してもな——〈血液加速《ブラッディアクセル》〉」

を強めつつ魔槍杖バルドークを横に動かした。

「血の槍武術だと⁉」

驚く邪界騎士ヘラギュレスの足を地面ごと払い斬るイメージの紅斧刃が邪界騎士ヘラギュレスの足に向かった。

「ぐっ」

と痛みの声を発した邪界騎士ヘラギュレス。僅かに紅斧刃が足を掠めただけだった。

「〈重邪蹴落〉――」

邪界騎士ヘラギュレスは前転しつつ血濡れた踵《かかと》落としを繰り出した。

斬られたばかりの足を活《い》かす踵落としの〈重邪蹴落〉を、肩と魔槍杖バルドークの柄で受けた。が衝撃波《しょうげきは》を喰らう。俺は体勢を崩した。

が〈鎖〉を地面に放ち体勢を持ち直すことに成功――そこに、

「もらったぁぁぁ」

と邪界騎士ヘラギュレスは前転しながら魔槍を振るう。

上方向から降り落とされる方天画戟と似た穂先。

その穂先を凝視、同時に魔槍杖バルドークに魔力《まりょく》を込めつつ八槍神王第七位のリコの技を想起した。魔槍杖バルドークの柄で柔《やわ》らかく方天画戟の穂先を受けた直後、柄を小刻みに動かした。邪界騎士ヘラギュレスの扱う魔槍を下に促す。

「な⁉」

邪界騎士ヘラギュレスは得物を見失ったように手を離した。

方天画戟と似た穂先を持つ魔槍は魔槍杖バルドークの穂先と共に地面を穿《うが》つ。

速《すみ》やかに〈魔闘術〉を強めて〈血液加速《ブラッディアクセル》〉の加速を強める。

邪界騎士ヘラギュレスへと背中を見せた機動回転から邪界騎士ヘラギュレスの懐《ふところ》に潜《もぐ》り込むことに成功。そのまま海老反り体勢から蹴《け》りを繰り出した。

「ぐあぁ――」

踵の蹴りを腹に喰らった邪界騎士ヘラギュレスは、血を吐いて、持ち上がると宙空で回転しつつ、更《さら》に血を吐いた。そんな状態だが、地面に刺《さ》さる魔槍を掴《つか》もうと下に手を伸《の》ばそうとしていた。俺は魔槍杖バルドークに魔力を込めてから地面を蹴《け》った。

宙に上がりつつ視界に邪界騎士ヘラギュレスを捉える。

そして、リコの姿と〈白無穿〉を連想。

邪界騎士ヘラギュレス目掛けて魔槍杖バルドークで〈刺突〉を繰り出した。

風を纏う魔槍杖バルドークの穂先から異質な音が響く。

その穂先の紅矛と紅斧刃が邪界騎士ヘラギュレスの胴体をぶち抜いた。

魔槍杖バルドークにぶら下がる邪界騎士ヘラギュレスは自身の胸元を凝視しつつ、

「ぐぁ……」

と声を発してから絶命。

ピコーン※〈白無穿〉※スキル獲得《かくとく》※

よっしゃ、新しいスキルを獲得。八槍神王第七位リコ・マドリゲスに感謝。

同じ風槍流を基礎《きそ》としているから相性《あいしょう》は良かったか。

その感謝の思いで魔槍杖バルドークを振るい邪界騎士ヘラギュレスを投げ捨ててから
――下降。黒馬の姿に戻っていたロロディーヌに跨がった。

「ンン、にゃごぉぉ」

俺を乗せた相棒はウィリー。気合いの声だ。

二人の邪界騎士を倒《たお》したが、俺たちの位置は戦場の中央だろうか。

そんな俺と神獣ロロディーヌの姿に、三眼と四眼の怪物《かいぶつ》兵士たちから視線が集まった。

どうやら相手側は優秀《ゆうしゅう》な指揮官だったらしい。賭《か》けには成功したようだ。

反った場合には……〈始まりの夕闇《ビギニング・ダスク》〉から始まる〈血鎖の饗宴《ちぐさりきょうえん》〉で三眼と四眼の兵士たちを一挙に屠《ほふ》ろうと思っていたが……。

いや、〈血鎖の饗宴〉も完璧《かんぺき》ではないから、あまり多用はしないでおこう。

「ロロ、少し休憩《きゅうけい》」

左手で血を浴びた黒毛を摩《さす》り、ついでに、その血を吸い取る。

一部分だけ相棒を綺麗《きれい》にしてあげた。

「にゃあ～」

相棒は『ありがとにゃ〜』と鳴いているのかも知れない。黒い馬系の獣にも見えるが、猫《ねこ》の声。その見た目とのギャップが、また可愛《かわい》い。

それがまた魅力《みりょく》。すると、周りは静かになった。

……戦場を駆《か》けた鬼子母神《きしぼじん》たる光景から、突然《とつぜん》の微笑《ほほえ》ましい光景に変わったからか？

周囲の退いた怪物兵士たちの動きは完全に止まった。

「……なんだァ、あいつは」

「邪界騎士デグ様と邪界騎士ヘラギュレス様を一騎で討《う》ち取《と》る相手だ……かなりの強者だ」

「敵だとしたら魔界騎士の亜種《あしゅ》か？　狂眼《きょうがん》、四眼でも、ないようだが……」

「二人の邪界騎士を屠るとは……なんて槍武術だ。……今まで見たことねぇ」

「神界の手の者か？」

「神界の者なら金環《きんかん》があるはずだ。下の黒い獣に……動かしているのは人族のようだが、あの黒獣はシャドウ様の獣かもしれん」

「邪神《じゃしん》シャドウ様だと⁉　その獣だとしたら……あの人族はシャドウ様から祝福を受けた使徒様、騎士様の可能性もある」

「だとしたらやばいぞ、連隊で邪界騎士たちが彼《かれ》を攻撃していた……すべて、返《かえ》り討ちにあっているが……」

そんな風に左側の三眼の怪物兵士たちは語る。委縮したような表情だ。

右側の四眼の怪物兵士たちも大声で話していた。

「邪神シャドウの配下か？」

「たぶんな、しかし、黒い獣に騎乗した人族の姿なぞ、一度も見たことがない」

「邪神の配下なら敵だが、我らの同胞《どうほう》を屠りながらも、邪族の仲間も同時に倒していたのはなぜだ？」

「両方を殺すのは神界。神界に連なる戦士かも知れない」

ブーさんのことか。

「頭に環《わ》がないが？　それに、あやつらは影《かげ》王の城辺りで戦争をしているはず……」

「孤高《ここう》の神界に連なる者なのか？　解《わか》らない」

「え、信じられないが、見ろ、【邪神ノ丘】辺りで、違《ちが》う人族たちが暴れている——」

「——本当だっ、人族だ」

「地上《セラ》に住まう人族だァァァ」

「だから、俺《おれ》たちだけでなく邪族たちにも攻撃していたのか！」

彼らは丘下《きゅうか》で戦う〈筆頭従者長《選ばれし眷属》〉たちへと視線を移していた。

「ふははっ、こんな邪界の地に人族とはなっ！」

「数千年ぶりか？　真新しい新鮮《しんせん》な人肉、魔素！　魂《たましい》！　餌《えさ》、餌だ」

「ギャハハハハ、餌の人族がキタゾォォォ」

「贄《にえ》だ、餌だ、我が貰い受ける！」

他の四眼《がん》を頭部に持つ怪物兵士たちが叫《さけ》び出す。そんな叫ぶ怪物たちの中から、ぬっと大きい馬型魔獣に騎乗したフードをかぶった騎士が現れた。

「静まれい！　轟毒《ごうどく》騎王ラゼン様が〝退け〟と、正式なご命令を発令なされた」

ラゼンという名が司令官の名なのか。

「なんと、撤退《てったい》⁉」

「ラゼン様が⁉」

「珍しい……人族も珍しいが、もしかしたら後方でヴァクリゼ族の〝狂眼〟、シクルゼ族の〝四眼〟、デクルゼ族の〝炎眼《えんがん》〟たちが暴れているかも知れない」

「気狂《ぐる》いたちか……あり得るな。ここはラゼン様のご指示通り、退こう」

「旨《うま》そうな肉、魂だが……仕方あるまい。残念だが、退くぞ――」

「ひけ、ひけい」

「分かった」

そのタイミングで、三眼の怪物兵士の勢力からも、形の違う馬系の魔獣《まじゅう》に乗った怪物兵士が現れる。全身が影のような揺《ゆ》らめきを持ったローブを羽織った怪物兵士。

ローブから少し顔を覗《のぞ》かせているが、顔がない？

闇の一色という、のっぺらぼう的で不気味な怪物だった。

「……影鷲王《かげわし》スレイド様の言葉である」

「「影鷲王スレイド様！」」

「「直々の言葉!!」」

「そうだ。恐縮《きょうしゅく》せず、そのまま聞けい！　影鷲王スレイド様は退けと指示を出された。未知の者には手を出すな。と、もう既《すで》に、邪《じゃ》界導《どう》師キレ様も退いている」

「「はい！」」

「キレ様も……？　了解《りょうかい》した。ならば我らも退くぞ」

「退いた魔《ま》界《かい》セブドラの尖兵《せんぺい》を追撃《ついげき》したいが……」

三眼の怪物兵士たちも愚痴《ぐち》を言いながら退いた。結局、戦う相手がいなくなった。

草原には無数の怪物たちの死《し》骸《がい》が無残に転がっているのみ……戻るか。黒馬ロロディーヌの首を左へ傾《かたむ》け反転。そのまま丘の下で待機していた皆《みな》の下に駆けていく。

「――シュウヤ、ロロちゃんも、凄かったけど急すぎるわよ」

体に蒼炎《そうえん》を纏うレベッカと皆が駆け寄《よ》ってきた。

レベッカは文句を言いながらも、白魚のような手で神獣《しんじゅう》ロロディーヌの喉の下を撫《な》でていた。漆黒《しっこく》の毛には返り血が付着しているがレベッカは気にしていない。むしろルシヴァルらしく手についた返り血を舐《な》めていた。そのレベッカの指の動きはエロいが意識してやっていたらエロい天才だ。レベッカは嫌《いや》な顔をしなかった。血の味は普通らしい。

そのレベッカに対して『確かに、急だったからな』と思いながら、

「悪いな。完全な人同士の争いだったら空を飛んで回避《かいひ》したかも知れない。が、未知の相手だ。どんな攻撃があるか、俺が最初に受ければお前たちも対処が楽になると思ったのもある」

「ん、ありがとう。軍は遠くに退いたようだから、ゴルゴダの赤い騎士の一騎駆けは成功?」

エヴァがそう発言。神獣《ロロ》の黒毛の毛並みを確かめるように胴体を撫で撫でしていた。レベッカと同じく、掌《てのひら》についた血を舐めている。

「成功ね——凄まじいの一言だけど」

ユイは血に塗《まみ》れた魔刀を払《はら》ってから肩にかけて語る。

そのままエヴァの魔導車椅子《まどうくるまいす》に体重をかけるように寄りかかっていた。

「マイロードの一騎駆け！　実に痺《しび》れましたぞ。赤いマフラーをたなびかせ、無双《むそう》の如《ごと》く魔槍杖《まそうづえ》を振るい抜き戦場を割る！　鮮烈《せんれつ》なる無双突破《むそうとっぱ》！　光魔ルシヴァルの宗主《そうしゅ》の御業《みわざ》を

見た思いでありまする」

「同意いたします。ご主人様は偉大《いだい》なる雄《おす》の頂点……」

カルードとヴィーネは片膝《かたひざ》を草原の地につけ、頭を下げながら語っていた。

『カルードとヴィーネの言う通り……閣下の御業は日増しに強まり、邪族の兵も魔族《まぞく》の兵も平伏《へいふく》する事でしょう』

高揚《こうよう》したヘルメの念話は無視。

「という事で、初戦は大勝利？　あ、マスター、向こうから何かが走ってくる」

簡易ゴーレムの背後にいたミスティが手を伸ばしながら指摘《してき》した。

「本当だ。先ほど命令を出していた奴《やつ》かも」

『閣下、左目から出て対処しますか？』

『いや、見ておけ。さっきと同様に、向こうから攻撃《こうげき》してきた場合でいい』

『はい』

「シュウヤ、どうするの？」

「攻撃してきたらやり返せ。ハチの巣にしてあげていい。友好的だったら笑顔《えがお》で対応」

「ん、了解」

「分かった」

〈筆頭従者長《選ばれし眷属》〉たちは武器を構え持つ。遠くから駆けてきた兜《かぶと》をかぶる四眼の怪物兵士が乗っていた大型の魔獣が独特の鳴き声を発生させて動きを止めた。

「そこの黒き魔獣に乗った御仁《ごじん》、我らが主、轟毒騎王ラゼン様がお呼びでございます」

四眼の怪物兵士が、斜視《しゃし》気味な四つの瞳《ひとみ》を中央に集めながら話している。

「お呼び？　ついて来いというのか？」

「はい、名誉《めいよ》な事ですぞ」

「いやだな、問答無用で襲《おそ》い掛かってきたし、何様だろうと行くつもりはない。会いたいならそちらから来い」

怪物は俺の文言に驚いたらしい。特徴的《とくちょうてき》な四つの眼球にある緑の虹彩《こうさい》を散大させる。

「……ぶ、無礼なっ、ふん──」

鼻息荒《あ》らくした捨《す》て台詞《ぜりふ》か。大型魔獣の首を返してから翻《ひるがえ》し走り去っていく。

「シュウヤ、あの怪物と話せることが驚きなんだけど、いったい、何を話したの？」

レベッカが蒼い瞳を向けてくる。

「あぁ、四眼の勢力側の親玉から誘《さそ》いだ。轟毒騎王ラゼンという方が俺に会いたいらしい。その誘いは断った」

「ん、それじゃ、その頭に四つの眼の怪物種族たちと戦う？」

エヴァが質問してくる。

「分からない。三眼も四眼の怪物勢力の思惑《おもわく》なんて知らない。基本は無視だ。彼らが邪魔《じやま》するなら、その都度、返り討ちにすればいい」

「ん、分かった。がんばる」

エヴァは紫の魔力を纏うと魔導車椅子を宙に浮《う》かせて、上昇《じょうしょう》していく。

ゆっくりと回って周囲を観察していた。偵察《ていさつ》か。

「エヴァ、高い……」

レベッカは頭上を偵察しているエヴァの様子を窺《うかが》う。

「罠《わな》の可能性もあるけど、シュウヤの戦場の活躍《かつやく》振りを見たら誘いも分かる」

「娘《むすめ》の意見ながら、その通りでございます。両軍に打撃《だげき》を与《あた》えたマイロードは未知な存在。その未知な存在に、勧誘《かんゆう》の使者を寄越す判断ができる剛の者。それが轟毒騎王ラゼンと推測。優秀そうですな」

「三眼の勢力側からの誘いは来ないようだが」

「使者を寄越した勢力の指揮官。ラゼンは柔軟《じゅうなん》な思考を持っていそうですね」

三つの眼のほうは、強者の邪界騎士デグを討ったからな……誘いに来る訳がないか。

「……ラゼンか。ま、俺たちは魔宝地図が目当てだ。このまま平和になった草原地帯を進もうか。エヴァ、下りて来い――」

「――ん」

エヴァは降下してくる。

「何か見えたか？」

「うん。遠くの右斜《なな》め上《うえ》に黒い城。右に山と森に集落らしき建物群があった。左は窪《くぼ》んだ地形が多くて、草原と森に山……そこにはモンスター？　異形なモノが地上にも空にも沢《たく》山《さん》いた」

「ここは物凄《ものすご》く広いエリアなんだな……」

もしかして一つの大陸ぐらいはあるのか？　邪界ヘルローネという次元界か。

「ん、驚くべき広さ……」

エヴァは紫《むらさき》の瞳を揺らしながら頷《うなず》く。

「でも、行き先は一つ。魔宝地図の示す地点の左に向かう」

「にゃおぉん」

神獣ロロディーヌが、頭部を上向かせて鳴いている。

エヴァは相棒の猫系の大きな鳴き声を聞いて微笑んだ。そのエヴァは魔導車椅子に座《すわ》った状態で相棒の真似《まね》をするようなポーズを取りつつ――。

「ん、ロロちゃんが行こうーって話してる！」

背筋を伸ばした健康的なエヴァは魔導車椅子を操作して前進を開始。

「エヴァ、ロロちゃんに気を取られず、ちゃんと前を見てよ？」

レベッカはエヴァに注意しながらも微笑む。

「行きましょう！　でも、ここのモンスターの生態が気になる」

ヴィーネがそう発言。

「うん。早速《さっそく》、蛙《かえる》と蛭《ひる》と羊が合体した小動物を発見」

ミスティは手元にあるスケッチブックに何かを書いている。すると、ユイが、そのミスティのさり気無いスケッチを行う所作を見て、

「……ミスティは字を書く作業が早いわね」

感心する。たしかにミスティの書く速度は異常だ。スキル的な腕《うで》の動きだからな。

「魔宝地図の旅ですな」

カルードも渋《しぶ》い表情で答えてから魔剣《まけん》の鞘《さや》を持ち上げた。魔剣ヒュゾイを引いて剣身《けん》と具合を調べる。その魔剣ヒュゾイに魔力を通すと、刃文《はもん》のような剣の溝《みぞ》が光る。

カルードは何かを確認《かくにん》しているようだ。その魔剣をさっと振《ふ》るって軽快に歩き出す。

「我らが先頭に立ちまする、ゼメタス」

「おう、アドモス――」

沸騎士《ふつきし》たちが嬉《うれ》しそうに大声を上げつつ前進。骨と骨が擦《す》れ衝突《しょうとつ》する沸騎士らしい足音を立てながら小走りに俺たちを抜いて先頭に立った。沸騎士たちの胸甲《きょうこう》と脇の溝から蒸気的な魔の煙《けむり》が濛濛《もうもう》と立ち昇《のぼ》った。あの蒸気の動きは面白《おもしろ》い。まさに、エヴァで言うところの『ぼあぼあ』だ。煙は心象に左右されているんだろうか。沸騎士たちの行動について分《ぶん》析《せき》しつつ神獣ロロディーヌの横の腹を足で叩く。と、相棒は頷くように頭部を持ち上げた。神獣ロロディーヌは黒王号か。絶影のような――いや、赤兎馬を彷彿《ほうふつ》させるように圧倒的な存在感を放ってゆっくりと前進――。

迷宮都市《めいきゆう》ペルネーテの二十階層の空は一定の明るさを保っていた。

地上は時間的に夕暮れ色の空に変わっている頃《ころ》。

この迷宮の二十階層は邪界ヘルローネの次元世界の一つで、惑星《わくせい》セラでない異世界だろう。ここは球体かフラットか不明だが、恒星《こうせい》とか、人工太陽のような魔力の光源があるんだろうか。光合成なら生物たちの力になっている？　俺の知る光合成を考えても仕方ないか。

そんな些《さ》細《さい》な疑問を胸に抱《だ》きながら草原地帯を皆で歩いた。

歩き続けたからか先頭を進む沸騎士たちの体が火照《ほて》って見えた。

張り切っているようだな。顔は精悍《せいかん》さを感じさせる。骨か鋼か不明だが。出っ張るように出た前頭骨と鼻骨《びこつ》の額は、まんま鋼の甲冑兜《かっちゅうかぶと》。彫《ほ》りの深い眼窩《がんか》の中は燃《も》え滾《たぎ》る魔力の炎《ほのお》。

その炎の周りを埋《う》める漆黒の闇。燃え滾る炎の表面に、うっすらと虹彩っぽい魔力の網膜《もうまく》があるのか、不可思議にゆらゆらと揺れる。頬骨《ほおぼね》も分厚い。

上顎骨《じょうがっこつ》と蝶形骨《ちょうけいこつ》も厳《いか》つい。鎧《よろい》は、胸甲と筋肉が合わさったローマ帝国《ていこく》の兵士が着るようなブレストプレート的。それぞれの名前に因《ちな》んだ黒と赤の蒸気を身に纏った姿だ。

ザ・地獄《じごく》の騎士。渋いし、カッコイイ。

「閣下のような一騎駆けがしたいぞ」

「アドモス、私たちには無理だ」

「魔界に於《お》いて、グルガンヌの滝行《たきぎょう》を行った時に、滝壺《たきつぼ》で群がっていたソンリッサを捕《つか》まえたではないか！」

「それはそうだが……」

少し喧嘩《けんか》をしている。喧嘩よりもその話の内容に少し興味を持った。

魔界の地名らしき名前と、魔界に住む動物らしき名前を述べていた。

ソンリッサとは馬、騎乗できる動物なのだろうか？　滝壺だからカバとか？

魔界の様子には興味がある。魔毒の女神《めがみ》ミセアが話をしていたな。

傷場から魔界へ侵入《しんにゅう》する方法を試《ため》し、魔界を巡《めぐ》るのも一興かも知れない。

だが、他の見知らぬ地域に行ってみたい場所はある。

……魔界挑戦《まかいちょうせん》には魔王《まおう》の楽譜《がくふ》も必要だ。

だから、数ヶ月《すうかげつ》後のオークションを楽しんでからだな。魔王の楽譜が手に入っても、まだまだ遠い未来の話だ。他にも鏡の探索《たんさく》もある。ラドフォード帝国の影もチラついてきた。

このオセベリアのペルネーテで平和を享受《きょうじゅ》している以上、戦争のことも頭に入れておくべきか。第二王子、いや、俺的にはレムロナのほうがいいな。

彼女《かのじょ》に力を貸して、じっくりとドラゴンについて語り合いながら……。

おっぱいについて思考を巡らすのもいいかも知れない。

「──見ろ！　あそこにいる動物、形がソンリッサに似ている」

不埒《ふらち》なことを考えていると、沸騎士の片割れが骨の腕を伸ばしていた。

「本当だ。しかし、ここは魔界と繋がっているのか？」

「似ているところはあるが……」

沸騎士たちの様子に釣《つ》られて斜め前方を見る。そこにはシマウマとサイが合体したような重厚《じゅうこう》な姿の草食動物が存在した。草食動物は大きな口を広げて麦の穂《ほ》と似た黒穂《くろほ》の種を一心不乱に噛《か》んで茎《くき》をひっぱりつつ鞘ごと食べていた。

「ン、にゃおお――」

皆が歩く地帯から離れるように神獣ロロディーヌが走り出す。

サイとシマウマのような動物の動きを見て、狩《か》りの本能が刺激《しげき》されたようだ。

「ロロちゃんと偵察に行くのー？」

背後からのレベッカの声だったが、獲物《えもの》を追《お》い掛ける相棒は止まらない。その心情は、マタタビを追う、いや餌を追う、これも違うか、肉食獣《にくしょくじゅう》らしい好奇心《こうきしん》かな。狩りを楽しみたい心意気だろうか。そんな夢中に走る相棒に悪いが……。

「ロロ、ストップ」

黒馬か、黒豹《くろひょう》か、黒獅子《しし》か、それらの動物がミックスされた印象の神獣ロロディーヌが動きを止める。神獣としての漆黒の獣を見たであろう草食動物は驚《おどろ》いて逃走《とうそう》。

そんな相棒を見て、

「ロロ、皆のところに戻ろう」

と言葉を伝えて笑《え》みを送る。

「にゃ、にゃお～」

相棒は『まだ追い掛けたいにゃ～』という感じだろう。

「駄目《だめ》だ」

「ンンン」

神獣ロロディーヌは長い耳を伏せつつ不満を意味する独特な喉声を響《ひび》かせる。

触手《しょくしゅ》の手綱《たづな》を引いて——相棒の頭部を仲間たちへと向けた。俺の指示を聞いた、よい子のロロディーヌは歩き出したが、すぐに『そら』『そら』『とぶ』『あそぶ』といった気持ちを伝えてきた。仕方ない。遊ぶか。良し、狩りついでに満足させてやろう。

「ロロ！　エヴァと同様に斥候《せっこう》タイムといこうか」

「にゃおお」

神獣ロロディーヌは、狼《おおかみ》の遠吠《とおぼ》えのごとく嬉しそうに顔を上向かせて鳴く。複数の触手を左右へと伸ばした。草原の地に、触手骨剣を突《つ》き刺して固定。

複数の触手は、蜘蛛《くも》の糸の特殊繊維質《とくしゅせんいしつ》効果でもあるのか、人工筋肉のようにも伸びていた。

そのまま力強い四肢《しし》は首下の触手の群れを従えるように駆ける。

左右に伸びた触手がフレキシブルに捻《ねじ》れた。

黒馬に近いロロディーヌは、その捻れた触手に構わず走り続ける。

力強い躍動《やくどう》感は半端《はんぱ》ない。股《また》の下から感じる筋肉という筋肉がもりもりと動いた。

立派な鬣の感触が気持ちいい——凱旋門《がいせんもん》賞に出場したら優勝間違《まちが》いなし！

と、思わせる黒馬ロロディーヌ。そんな相棒の背中の黒毛と地肌《じはだ》を撫でながら速度を感じていると――黒馬ロロディーヌは動きを止めて、体の向きを変えた。捻った力を溜《た》めた触手を離《はな》して、一気に解放するつもりだろう。この力を溜めて放つまでの動作の間がなんともいえない。ジェットコースターの大きな坂を上っていく間と似て怖《こわ》さがあるが、ドキドキする。高揚感を得ていると左右に伸びきって張った触手の群れが一気にロロディーヌの首と胸下に収斂《しゅうれん》。それは鋼鉄のワイヤーが神獣ロロディーヌに襲い掛かってくるようにも見えた。同時に凄まじい反動を得る。地表から空へと神獣ロロディーヌは飛んでいた。中空の薄《うす》い魔力層的な空域を突破《とっぱ》。邪界ヘルローネにはオゾン層的なモノがあるのか？耳をつんざく風が緩まったところで、ロロディーヌが胴体《どうたい》から黒翼《こくよく》を左右に展開した。ゆっくりとした機動。風に乗ったように浮遊《ふゆう》する。通り抜ける風が優《やさ》しく頬《ほお》を撫でるように感じた。当たり前だが……この邪界ヘルローネにも、風はあるんだな。

『閣下、地上と変わらない印象ですが不思議な場所です。風の精霊《せいれい》ちゃんと似ているが微《び》妙《みょう》に異なる、似て非なるモノが、邪界ヘルローネかと』

『あぁ』

旋回《せんかい》しながら周囲を偵察。遠くの景色を見る。エヴァが指摘した通り、巨大猛牛《きょだいもうぎゅう》モンスター、巨大《きょだい》な蝿《はえ》モンスター、ヘラジカのモンスター、人型モンスター、ガーゴイルモンスター、眼球が二つ繋がったモンスター、集団のオーク系モンスター、植物系モンスターなど多種多様のモンスターが存在した。軍隊の次はモンスターたちか。

ビームライフルのスコープを使って未知のモンスターの生活をウォッチングしようかな？　その直後、遠くを飛行中の眼球が二つ繋がるモンスターの群れが、俺たちに反応。二つ繋がった眼球がギョロリと蠢《うごめ》いて、俺たちを睨《にら》む。気持ち悪い瞳孔《どうこう》を散大させた。カメラのズームアップ的なことをしている？　お？　速度を上げて近付いてきやがった。複葉機のような形。エンジンの位置に二つ繋がった眼球がある。それら編隊飛行を行う飛行型モンスターの数は多い。前方の飛行型モンスターの眼球がまたギョロリと蠢く。と、その蠢いた眼球から涙《なみだ》を出すように灰色の液体を放出。液体は尖《とが》った灰色の杭《くい》に変貌《へんぼう》。その尖った灰色の杭はミサイルの機動で俺たちに迫《せま》る。「――ロロ、避《さ》けろ」、「ンン――」相棒は即座《そくざ》に反応。速度を上げた。斜め上の空を飛ぶロロディーヌ。灰色の杭に、追尾性《ついび》能はなかった。灰色の杭は、俺たちがいた宙空を抜けて通過していった。

『ロロ様、さすがに速い！』

常闇《とこやみ》の水精霊ヘルメの念話に同意しつつ——左手を、その灰色の杭を寄越《よこ》して来やがった飛行型モンスターへと向ける。指先にまで表現を意識したダンサー気分で——。

人差し指と中指を重ねながら飛行型モンスターを狙《ねら》う——。

同時に上級：水属性の《連氷蛇矢《フリーズ・スネークアロー》》を発動——。

神獣ロロディーヌの周囲に——人の腕の大きさに近い蛇の形をした氷の矢が生成される。

それらの《連氷蛇矢《フリーズ・スネークアロー》》は、シューティングゲームに登場する主機の周りに浮かぶオプションにも見えた。〝上上下下左右左右ＢＡ〟はしない。一瞬《いっしゅん》で、《連氷蛇矢《フリーズ・スネークアロー》》は飛行型モンスターに向かう。

飛行型モンスターは眼球をきょろきょろ動かしながら回避行動を取った。

が、《連氷蛇矢《フリーズ・スネークアロー》》は追尾する——。

二つの眼球に《連氷蛇矢《フリーズ・スネークアロー》》が衝突。

二つの眼球は瞬《またた》く間《ま》に凍《こお》って割れた。複葉機のような体も凍り付《つ》く。全身が凍った飛行型モンスターは真っ逆さまに墜落《ついらく》していった。一機沈《しず》めると、同胞が死んだのが分かるのか、残りの飛行型のモンスターたちが反撃《はんげき》行動に出た。二つの眼球から灰色の液体を一斉《いっせい》に放出してくる。それら灰色の液体は、先ほどと同じく灰色の杭のミサイルと化す——さすがに杭のミサイルの数が多い。〈鎖《くさり》〉で盾《たて》を作り防御《ぼうぎょ》に回るか？　と思考した刹那《せつな》、「ンンン――」大きな喉《のど》声を発した神獣ロロディーヌ。気合いを発した相棒は速度を上げて螺《ら》旋回転《せんかいてん》しつつ前進――螺旋《らせん》運動か？　瞬時《しゅんじ》に全身でバレルロールを敢行《かんこう》――とんでもない本気の加速性能を見せた相棒の速度だ。正面から、半円を宙に描《えが》くような戦闘機《せんとうき》の機動――怯《ひる》むが凄《すご》い。黒馬に近い神獣ロロディーヌは、連続的に飛来する灰色の杭を見事な機動で避けた。素晴《すば》らしい機動！　テンションアップ――。

「ハハハッ――ロロ！　天使とダンスでもしてなってかァ？」

「ンン――」

ははは、相棒も楽しそうだ――神獣ロロディーヌは戦闘機のように華麗《かれい》な機動で灰色の杭を避けに避けた。そのまま、上空からエンジンの排気音《はいきおん》が聞こえるような加速でモンスターたちへと急降下――ヒャッハー！

「――Fire at will　It's payback time《仕返しの時間だ》!」

興奮した俺は思わず英語で叫ぶ。黒色の触手が航跡《こうせき》を宙に描くように骨剣ミサイルと化す――飛行型モンスターに黒糸が伸びたようにも見える触手の先端《せんたん》から出た骨剣が触《ふ》れた直後、触手骨剣が、その飛行型モンスターの体を貫《つらぬ》いた。

飛行型モンスターは爆発《ばくはつ》して散る。相棒とは感覚を共有している。

エースパイロット気分を味わいながら、飛行型モンスターを幾《いく》つも撃墜《げきつい》していった。

最後に残った飛行型モンスター。飛翔《ひしょう》中だが、神獣ロロディーヌは体を黒豹のような姿に変化させた。相棒は草むらに隠《かく》れて獲物を狙う野生の獣《けもの》のように体を縮ませる。

一瞬、ゴルディーバの里で狩りを楽しんでいた頃の黒豹ロロディーヌを想起した。

そんな相棒の首元から飛行型モンスター目掛《めが》けて触手が伸びた。

触手の先端から骨剣が出ると同時に飛行型モンスターの体を貫く。

そして、瞬時に触手を収斂させて引き寄せた。

「にゃおおおお――」

嬉しそうな声……やはりこうなったか。

眼球が目立つモンスターを中央からボキッと折るように小さくさせると、口に運ぶ。

飛行型モンスターを食べながら黒豹から黒馬にチェンジしたロロディーヌ。

獅子っぽい印象は少し残るが、黒馬だ。そして、黒馬ロロディーヌの頭部が揺れる。

ここからじゃ口の中の様子は見えないが、むしゃむしゃと飛行型モンスターを食べている音は聞こえている。

「邪界のモンスターは美味《おい》しいか?」

「にゃおん」

眼球……意外に美味《うま》いのか？　が、美味くてもな、見た目的に無理だ。

食う気は起きなかった。空中戦が終わり空の平穏《へいおん》を楽しんでいると、今度は人型のモンスターが遠くに現れた。何だろう。その人型は顔の上半分を覆《おお》う黒色の兜をかぶり、赤く光る眼のようなモノが五つもある。遠くからでも視力か魔眼《まがん》で飛翔中の黒馬ロロディーヌの姿に気付いたらしい。

その黒色の兜を被《かぶ》る人型のモンスターが背中から生えた黒い爪《つめ》か翼を羽搏《はばた》かせて、近付いてきた。先ほどとは違う。攻撃をしてくる気配がない。

人型は、左手に盾と右手にモーニングスターのような武器を持つ。

柄《え》と鎖で繋《つな》がるハンマーは強力そうだ。攻撃して来ないから友好的か。

「ここは妾《わらわ》の領域。空の篝火《かがりび》の領域。夜のような綺麗な瞳を持つ者、ソナタは何者ぞ？」

声は子供的だが格式を感じさせる口調。唇《くちびる》は黒紫色《むらさきいろ》。首と両肩《りょうかた》に上腕甲《じょうわんこう》は地続きの鋼の防具で、首当ての中心には赤い魔宝《まほう》石が象嵌《ぞうがん》されていた。魔族の家印の意味もありそうな赤い魔宝石だ。そして、大きな胸を隠す赤色と黒色の模様が美しいコルセット鎧。

腰《こし》はくびれを活かす作りなのか、大胆《だいたん》な隙間《すきま》が多い。臀部《でんぶ》は前掛《まえか》けの黒色と赤色の布。

太股《ふともも》は機動を考えてあるのか、外側の一部を鋼の甲《こう》が覆う。黒革《くろかわ》の太股まで続いたロングブーツを履《は》いている。顔の上半分が隠されているが、あの黒紫色の唇には妖艶《ようえん》な印象を抱

く。自然と、その唇を見ながら、

「……領域ですか？　ここは初めて来たので分からないのです」

「初めてだと……ソナタの見た目は人族のようだが、その乗っている獣はシャドウの配下ではないのか？」

「違います」

「ほう……神界の者か」

この女性は、飛行型モンスターや地上のモンスターと違って友好的な存在だ。

「……いえ、違います。人族と似ていますが、別種族です」

「驚きだ。もしや上から下りてきたのか？　上の世界は地上《セラ》と通じているということか？」

「どうでしょうか、通じていると思いますよ」

女性は、斜めを見上げて考え込《かんがこ》む。この女性の知的生命体の語る領域とやらが、さっぱり分からないが、一応、通るかも知れないから聞いておこう。

「領域を通っていきたいのですが、いいですか？」

「空の篝火を消さなければ、一向に構わんが他はしらん、己《おのれ》の強さに自信があれば自由に通ればいい」

「空の篝火とは、なんでしょうか」

「空に灯《とも》る妾の領域を表す印。綺麗な紅光を放っている。妾たちの種族に伝わる固有魔法《まほう》なのだ。魔界でもアムシャビスの紅光は美しい。魔命を司《つかさど》るメリアディ様もよくお散歩に来られる場所で有名だったのだぞ」

へぇ……。空にそんな場所があるんだ。セラにもあったのか？

「……分かりました」

すると、黒色の兜と一体化した五つの赤眼が魔力《まりょく》を放つ。

五つの魔宝石にも見える赤眼だ。その五つの赤眼で、俺をジッと見つめてきた。その五つの赤眼の持ち主が、唾《つば》を飲《の》み込む音を響かせる。

「珍《めずら》しき夜の瞳を持つ人族よ、妾の名を教えておこう。わらわの名はスーク。魔界アムシャビス族出身のスークだ」

頬の下の皮膚《ひふ》が、若干《じゃっかん》、赤みを帯びたのは気のせいだろうか？

しかし、礼儀《れいぎ》正《ただ》しい魔界の種族さんだ。魔界のアムシャビス族のスークさんか。

では、俺も、ロロディーヌに乗った状態だが、姿勢を正して礼儀《れいぎ》をもって、

「名はシュウヤ、シュウヤ・カガリです」

「そうか、シュウヤ。シュウヤは妾と戦いたいか？」

「戦いたいなら戦います。ですが、綺麗な女性とは戦いたくない」

「……面白きかな、妾は雌《めす》ゆえ、興奮する人族がいると聞いたことがあるが……」

スークは武器を腰にかけて仕舞《しま》う。と、大きな胸の鎧を細い手で悩《なや》ましく触《さわ》り出してアピールを始めた。興奮はしていなかったが、その大きな胸は魅力的《みりょくてき》。

同時に仕草は品があるから好印象だ。しかし、今はやることがある。

「それではスークさん、仲間のところへ戻《もど》ります」

「そ、そうか……残念だが」

スークさんは残念そうな表情だ。黒紫の唇から舌が伸《の》びてイヤラシく上唇《うわくちびる》を舐めていた。あの体と豊かな胸には、おっぱい研究会的に惹《ひ》かれるが、目的を優先する。

「……ロロ、帰るぞ」

「にゃお」

「さらばだ。魅力的な目を持つシュウヤよ！」

スークさんの言葉が空中から伝わる。ホバリング状態だった黒馬ロロディーヌは翼の角度を変えて滑空《かっくう》——仲間の下に戻って地に降り立った。前髪《まえがみ》が揺れる。草原の風か。その草原に吹《ふ》く風で揺れたプラチナブロンドの髪《かみ》を白魚のような指で押《お》さえていたレベッカが近寄ってきた。

「——偵察お疲《つか》れ様《さま》。少し時間が掛《か》かったようだけど、空の上で何かあったの？」

「飛行型モンスターと戦い倒《たお》し、魔界出身の翼を生やした種族の方と少し話をした」

「話を？　友好的な種族なのね」

レベッカは多少興味を持ったようだ。金色の細い眉尻《まゆじり》を少し下げている。

「最初の怪物《かいぶつ》たちとは、まったく違う。友好的だった」

「ん、ということは、悪い存在と良い存在。人族と変わらないのかも？」

背後のエヴァが聞いてくる。エヴァは魔導車椅子を踝《くるぶし》に車輪が付いて、足と足の間にペダルが付いたタイプに変形させた。

「そうかも知れない」

エヴァは、静かな電気自動車を超《こ》える軽《かろ》やかな機動でヴィーネの横を進む。

「ん、不思議──この二十階層は、魔族も住む魔界？」

顔を斜めに傾けながら聞いてきた。紫色の瞳が綺麗《きれい》なエヴァ。

その傾いた顔が上向く視線と細い顎《あご》ラインは魅力的だ。

「……魔界ではないだろう。邪神《じゃしん》らしき名前もあったし」

「では、ここは邪界ヘルローネの一部、とてつもない大陸世界が広がる場所なのですね」

聡《さと》いヴィーネが発言。銀仮面越《ご》しだが、その銀色の虹彩が、この世界に対して興味を持っているのは、分かる。遠くには街もあった。ヴィーネは、マグルの世を見てきたように、ここの二十階層という世界に住まう、未知の文化を見て、体感したいのかも知れないな。

「正解だろう。俺もそう考えていた。邪神シテアトップも、広大、無限なる世界と繋がる。と話をしていたからな」

「なら、エヴァが言っていたように、ここで出会う種族たちのすべてが敵という訳ではなさそうね」

ユイが黒馬に近い神獣ロロディーヌを撫でながら語る。すると、ロロディーヌが、お返しのつもりなのか先端が平たい触手で、ユイの白い肌《はだ》が綺麗な頬を撫でた。

もう一つの細い触手はユイの背中を摩《さす》る。

ユイは微笑《ほほえ》むと、「ふふ、平たい触手ちゃん!」と言って平たい触手を握《にぎ》ると、

「――カワイイ～、見て、触手の裏側にちゃんと肉球がある～」

相棒の触手肉球に萌《も》えたユイは、指と指で、梱包《こんぽう》材のプチプチを潰《つぶ》すように、触手の表と裏を入念にプッシュ。肉球のモミモミを実行。肉球を押すたびに、その押された触手の先端からは僅《わず》かに骨剣が出た。饅頭《まんじゅう》からアンコが出るような感じだろうか。

いや、素直《すなお》に猫《ねこ》の指から爪を出すでいっか。ユイは、肉球のモミモミを繰《く》り返《かえ》している。

触手が押される度に、気持ちよさそうな表情を浮かべたロロディーヌは、四肢からも、爪の出し入れを始めていく。触手の肉球と足裏の肉球の感覚は同じなのか?

すると、「ふふ」と笑ったレベッカが、

「ユイも虜《とりこ》かぁ。その触手裏《しょくしゅうら》にある肉球ちゃんも、足裏ちゃんと同じで破壊力《はかいりょく》が高いのよ。戦闘《せんとう》中でも柔《やわ》らかいことを想像してしまって、我慢《がまん》できない時があるんだから！」

気持ちはわかるが、レベッカは、少し興奮して可愛《かわい》い肉球を語っていた。

「ん、ロロちゃん、ぷにゅぷにゅして欲《ほ》しいの？」

黒馬風で、鬣《たてがみ》が立派なロロディーヌは、エヴァにも触手を伸ばしている。

黒馬《ロロ》め、大人顔の癖《くせ》に、ぷにゅぷにゅ、されたいらしい……。

エヴァのピアノを弾《ひ》いたら上手《うま》そうな指に触られて、平たい先端の裏側をマッサージされ続けると「ん、にゃおん、にゃあぁ」と連続した可愛い声を発した。

『気持ち、いいにゃお、もっとぉ』的な鳴き声だろう。触手の先端を少し伸ばしたり縮ませたりを繰り返している。くぅう、姿が大きくてもカワイイ……素晴らしい誘惑《ゆうわく》。

けしからんな。おっぱい研究会が発動しかかる。あの桃色《ももいろ》の肉球をモミモミしたくなってきた。と神獣ロロディーヌの上で微笑みながら和《なご》んだ光景を見ていると、

「マスター、この石、少し違《ちが》うわ」

そう発言したミスティが拾った鉱石を見せてきた。まじめな表情だ。

「……ただの小石にしか見えないが」

正直、小石より、鳶色《とびいろ》のマニキュアの綺麗さが気になった。

ミスティは自分の瞳と合わせてお洒落《しゃれ》だ。綺麗なお姉さん的なミスティが、

「うん。普通《ふつう》の石。けど、微妙に魔力効率が違うの」

ミスティは一瞬で手を黒く変色させた。同時に鉱石を砂状に変化させた。が、砂状のモノは一瞬で形の異なる塊《かたまり》に変貌した。磁性を帯びた金属か超伝導《ちょうでんどう》系の金属にも見えた。しかし、ミスティの金属を扱《あつか》う技術は異常な高さだ。〈筆頭従者長《選ばれし眷属》〉となって着実に伸びている。感心しながら、ふと、思いつくが……その金属を扱える技術ならば武術と融合《ゆうごう》が可能？〈筆頭従者長〉として身体能力も増した今なら、俺《おれ》が槍《やり》を学んだように彼女も剣、槍を学べば、鋼鉄使いの強者として面白い将来が待っているかも知れない。ま、ミスティには、ミスティのやりたいことがある。学者肌《がくしゃはだ》の彼女に対して、無理に武術を学べとは言わない。武術云々《うんぬん》は、頭の隅《すみ》に追いやり……別のことを聞く。

「……それが何に関係するんだ？」

「勿論《もちろん》、魔導人形《ウォーガノフ》作りよ、魔力効率が少し違うだけで、コアから続く金属のコントロールが繊細《せんさい》になる。無数の命令文を刻める幅《はば》も変わってくるの」

要するに振り幅が大きくなり、難しくなるのか。

「何か新しい発見があるかも知れないな」

「うん。この小さい鉱石一つとっても難しい。でも、地上の世界でさえ解《わか》らないことが多いのに、この邪界へルローネの理までは、さすがに手が回らないわ。勉強はするけど」

鳶色の瞳が輝《かがや》いて見えた。研究家の顔だ。楽しいらしい。

「……無理しないでいいぞ。頭がいいと大変そうだが」

「戦いに支障がでない範囲《はんい》で、書いていくわ……」

と、いいながらも凄い勢いで羊皮紙に走り書きしているミスティ。

そんな彼女へ助言になるか分からないが、

「この未知の鉱石とセラの鉱石を融合させたら特殊《とくしゅ》な鋼材が手に入るかも知れないな？」

そう、人工ダイヤ的なものが作れるかも知れない。ただの炭素の塊。

それを地上で天然ダイヤなんだぜ、グハハ、と、悪徳商人、悪代官に媚《こ》びを売る越後屋《えちごや》的な雰囲気《ふんいき》で売《う》り捌《さば》き、宝石商から成り上がりの異世界宝石商立身伝Ⅵを行う！

そんな適当なアホなことを想像していると、

「……それはそうかも――」

ミスティは、その辺にある何気ない石を拾い出しては、確認を始めていく。

「……これも回収して、これも良さそう」

「おーい、あまり時間をかけるなよ」

「うん。でもさ、マスターは最初の時から変に魔導人形《ウォーガノフ》に詳《くわ》しかったし、やはり、相当、柔らかい思考の持ち主なのね」

ミスティは笑みを浮かべてから雀躍《すずめおど》り風に移動。回収した石を袋《ふくろ》に仕舞うと、またメモ帳に何かを書いていく。

そんな調子でだだっ広い草原を天下の大道のように新たな時代が始まった的な独特な気分を謳歌《おうか》しながら進んでいると、魔素を探知。

「前方から魔素の反応だ」

と、皆《みな》に向けて注意を促《うなが》した。すぐに蠅を巨大化《きょだいか》したようなモンスターが姿を見せる。

さきほど空で視認《しにん》したモンスター。巨大な蠅だ。数は三匹《びき》、頭は複眼《ふくがん》で嘴《くちばし》がストローのように細い。塑像《そぞう》めいて石っぽいが、表面に羽毛《うもう》が生えている。

背中には、透明《とうめい》な翅《はね》がハチドリのように忙《せわ》しなく動いていた。

ぶぅんぶぅんと不気味な音が聞こえてくる。そんな巨大な蠅が襲い掛かってきた。

「巨大な蠅！　君子危《あや》うきに近寄らず！　偉大《いだい》なる閣下に近付かせませぬ！」

「閣下、我らにお任せを！　赤沸騎士アドモスの妙技《みょうぎ》をご覧くだされ」

沸騎士たちが武士的な口上を述べて、巨大な蠅と戦いだす。諺《ことわざ》が聞こえたような？　ま、いっか。将軍的な気分で、たまには任せて見ようホトトギス。

「たまには沸騎士さんたちの活躍《かつやく》を見ているだけも、いいかもね」

魔刀を肩《かた》に掛けたユイが語る。すっかり見学モードか。そして、エヴァも

「ん、ぼあぼあ沸騎士ーがんばって！」

可愛い声で応援《おうえん》。エヴァが腕を斜めに上げた……エヴァの胸が、ぽよよん。と、ダイナミックに恋《こい》をするように、揺《ゆ》れたことは最重要課題としておっぱい国際連盟脳内議会に報告しなければならないだろう。おっぱい臨時委員としての務めだ。

袖《そで》から覗《のぞ》く細腕《ほそうで》も素晴らしい。その腕には黒いトンファーの金具が巻き付く形で装着されているが、浮《う》き出《で》るような太い血管と奥《おく》に見えた腋《わき》にエヴァ特有の色気を感じた。

そして、黒沸騎士ゼメタスは、エヴァの可愛い声援《せいえん》が嬉しかったようだ。

黒い鎧がトキメイタように煙を増した。

エヴァが指摘《してき》した〝ぼあぼあ煙〟が一段階、増加したように見えた。

ぼあぼあを得た黒沸騎士ゼメタスはフェンシングのフレッシュ。

骨の長剣《ちようけん》の峰《みね》を真っすぐ伸ばし前進。骨の長剣は、巨大な蝿の胴体を深く突き刺《さ》す。

背中を突き抜《ぬ》け、透明な翅ごと串刺《くしざ》し状態。

赤沸騎士アドモスは反対側の巨大な蝿の翅を斬《き》り落としていた。

――やるねぇ。続いてぼあぼあが目立つ黒沸騎士ゼメタスが長剣を引きながら硬《かた》そうな体を横回転、反対の腕が持つ骨の盾を振るった。

フックパンチ軌道《きどう》の骨の盾は、翅を失った巨大な蠅に向かうや、骨の盾と巨大な蠅が衝突、骨の盾は見事に巨大な蠅を潰して倒した。巨大な蠅は、潰れた体から、ぴゅーと気色悪い橙色《だいだいいろ》の血を噴《ふ》き出《だ》しながら地面に沈む。一匹残った巨大な蠅は、ストローのような細い嘴が震動《しんどう》する。不自然な切れ目が走った。切れ目からパカッと音を立てた細い嘴は、割れたバナナの皮が捲《まく》れて開くように三百六十度回転。瞬く間に嘴は四角形に変貌する。

その四角形の奥底《おくそこ》には穴がある。奥から洗濯洗剤《せんたくせんざい》のような色合いの液体が噴き出た。間欠泉が噴出《ふんしゅつ》する勢いだ。黒沸騎士ゼメタスは冷静だ。

そんな気色悪い攻撃《こうげき》を見ても動揺《どうよう》しない――体格を活《い》かす骨盾を翳《かざ》す。

その毒らしい広範囲《こうはんい》の液体攻撃を骨盾のみで防ぐ。防ぐ盾の表面から、じゅあっと盾が溶《と》けてしまう音が聞こえたが、上下左右に微妙に骨盾を動かす技術は、見事な盾術だ……ビアの盾術より上かもな。

その毒攻撃を防ぐ黒沸騎士ゼメタスの背後から赤沸騎士アドモスがぬっと飛び出す。高々と舞《ま》い上がったアドモスは骨の長剣を最上段から振るい落《お》とし、毒の液体を吐《は》くことに夢中な、巨大な蠅の頭部を真っ二つ。重量感溢《あふ》れる動きで着地を行うアドモス。足下《あしもと》から蒸気的な煙的なぼあぼあとした赤い魔力が粉塵《ふんじん》のごとく巻き上がる。渋い。そうして、巨大な蠅のモンスターをすべて倒した。カッコイイ。見事な沸騎士たちのコンビネーションだ。

もう一体沸騎士がいたら、連邦《れんぽう》の白い悪魔《あくま》を苦しめたジェットストリームアタックができるだろう。彼《かれ》らはちゃんと大魔石を回収していた。骨を響かせて走り戻ってくる。

「閣下、我らの妙技を見ていてくれましたか？」

「閣下ァ、黒沸騎士たる剣技《けんぎ》を見てくれましたか？」

熱い沸騎士さんたちだ。頷《うなず》いて、

「良くやった、ゼメタス、アドモス。剣と盾の技術は向上しているようだ」

「おぉぉ、ありがたき幸せ」

「おぉ、閣下、次も見ていてください」

沸騎士たちが喜びながら、魔石をユイとエヴァに手渡《てわた》していた。その際、黒沸騎士ゼメタスは眼窩の紅眼が大きくなった。骨と鋼が構成する鎧の節々から放出する黒煙《こくえん》が点滅《てんめつ》。ぼあぼあ煙でゼメタスはドキドキを表現か？　恋か？　が、そんなゼメタスの青春を崩《くず》すように魔素の反応。違うモンスターが出現。大きい姿だ。角があるが牛か？　頭に先が尖る四つの角があり、口にも鋭《するど》そうな歯があった。猛牛《もうぎゅう》バイソンと巨大な牛を彷彿《ほうふつ》とする、巨大猛牛のモンスター。色合いも茶色と青白い皮膚が混じり合う。凶悪《きょうあく》そうなイメージを抱かせる。そんな巨大猛牛は息を荒《あら》くして興奮しているようだ。突進《とっしん》してくる。

『ヘルメ、左目から出ておけ』

『はい』

一応、ヘルメを放出させる。

「動きを鈍《にぶ》らせます――」

出番のなかった常闇の水精霊ヘルメは、スパイラルしつつ小さい水飛沫《みずしぶき》を全身から発生させて中空へと跳躍《ちょうやく》し、左右の掌《てのひら》に蒼《あお》い魔力を集結させて蒼い繭《まゆ》を作る。その両手の蒼い繭の掌から氷礫《ひょうれき》を大量に生成するや、突進中の巨大猛牛に放った。無数の氷礫が巨大猛牛の頭部、胸、前足に突き刺さった。

生々しい鮮血《せんけつ》が巨大猛牛の周囲に舞う。しかし、タフな巨大猛牛は眼球を真っ赤に染めつつも突進は衰《おとろ》えない。巨大猛牛は完全に興奮状態か。

「ここは前衛たる仕事！　沸騎士《ふっきし》の意地――」

張り切る黒沸騎士ゼメタスだ。エヴァにいいところを見せようとしているらしい。

相手に合わせる必要はないが、猪突猛進《ちょとつもうしん》にも見える勢いで巨大猛牛へ向かい走った。

「ぼあぼあ、がんばれー」

エヴァの可愛い声が響く。黒沸騎士ゼメタスは喜んだように全身からぼあぼあ魔力を沸《ふっ》騰《とう》させた。うむ。俺も嬉《うれ》しくなった。黒沸騎士ゼメタスは突進。黒煙の軌跡《きせき》を宙に残しながら巨大猛牛の角攻撃を真正面から受け止める。

『もののふ』としての姿でカッコいいが、大丈夫《だいじょうぶ》か？　と思った直後、黒沸騎士ゼメタスは衝撃《しょうげき》で肩の骨の一部が破損――骨と鋼の鎧《よろい》が巨大な角に貫かれて、片方の骨足が地面に埋《う》まった。が、巨大な猛牛バイソンの攻撃を〝しっかり〟と受け止めていた。

体重差がありすぎて一瞬で吹き飛《と》ぶと思ったが、やるじゃん黒沸騎士ゼメタス！

応援の効果か。

「ゼメタス、嫉妬《しっと》するぞ！」

そんな言葉を言い残しながら赤沸騎士アドモスが猛牛バイソンをイメージさせる巨大猛牛の左前足を薙《な》いだ。

「チャンス――」

白い太股が悩ましいユイが駆《か》ける。鋭い踏《ふ》み込みから魔刀アゼロスを横に振《ふ》るう。

一閃《いっせん》の如《ごと》く振り抜かれた魔刀アゼロスが巨大猛牛の太い右足を華麗に切《き》り裂《さ》いた。その太い右足から鮮血が迸《ほとばし》る。続けて「疾《と》く斬《き》る――」黒装束《くろしょうぞく》を着《き》込《こ》むカルードだ。

いぶし銀の表情で魔剣《まけん》を振るって巨大猛牛の右足を切断。その斬撃を繰り出したカルードは皆に剣術《けんじゅつ》の腕《うで》を披露《ひろう》するかのように素早《すばや》い所作でターン。腰を少し沈めた歩法から――巨大猛牛の左下腹をかい潜《くぐ》る姿勢で「――花〉――」と聞こえなかったが魔剣を振るう――巨大猛牛の腹を上下に切り裂いた。滾々《こんこん》と迸った鮮血が、これまた見事な朱《しゅ》花を宙に作りあげる。

カルードは吸血鬼《ヴァンパイア》としての表情を見せながら、その朱花を崩すように、迸った血を口に含《ふく》んでから距離《きょり》を取っていた。

続けてミスティの簡易魔導人形《ウォーガノフ》の金属の拳《こぶし》が巨大猛牛の頭部を殴《なぐ》った。巨大猛牛は頭部の上にヒヨコがくるくる回るようなピヨリマークを出したように揺らぐ。そして、重低音を響かせながら巨大な角の一つが破壊《はかい》されていた。

強烈《きょうれつ》なメガトンパンチだ。巨大猛牛は頭部を揺らしつつ、前足も斬られたせいか――。自身の巨大な重さを支えられず前のめりに倒れていった。そのせいで正面から受け止めていた黒沸騎士ゼメタスが、

「閣下、魔界《まかい》に逝《い》って参り――」

最後まで喋《しゃべ》れず、小心と豪胆《ごうたん》を綯《な》い交《ま》ぜた表情を浮かべながら潰れていた。

然《しか》らば黒沸騎士ゼメタス。あとで、また召喚《しょうかん》してやろう。

「いきます！」

ヴィーネだ。翡翠《ひすい》の蛇弓《バジュラ》を構えていた。

末弭こと、上弭と、本弭こと、下弭の蛇模様の翼飾《よくかざ》りが目立つ。緑色に輝く光線の弦《げん》と光線の矢も瞬く間に生成されている。ヴィーネは両腕《りょううで》に緑色の魔力を纏《まと》う。その弓を構えるダークエルフの格好が異常にカッコイイ。青白い指で自動生成された光の矢を引くと、翡翠の蛇弓《バジュラ》の淡《あわ》い緑の弦が点滅。ヴィーネは光線の矢を放った——。

光の軌跡を宙に残しつつ宙に弧《こ》を描く光線の矢は、前のめりに倒れた鉄の巨大檻車《かんしゃ》のような巨大猛牛の眉間《みけん》に突き刺さった。その光線の矢から緑色の蛇が、猛牛の額に浸透《しんとう》するや否《いな》や巨大猛牛の頭部が明滅《めいめつ》してから閃光《せんこう》を発して爆発。

巨大猛牛の頭の一部が吹き飛んだ直後、レベッカの蒼炎弾《そうえんだん》が巨大猛牛の胸に直撃《ちょくげき》。

巨大猛牛の胸に大きな蒼炎《そうえん》トンネルを作り出した。巨大猛牛は息絶えた。

巨大猛牛は、牛のモンスターだから、焼き肉の匂《にお》いが漂《ただよ》ってきた。

肉が捲れると、そこから大きい魔石が血液の圧力に押されて、血溜《だ》まりに落ちる。

エヴァと神獣《しんじゅう》ロロディーヌに騎乗《きじょう》している俺は見ているだけだった。

「ん、皆、いい動き！　精霊様の魔法で動きを鈍らせ、ぼあぼあの黒沸騎士ゼメタスが潰れて、大きな牛を受け止めた。ユイとカルードが、しゅぱっと斬って、ミスティのゴーレムが殴ってヴィーネの光の矢がずばっと貫いて、最後にレベッカの弾《たま》がどかーんで、大きな牛を倒した」

エヴァは感心感心と頷いて、パチパチと拍手《はくしゅ》しながら戦闘の様子を語る。

「そうだな。特に黒沸騎士ゼメタスは、ザ・前衛としての役割をまっとうした」

「おぉ、閣下のお言葉を……なんと羨《うらや》ましいことか……ゼメタスも魔界で喜びましょうぞ、嫉妬を覚えます。次は自ら盾となりましょう」

赤沸騎士アドモスが片膝《かたひざ》を地面に突《つ》きながら話す。嫉妬の感覚も持つのか。

「さすがは閣下の前衛たちです。特別に新ポーズの教授を致《いた》しましょう」

ヘルメは小躍《こおど》りするように沸騎士へ話しかける。

新しい腰を捻った独特ポーズを繰り出《お尻立ち》している。

綺麗な尻からぷるるん。と効果音が鳴ったような気がした。

……けしからん。素晴らしいお尻である。赤沸騎士アドモスは感動したのか、

「おぉぉ、精霊様っ、勿体《もったい》なきポーズであります。早速《さっそく》、試《ため》して——グアァァ」

マジか、今、腰を回しすぎて、ゴギッと骨の折れる音が……。

……沸騎士だが、基本は硬い骨。柔らかくないからな。

「さすがに、お尻の新ポーズは高度過ぎましたか……所詮《しょせん》は骨ですね」

「次こそはァァァ、かっ、閣下ァァァ、魔界へ逝って参ります……」

そう言い残し、魔界へ去っていく赤沸騎士アドモス君。

粗忽《そこつ》な行動に笑ったらいけないと思うが、皆、大笑いしていた。

「ハハッ」

笑ってしまう。笑いながら黒馬か黒獅子《しし》に近い姿の神獣ロロディーヌから降りた。

大魔石の回収をしておこう——。

大魔石を回収後、いつもの猫の姿に戻した黒猫《ロロ》。

倒れた巨大猛牛の下に駆け寄《よ》る。相棒は焼けた肉へと歯を立て、ガブッと食べ始める。

むしゃむしゃと咀嚼《そしゃく》。奥歯《おくば》も使う。美味しそう。途中《とちゅう》で黒豹《くろひょう》に変身。

鋭い牙《きば》で肉をあっさり切り取る。黒豹らしい野性味ある行為《こうい》だ。

牙の鋭さが鋭利《えいり》な刃物《はもの》に見えた。そして、硬い肉を奥歯で噛《か》むためか、首を斜《なな》めに傾《かたむ》けて食べている。途中で疲れたのか、熱い息を吐きつつ「ガルルゥ」と唸《うな》った。

あはは、夢中だ。肉が凄く美味い！　と喋っているようにも聞こえた。

いつぞやか、ハイム川が下に流れていた峡谷《きょうこく》の崖《がけ》を登ってきた巨大な蟹《かに》と対決し、その蟹の腹を裂いて白身を食べたことがあった。相棒も白身と蟹味噌《かにみそ》をたらふく食べた。

口元を黄色くしていたことを思いだす。

「……よし、気を取り直して、巨大猛牛モンスターの焼き肉としゃれ込むか！」

「これをですか？　たしかにルンガと近い肉の匂いですが……」

ヴィーネは銀髪《ぎんぱつ》を耳の裏に通す。その仕草は魅力的だ。

項《うなじ》が少し見えてセクシーだった。まぁ、彼女《かのじょ》の言い分も分かる。

「大丈夫と思う。それに、俺たちはルシヴァル。肉程度の毒で死ぬわけがない」

「それもそうですね。〈真祖の系譜《けいふ》〉。光魔ルシヴァルは不死でもあります」

「不死だろうと吸血鬼だろうと不安は不安。ここ邪界《じゃ》でしょ？　食べて大丈夫かな？」

ユイがそう発言。眉《まゆ》を寄せて心配そうな表情だ。魔刀を内包した鞘《さや》の小尻《こじり》を巨大猛牛に当てていた。

普通の人族の胃なら勇気がいるだろう。が、光魔ルシヴァルの腸内細菌《さいきん》は普通ではない。

一年も地下を放浪《ほうろう》したから自信はあった。

「地上では、まず食えない代物《しろもの》だ。貴重なる肉の食感が得られるかもよ？」

そう、少しポジティブに語る。

「う、そう言われると、凄く魅《ひ》かれる。貴重な肉の食感……」

ユイは唾を飲み込んでいた。

そのユイの言葉に強い頷きで意思を示すレベッカさんも見える。

「……それじゃ、準備を始めちゃうからね――」

そのレベッカは食べる気満々という感じで、テキパキと小柄《こがら》ながら素早く動く。

アイテムボックスから色々と道具を出した。レベッカは気が利《き》く。魔法学院の経験や冒《ぼう》険者《けんしゃ》の経験だろう。

休憩《きゅうけい》用の準備の一式を予め《あらかじ》用意していたらしい。

「あ、レベッカ、わたしも手伝う、どうせなら――」

ミスティは大きい石を拾い集めて――。

平たい石の長机、歪《いびつ》な椅子《いす》、を作り上げた。石は金属が多いのか。

草原に石机だ。公園にある石製ベンチをイメージさせる。

「わぁーミスティ凄い！　ありがとう」

レベッカは胸に手を当て感心しながら喜んでいる。

「これぐらいしかできないけど」

「十分よ。一応、ピクニックの敷物《しきもの》も用意したけど、こっちのほうが断然いい！」

レベッカとミスティは和気藹々《わきあいあい》だ。長机にテーブルクロスを敷《し》いた。準備を一緒《いっしょ》に行う。

そんな様子を見ていると、エヴァが顔を斜めに傾けつつ小さいアヒル口を動かしてきた。

「ん、この肉を焼く。でも、タレは？」

エヴァはタレがご希望か。

「さすがに専門的なタレはない。が、野菜はあるし、香辛料《こうしんりょう》とシンプルな塩もある」

「ん、塩で十分」

「ディーさんのようにはいかないと思うけど」

「ディーはスライムのタレとかを作る本職だから気にしない。シュウヤが作るなら全部食べる」

エヴァが気を利かせてそんなことを言ってくれた。

ディーさんの前に食べた料理は美味かったからなぁ。

俺は俺で今度、地上に戻ったら時間は掛かると思うが、万能《ばんのう》タレ的にピリ辛《から》を意識したアンチョビ的なタレを作ることに挑戦《ちょうせん》してみるのも面白《おもしろ》いかも知れない。

「ん、調理、手伝う?」

「いや、ちょいちょいと斬りあげ焼くだけだから、休憩していて」

「分かった。待ってる」

エヴァは石机の用意をしている仲間たちのところに魔導車椅子《まどうくるまいす》を動かした。

すると、巨大猛牛《きょだいもうぎゅう》のつまみ食いが終わった相棒が、黒猫の姿に戻して、

「にゃ――」

「ロロちゃん!」

相棒は、魔導車椅子に座《すわ》るエヴァに飛びついていた。エヴァの股《もも》の上を占領《せんりよう》。

あの太股は、黒猫《ロロ》が最近お気に入りの場所だ。俺の右肩《みぎかた》かフードの中を好む黒猫《ロロ》ではあるが、エヴァの太股も居心地《いごこち》がいいらしい。エヴァの太股は張りがあって白くて、もちもちとして柔らかいからな。俺も無性《むしよう》に、揉《も》みほぐしたい気分に駆られる時もある。

すると、ヴィーネが銀色の瞳《ひとみ》を揺らしつつエヴァに甘《あま》える黒猫《ロロ》の姿を見ているのが視界に入る。羨ましいと思っている？　ヴィーネは前に相棒から匂いが好きとか言われていた。

「ん、ロロちゃん、お腹《なか》がぽっこりしてる」

「にゃあ～」

「ふふ、あまりお腹には触らないでおいてあげる。ここで寝《ね》んねする？」

「にゃおん」

黒猫《ロロ》と見つめ合う天使の微笑《びしよう》を浮かべた美人さん。

黒猫《ロロ》は両前足をエヴァの胸あたりに当て顔を上向かせている。

話しかけているように見えた。エヴァも『なあに？』というように微笑を浮かべている。

何だろうか、あの空間は幸せに満ちている。ボンとロロの空気感とは違う。

ある種の神々《こうごう》しさ、神聖なる芸術性が感じられた。

いかん、絵画のような芸術に見蕩《みと》れる前にやることやらないと。

胸ベルトの短剣《たんけん》では、巨大《きょだい》な牛の肉を斬るのは苦労しそうだ。

だから左手に魔剣ビートゥを召喚。そのまま黒を基調とした霧《きり》が掛かったような剣身《けん》を斜め下《した》に構え、姿勢を低くした——巨大猛牛を視界に捉《とら》える。カルードの歩法を参考に魔剣の柄巻《つかまき》を両手で握りつつ魔脚《まきやく》で走った。死んでいる巨大猛牛と間合いを詰《つ》めた。

一弾指、訓練を兼《か》ねた〈水車斬り〉を用いた。斜め右下から左上に跳《は》ね上《あ》がる魔剣ビートゥ。そのビートゥの刃《は》で巨大猛牛を斜めに斬った。更《さら》に、魔剣ビートゥを振り下げた。

ザシュッとした小気味よい音を耳に感じながら牛の肉を切り刻む。

気分は精肉店の店長だ——お客さんの眷属たちが食べやすい大きさを考えつつ巨大猛牛の肉を丁寧《ていねい》に斬った。相棒のロロディーヌにも用意しよう。飛行型モンスターを喰《く》ったロロディーヌは底なしの胃袋《いぶくろ》だ。黒猫の状態でも大量に食べるから余分に肉を切り取った。

細かく人数分の肉を切り取ってから、アイテムボックスから食材を出していると、

「ご主人様、大きい生皮と、余りの角の回収はしないのですか？」

疑問顔のヴィーネの鼻筋は高く細い。特徴的《とくちょうてき》な銀仮面に目が行きがちだが、紫《むらさき》を帯びた小さい唇《くちびる》に自然と視線が誘導《ゆうどう》されてしまう。

「……回収したいなら、していいぞ。高く売れる素材？」

「はい、邪界の巨大猛牛の皮なら革細工《かわざいく》商人に高く売れるはずです。巨大角も武器、防具、錬金《れんきん》素材、または、象嵌《ぞうがん》用アイテムの可能性もあります」

なるほど。そりゃそうか、二十階層の素材なんて未知だろうし。

俺と黒猫《ロロ》の場合だと〝ま、いいか〟で済ませてしまう場合が多いからヴィーネがいてよかった。彼女は銀髪を革《かわ》の紐《ひも》で一つに纏めて肩に回す。

腰《こし》も沈《しず》めてブーツが似合う片方の膝頭《ひざがしら》を地につけると、パンティが見える体勢で、素材となりそうな血に塗《まみ》れた皮を、青白い指で撫《な》でてから、肉がこびりついている皮を拾いつ

つ、皮を調べていた。腰に巻く皮ベルトの袋から皮布を取り出しては……血の汚《よご》れを拭《ふ》く。その牛皮の素材の良《よ》し悪《あ》しを確認《かくにん》していた。

「……ヴィーネ、水で洗うか？」

「あ、大丈夫です。気にせず、ご主人様は調理を続けてください」

「分かった」

俺は料理を再開しつつも、またヴィーネを見る。ヴィーネは生き生きとした瞳で、角の素材も選別。慎《つつ》ましい態度で回収作業を続けている。仕事をしているカッコいい女を見るのも、いいもんだ。と、考えながら、右腕《みぎうで》にあるアイテムボックスを弄《いじ》る。甘露《かんろ》水、赤い香辛料、酒、野菜、チーズ、ヘカトレイル産の黒パンを、ミスティが用意してくれた石机の上に置いていく。最後に、今、切り分けた見た目は完全なる牛だが、巨大猛牛モンスターの肉も置いて、その上に塩と赤い香辛料を少々まぶし、魔剣の腹を使いトントンと肉を叩《たた》いていった。牛肉の軽い下拵《したごしら》えはこんなもんでいいだろう。

次はライ麦か分からないが、硬いパンだ。彼女たちが食べやすいようにスライスしていく。

「かっこいい！　調理師のようね～」

「ん、お菓子《かし》作りは楽しみ！」

そんな会話が聞こえてくるが、適当に笑顔《えがお》を返して、調理を続ける。

野菜は葉酸が豊富そうな小松菜風の青緑色野菜が多い。

その菜を丁寧に生活魔法《まほう》の水を用いて洗っていく。

葉末に残る跳ねている水滴《すいてき》が、新鮮《しんせん》さを表していた。

パンと野菜の次は〈邪王の樹《き》〉を用いて串《くし》を大量に作る。

〈破《は》邪霊樹《じゃれいき》ノ尾《お》〉だと光属性になるが使わない。

わざわざ串に光属性を込《こ》めてもな。串を武器に使い、どこぞの長剣を使う剣豪《けんごう》たちと対決する時に、〝お前たちにはこれで十分だ〟的な相手を挑発《ちょうはつ》する問答が目に浮かんだが、〈邪王の樹〉のほうを意識。思えば、このスキル……。

玄関《げんかん》のバリアフリー化とバルミントの家にしか使っていない。

串ではなく樹槍《きやり》を使い、いつか戦いに用いたいところだ。

串たちを仕込《しこ》んだ牛肉たちに刺していった。刺し終わったところで、皿、ゴブレット、お菓子の配膳《はいぜん》を終えて、近くで調理する様子を覗いていたレベッカに顔を向け、

「……レベッカ、火を頼《たの》む」

「了解《りょうかい》～」

串に刺した肉へ隠《かく》し味《あじ》的に黒い甘露水を贅沢《ぜいたく》に掛《か》ける。

肉の臭《くさ》み取りに、この間買ったウォッカ的な酒も目分量で掛けつつレベッカの魔杖《まつえ》で串に刺してある牛肉を焼いていった。レベッカは、

「この杖《つえ》だと、火の微妙《びみよう》なコントロールが可能なのよ――」

と、えっへん的な感じに語る。等閑《とうかん》な相槌《あいづち》を行った。

が、たしかに、杖の先端《せんたん》から飛び出る炎《ほのお》の出力はガスバーナーを彷彿させる勢いだったから一応、火加減は指示。串焼《くしや》きを持つようなイメージで、串の端《はし》を持ちつつ肉の両面を焼いていった。こんがりと紫を帯びる焼けた肉。串で肉質をチェック。

肉を刺した串を伝う肉汁《にくじゆう》。肉から溢《あふ》れる液体は美味《おい》しそう。

香《こう》ばしい匂いが鼻孔《びこう》を刺激《しげき》し食欲をそそる。たまらない。

唾《つば》が自然と口の中に溢れてくる。味見で先端を小さく切り試食。

感触《かんしよく》は小さすぎてあまりないが、肉の美味《うま》さは感じられた。成功かな。

これ、とろ火で煮込《にこ》んだシチュー、ポトフも合うかも知れない。

「上手に焼けたわね」

「おうよ、上手く行った。レベッカの炎は便利だ。ありがとう」

「うん！　と言いたいけど、タイミングの指示は全部シュウヤでしょ？　この焼けた肉、並べるから」

レベッカに手伝ってもらいながら、肉から引《ひ》き抜いた串を横に置きつつ、石の皿にこんがりと焼けた肉を盛り付けていった。他の石の皿には、ヘカトレイル産の新鮮野菜を添《そ》えた。ヘカトレイル産のチーズとパンに迷宮産《めいきゅう》の甘露水も用意。机の真ん中には、こぶりな花を活けた壺《つぼ》も用意されていた。黒猫《ロロ》の分も用意。黒猫《ロロ》は紅目《あかめ》を細めながら一心不乱に、肉を見つめていた。『食べたいニャ～』というように、皿に盛った肉に向けて前足を伸《の》ばす。その片足はプルプルと震《ふる》えている。エヴァに、まだ食べちゃだめ、と言われて我慢しているらしい。可愛いやつだ。

「さー、できた、できた。食べよう。名付けて、邪界巨大猛牛の串焼きステーキだ」

「外で石の椅子に座って食べるってピクニック的で、いい気分。肉も美味しそうだし」

「はい、空は曇《くも》っていますが、涼《すず》しい風はありますからね」

「邪界の肉質、食べて調べてから書かないと！」

「にゃおお」

「ん、ロロちゃん、いいこ。もう食べていいよ」

「感謝ですぞ。このカルード……」

「父さん、口上はいいから素直《すなお》に食べなさい」

ユイがツッコミを入れたところで、ヘルメ以外の全員が一斉《いっせい》に食べていく。

「肉と甘み、それに塩加減？　絶妙《ぜつみょう》ね……」

一口、二口食べたミスティの言葉だ。委細を心得た評論家口調で、肉を口へ運び食べていた。ミスティは羊皮紙に綿々と書き連ねているから、スイーツ店を巡《めぐ》り美味しい店を紹介《しょうかい》する美人編集者のようなイメージを持つ。

「……ルンガより美味いかも」

「ユイに同意する。素晴《すば》らしい肉の感触！」

ヴィーネはユイの言葉に大きく頷く。彼女らしく興奮した口調で話すが、

「邪界の牛、侮《あなど》っていました。謝《あやま》りたい気分です。これを地上の市場で売ったら儲《もう》かるかもしれません」

途中で、淡々《たんたん》とした口調に戻《もど》しながら屈託《くったく》のない顔で大所高所に語っていた。

「うん、凄《すご》く美味しい～。けどけど～、わたしの火加減がよかったのもある？」

レベッカがわざと自慢気《じまんげ》に小鼻を膨《ふく》らませながら語る。

目交ぜで知らせる言葉だが、一々可愛《かわい》く、小憎《こにく》らしい。

「――ん、シュウヤの料理、大好き！」

エヴァは小さい唇をもごもごさせながらレベッカを華麗《かれい》にスルー。

ミディアムな黒髪《くろかみ》を揺らしながら笑顔を向けてくれる。

綺麗《きれい》な歯並びを見せていた。料理は上手《うま》くいったようだ。

彼女たちの笑顔と話の接《つ》ぎ穂《ほ》が絶えない弾《はず》む会話で、ある種の満足感を得ながら、肉を短剣で斬る。すんなりと古竜の短剣はこんがり肉を通《とお》り抜けた。

もうこの時点で分かる。美味しいと。肉汁が垂れた短剣を舐《な》めずに、横に置く。

そして、箸《はし》を取り出し、その箸を指で転がしてから、シャキーン、といった音がなる気分で中指と人差し指の間に箸を持つ。第一、第二関節を上下に動かせるように、親指は箸が揺れないように意識。「頂きまーす」と、こんがりと焼けた巨牛肉《きょぎゅうにく》へ箸を伸ばし、肉を掴《つか》む。黒猫《ロロ》ではないが、喉《のど》を鳴らすように口へ肉を運ぶ。

最初は歯で噛むことを意識。獣《けもの》の野性的な声が口内から響《ひび》いてきそうな歯応え。

そして、酒の効果で肉の臭みは完全に消えている。二噛み、三噛み目で柔《やわ》らかくなってきた。グーフォンの魔杖から出た火力もよかったようだ。隠し味どころか仄《ほの》かに甘さとピリ辛さを得た。更に、肉の繊維《せんい》が突然《とつぜん》、柔らかくなったぁァ？

口の中で化学変化が起きたんか!?　やるのぅお肉さんよ、と、キャラが崩壊《ほうかい》する。

歯ごたえあった肉が、嘘《うそ》のように、溶けるようになくなっていた。不思議な肉だ。

柔らかい肉が舌の中で躍《おど》り溶けた余韻《よいん》が堪《たま》らない……。

独特のコクを生み出す黒い甘露水……適度な香辛料とシンプルな塩味もアクセントとな

った。美味い！　蔬菜《そさい》の歯ざわりもしゃきしゃき。青野菜独特の苦みと美味しさが肉の味を調《ととの》えてくれた。ステーキはなくなった。そのまま野菜を食べていると、

「にゃぁごぉ～ガルルゥ」

黒豹《ロロ》の声が聞こえた。獣のレア声が混じっている。黒豹と化したロロディーヌも巨大猛牛の肉を食べていた。邪界ステーキと呼べるか。食欲旺盛《おうせい》な相棒。たっぷりと用意した肉がきれいさっぱりなくなっている。

「ロロ様、口直しに、わたしの水を飲みますか？」

黒豹《ロロ》はヘルメの顔を見て鳴くと口を開けた。ヘルメが微笑《ほほえ》みながら、

「にゃあ」

「はい、では」

黒豹《ロロ》に向けて指先を伸ばす。その指から水をちょろちょろと出す。

黒豹《ロロ》はヘルメの水を飲《の》み込んでいった。

ヘルメの黒豹《ロロ》を見る視線は優《やさ》しい。地母神のような表情だ。

幸せをアピールするかのように、蒼葉の皮膚《ひふ》がウェーブを起こす。

皆《みな》で邪界ヘルローネのモンスターの肉を分かち合いつつ美味しく食べることができた。

俺《おれ》たちで仕留めた結果だが、なにかに感謝したくなる。神に感謝だ。

この世界だと邪神《じゃしん》になるのか？　まぁいい……八百万《やおよろず》の神々だ。

とりあえず加護を受けている水神様に感謝しておこう。

アクレシス様祈《いの》りが届くかどうか分かりませんが、ありがとうございます。

「シュウヤ、両手を合わせて何をしているの？」

レベッカが仏教スタイルで拝む俺を見て、疑問に思ったらしい。

「……あぁ、これは両の掌にある皺《しわ》を合わせて、幸せ～ってな？」

多少ふざけた調子で、手と手を合わせて『幸せ～』的な、『上を向いて、歩こう～』的な気分を持って、『1・2・3・ハリ・オーム』とインド風の手話風にダイナミックに表現したつもりだったが「エヴァ、大変、シュウヤが！」と言われ、俺は改めて変顔を繰《く》り出す。

「ん！　どうしたの？　変な顔？」

「ううん、シュウヤが……」

「ん！　変顔で手のダンス？」

「違《ちが》うから、こう真面目に手と手を合わせてだな……」

「ん」「こう？」

エヴァとレベッカが俺の真似《まね》をしてくれた。石机に両肘《りょうひじ》を載せた状態で、楽し気に両手

を合わせて、互《たが》いに頷いて笑《え》みを交換《こうかん》。エヴァの両腕の肘《ひじ》がワンピース越《ご》しに豊かな胸を凹《くぼ》ませる。「そうではない」わざとそう言いながら、エヴァの手を握《にぎ》って掌を合わせてあげた。エヴァの手は柔らかくて好きだ。おっぱいも最高。「ん……嬉しい」俺の気持ちを読んだエヴァだ。微笑むと俺の手を握り返した。自らの頬《ほお》に手の甲《こう》を当ててきた。

「シュウヤ、温かい」

「あぁ」

……と、いい感じの流れだが、

「えっと、なんばしよっと⁉」

と混乱気味のレベッカからツッコミが入った。

「はいはーい、次はわたし！」

レベッカは横から俺の手を強引《ごういん》にエヴァから奪《うば》うと、恋人握《こいびとにぎ》りを実行。

レベッカの手の平の感触は柔らかくて好きだ。刹那《せつな》、レベッカは、自らの胸を押《お》し当《あ》ててくる。何気に堅《かた》い乳首《ちくび》さんの感触が手に当たって嬉しい。指の腹でレベッカの堅い乳首さんをタッチングして、揉みしだく方向にチャレンジしたいが、ここは我慢《がまん》しよう――レベッカを見ながら「……混乱中か？」と聞いたら頬を真っ赤に染めていたレベッカはキッとした視線を俺に向けてきた。

「ばか！」

「ん、シュウヤはおっぱい大魔王《だいまおう》だから、レベッカは喜ぶかと思ったらしい」

「ちょ、わたしの気持ちをそのまま言わないでよ！　ううぅ」

「ん、ごめん。でも、シュウヤは喜んでた」

「え？　本当？」

「そりゃな。好きなレベッカだ。気持ちは嬉しい」

「ふふ、ありがと——」

とキスをせがむように唇を出す。そのレベッカの愛くるしい小《ち》っこい唇には——指先で応えてあげた。

「ぁぁ、そういうことしちゃう？」

「しちゃうんだな」

「へっぇぇぇ」

レベッカの両手の掌が乱舞的《らんぶ》に舞《ま》う。

「ん、喧嘩《けんか》はだめ」

そんなやりとりを続けて、まったりしながらイチャイチャを続けた。

キス塗れでレベッカが興奮してしまった際に、金髪《きんぱつ》が激しく揺《ゆ》れる。

「ンン――」

その揺れが、気になったのか、黒猫《ロロ》が片足を、その金髪に伸ばす。

ジャレて遊び出してしまった。

「弄っちゃダメ、この髪《かみ》はロロちゃんの遊び道具ではないの！」

レベッカが頭部を揺らして金髪をぶんぶん振り回《まわ》す。

相棒は金髪の激しい連続的な攻撃《こうげき》を受けて、鼻をむずむずさせて、クシャミ。

「ンン」

クシャミのあと、喉声を鳴らしてから振り向《む》いた。尻尾《しっぽ》をふりふりしながらお尻を震わせる。

その尻尾をレベッカが触《さわ》ると、「にゃ～」と鳴いて尻尾でレベッカの手を叩いていた。

その微笑ましい一時に、ゴルディーバの里の光景が脳裏《のうり》に浮《う》かんだ。

レファ、元気にしているかな？　師匠《ししょう》、ラグレン、ラビさんも……。

ゴルディーバの里で過ごした時間を思い出しながら休憩を終えた。

草原地帯を漫《そぞ》ろ歩《ある》くように地図の印を目指す。旅の途中、皆は総じて笑顔だ。元気もりもり。

イチャコラの効果もあるとは思うが、食事の効果が高いかも知れない。

毒は少し心配だったが、思った通り、毒があっても大丈夫だった。

邪界の肉には最初から毒なんてなかったかも知れないが。

光魔《こうま》ルシヴァルの眷属《けんぞく》たちも、ノーベル賞ではないが、細胞《さいぼう》が細胞を食う、ゴミを囲い消すオートファジーを発展させたモノの特異な出芽酵母《こうぼ》の腸内細菌を持つ〈腸超《ちょう》吸収〉の簡易バージョンを、エピジェネティクス的に少しは受《う》け継《つ》いでいるのかも知れない。

そんな感想を抱《いだ》きながらも草原地帯を進む。途中、巨大な魔素を感知した。目的の地図の場所はまだ先だが。

「前方に、複数の魔素と巨大な魔素の気配がする」

「相変わらず、索敵《さくてき》が素早くて助かるけど、巨大な魔素ね……」

「ん、気になる」

「行こう」

何だろうと興味を持った俺たち。まったりペースを止めた。身体能力を活かして素早く草原を駆ける。巨大な魔素の下《もと》へと近付いた。――見えた。人型だ。数は二十？　小隊が二つぐらいの規模か？

「ん、ゴブリン亜種《あしゅ》？」

エヴァがぽつりと呟《つぶや》いた通りゴブリンの亜種たちか？　大柄《おおがら》のゴブリンたちだ。

しかも、神輿《みこし》のような大きな板を担《かつ》いでいる。

ワッショイ、ワッショイ。実は『ワッショイ』はヘブライ語と似ているとか。

と日本と古代イスラエルを結ぶ世界史は面白かった。

その神輿には、白菫色に輝《かがや》く大きな水晶玉を載せていた。

「うん。一見、ペルネーテの大草原に棲《す》まうゴブリンと似ているけど、あの細長い顔なんて、初めて見る」

レベッカがエヴァの言葉に同意しながら語る。しかも、水晶玉を運んでいる？　傍《そば》には装備一式が整えられた魔法使《まほうつか》いも存在。

中隊規模の戦力だ。邪神の配下だろうか？　レベッカが指摘《してき》したように見た目はゴブリン。邪神側の勢力の種族たちとは肌《はだ》の色合いが違う。三眼でもない。

背格好はバラバラだ。どちらかと言えば賊《ぞく》に近いのか？

「ん、鎧《よろい》も豪華《ごうか》。剣だけでなく、一体だけ戦用の棍を装備している」

エヴァの発言だ。トンファーで軽棒術を扱《あつか》うから、相手の棍使いと推測できるゴブリンの武芸者が、気になったらしい。

「臙脂色《えんじいろ》のローブを着た魔術師《まじゅつし》もいます」

「捻《ねじ》れた杖もあるから、遠距離《えんきょり》から魔法で攻撃してくるかも」

「あ、見て――」

ユイが指摘した場所に巨大な蜘蛛《くも》モンスターの群れがいた。

巨大な蜘蛛モンスターは、複眼のタランチュラを合成し、巨大化《きょだいか》させたような姿。

その巨大な蜘蛛モンスターは、ゴブリンの群れと戦いを始める。

カオスだ。タランチュラが口から糸を大量に吐《は》いて、大柄ゴブリンの動きを止めると、その口から小麦色のガスのようなモノを放出。あのガスを喰らったら糜爛《びらん》しそうだ。

ガスの範囲《はんい》のゴブリンたちはガスを吸《す》い込むと、苦悶《くもん》の表情を浮かべつつ泡《あわ》を吹《ふ》く。と、喉を手で押さえて苦しそうに倒《たお》れた。巨大な蠅《はえ》の姿も確認。

俺は、巨大な蠅が出現した左へと指を差して、

「巨大な蠅の群れも集まってきた」

と眷属たちに知らせる。巨大な蠅と巨大な蜘蛛の群れは、あのゴブリン（仮）たちが持っていた水晶玉へ引き寄せられたように見えたが……。

「この状況《じょうきょう》からして、あの水晶玉には秘密があると思うけど、地図は後回し?」

レベッカは、やる気を示すように、体に蒼炎《そうえん》を纏《まと》う。

「マイロード、ここからですと、地形と数から四方からの囲いは無理ですが、三方からの急撃《きゅうげき》は可能かと推察できます」

的確だ。このメンバーなら確実にできる。

「いいだろう、あの水晶の塊《すいしょうかたまり》はお宝と判断できる。介入《かいにゅう》しようか。ゴブリンが敵となるか不明だが、敵と認識《にんしき》して動く。エヴァもいいな?」

「ん、分かった」

「閣下、右の巨大な蜘蛛は、わたしが、常闇《とこやみ》の水精霊《せいれい》としての力を見せつけてやります」

「おう」

「では、正面から派手に斬《き》り込みを入れましょう」

「ゴーレムも突撃《とつげき》させる。カルードさん、壁《かべ》に使っていいから」

「ありがとうございます」

右からヘルメ、正面からカルードとミスティか。

「なら、わたしは左。巨大な蠅と巨大な蜘蛛をアゼロス&ヴァサージで斬る」

「わたしはユイの後方、左の遠距離から、蒼炎弾《そうえんだん》とグーフォンでフォローに徹《てっ》する」

ユイとレベッカが左からか。

「ん、正面から突《つ》っ込む」

エヴァも珍《めずら》しく正面から前線に出るらしい。

「それじゃ、俺も正面からゴブリンを見つつ、巨大な蠅と巨大な蜘蛛を潰《つぶ》そう」

「ン、にゃお」

相棒は黒猫の姿から神獣《しんじゅう》ロロディーヌの姿に変身。黒馬と黒獅子の中間、黒豹っぽさもあるが、まぁ神獣ロロディーヌか。可愛い黒い瞳を見て、

「ロロ、火炎《かえん》ブレスはなし」

「にゃ」

沸騎士《ふっきし》たちも使うかも知れないが、今はいいか。

「それじゃ、水晶玉奪取作戦《すいしょうだまだっしゅ》を展開――」

右手に魔槍杖《まそうづえ》バルドークを召喚《しょうかん》。武威《ぶい》を示すように右手を高く掲《かか》げた。

「――了解」

〈筆頭従者長《選ばれし眷属》〉と〈従者長〉の了解の声を聞きながら――。

草原の柔らかい地面を蹴《け》る。絶賛バトルロイヤル中の戦いに乱入だ。

口火を切ったのは神獣ロロディーヌ。大きい二つの触手《しょくしゅ》を胴体《どうたい》から前方に伸ばす。

「にゃご――」

気合いある鳴き声だ。炎ではない。巨大な触手で殴《なぐ》る気か？

その二つの巨大触手《きょだいしょくしゅ》を合体させた。一つの巨大な触手を作るや否《いな》や――。

巨大触手の先端から巨大なフランベルジュ級の骨剣を誕生させる。凄い。

剣か――相棒の巨大フランベルジュの骨剣が巨大な蜘蛛の胴体を捕《と》らえ貫《つらぬ》く。

巨大な蜘蛛は爆発《ばくはつ》するように散った。相棒は巨大なフランベルジュの骨剣を上下に振《ふ》るって、巨大な蜘蛛と蠅の頭部を四肢《しし》で踏《ふ》み潰すように叩いて潰した。

「ンンン――」

続いて、斜《なな》め下に巨大なフランベルジュの骨剣を振るい衝突《しょうとつ》した巨大な蜘蛛は一瞬《いっしゅん》でぺしゃんこに潰れた。更に螺旋回転《らせんかいてん》したフランベルジュの骨剣が巨大な蠅を三枚下ろしに斬る。巨大な蜘蛛と巨大な蠅を切断しまくる無双剣士《むそうけんし》ロロディーヌとなる。

相変わらず神獣だ。走りながら感心。が、一瞬で思考を前方に切《き》り替《か》えた。

大柄ゴブリンたちが水晶玉を守っている場所に視線を向けた。

「苦労して奪取《だっしゅ》に成功したというのに！　巨大な蜘蛛ソテログアなどの勢力に、デイダンの秘宝を奪わせるな！　守れ！　王のために巣へ持ち帰るのだ」

大柄だが、ゴブリンとは思えない端正《たんせい》な顔を持ったゴブリンの言葉だ。

鼻筋が高く頬骨《ほおぼね》は分厚い。縦長の耳で濃緑色《のうりよくしよく》の肌を持つ。

両肩《りようかた》に厳《いか》つい角飾《かざ》りが目立つ骨の鎖帷子《くさりかたびら》を装備していた。

装備といい周りを統率《とうそつ》する態度からゴブリン集団のリーダーと推測できた。

しかし、奪取？　秘宝とは、大きい白菫色の水晶玉か？

指示を受けた二体の大柄ゴブリンが、その水晶玉を神輿から丁寧に下ろし、重そうに持ちながら運ぼうとしていた。

「──ガルー！　巨大な蜘蛛ソテログアとダグラ、巨大な蠅グギュシシに続いて、ラグニ族の追っ手も来たようだぞ！」

鬼気迫《ききせま》る顔のゴブリンが、そう喋《しやべ》る。そのゴブリンは側近か？　拍子木風の棒状の物を打ち鳴らしていた。端正な大柄ゴブリンの名はガルーか。

「ラグニ族は巨大怪物《きよだいかいぶつ》と相対《あいたい》しているはずだが、チュオス切り抜《ぬ》けるぞ。デイダンを守る！」

ガルーはこめかみにぴりぴりとした癇癪筋《かんしやく》を立てて叫《さけ》ぶ。

ガルーは両手を腰に回して、立派な鞘《さや》から骨剣を引き抜いた。しかし、ラグニ族とは何だ？

「……分かっている。王に進化を促《うなが》してもらうためにも……この棍術で」

「ガルー様、巨大な蜘蛛ソテログアの数が多いです！」

「……蜘蛛神もデイダンを欲《ほ》しがっているようだな」

焦燥《しょうそう》顔を浮かべて話し合っている。ま、あの中央部にはあとで向かうとして……。まずは、大柄ゴブリンと巨大な蜘蛛が争っているところだ。蜘蛛の名前はソテログアとかいうらしいが……。タランチュラを巨大化させたようにしか見えない。

そんなことを考えながら――〈鎖《くさり》〉を射出。

〈鎖〉はピストルで放たれた弾丸《だんがん》的な速度で宙を切り裂《さ》いた。

唸《うな》り声《ごえ》的な切り裂き音を響かせるティアドロップ型の〈鎖〉の先端が、巨大な蜘蛛の腹を突き抜けて大柄ゴブリンの胴体をも貫くと草原の地に突き刺《さ》さって止まった。

その〈鎖〉を左手の〈鎖の因子〉のマークに収斂《しゅうれん》――。

引き込む反動を利用した俺は、風を孕《はら》むようにターザン機動で前方に移動――。

〈鎖〉が貫いた巨大な蜘蛛とゴブリンの死骸《しがい》が目の前に迫《せま》ったが――。

魔槍杖バルドークを振るって蹴《け》りも繰り出《だ》した。巨大な蜘蛛の死骸を斬《き》り、ゴブリンの死骸を右足と左足の甲で連続的に吹き飛《と》ばした。

――〈鎖〉が手首の〈鎖の因子〉マークに収斂したのを把握《はあく》しつつ――。

前線の地に躍り出《で》た。同時に左手に魔剣《まけん》ビートゥを召喚。

魔剣の腹を左肩《ひだりかた》に置きながら――まだまだ絶賛バトルロイヤル中の大柄ゴブリンと巨大な蠅と巨大な蜘蛛の姿を見据《みす》える。次は大型ゴブリンを狙《ねら》うか。

そのまま腰を捻り右手に持つ魔槍杖バルドークを〈投擲《とうてき》〉。

――魔槍杖バルドークは、宙を螺旋回転しつつ直進。

〈投擲〉の魔槍杖バルドークは黒い鎧を着込《きこ》む大柄ゴブリンの背中と胸を貫通《かんつう》。

大柄に見合う大穴を胴体に作った大柄ゴブリンは腕《うで》を天に掲げながら倒れた。

ゴブリンを貫いた魔槍杖バルドークは草原の盛り上がった丘《おか》にある岩に刺さっていた。

紫色《むらさきいろ》と黒色の柄《がら》が左右に揺れていた。石突《いしづき》の竜魔石《りゅうませき》が光を反射して煌《きら》めいている。

ぶん投げた魔槍杖バルドークを回収しよう。

前傾姿勢《ぜんけいしせい》で突貫《とっかん》。左で戦《そよ》ぐ巨大な蠅を左手の魔剣ビートゥで斬り捨《す》てる。

返した〈水車剣〉の魔剣ビートゥで巨大な蜘蛛の脚《あし》を一本斬った。

「ギュバッ」

脚の一本を失った巨大な蜘蛛も痛覚があるのか変な声を発しつつ、反撃として口から糸を放つ。普通は腹からだが、この巨大な蜘蛛モンスターは口からのようだ。

その糸目掛けて、俺は水魔法の〈氷刃《フリーズソード》〉を剣を振るうように発動させて、飛来してきた糸を斬った。続けて百八十度の半円を描《えが》くように出した〈氷刃《フリーズソード》〉と魔剣ビートゥで巨大な蜘蛛の多脚を斬る。気が変わった。先にこいつを潰す。魔脚で草原の地を強く蹴る――。直角に九十度に方向転換《てんかん》。鋭利《えいり》な刃物《はもの》の如《ごと》く、爆発的《ばくはつてき》な加速で走り、脚を失った巨大な蜘蛛に突貫。巨大な蜘蛛はバランスを崩《くず》し傾《かたむ》いて反応は鈍《にぶ》い。

俺は平蜘蛛《ひらぐも》のごとく低頭しつつ巨大な蜘蛛の下に潜《もぐ》り込む。

力を溜《た》めるような低い体勢から、

「ぬぉらぁぁぁ――」

気合い声を上げて身体能力のバネを活《い》かす魔力《まりょく》を足に込めた蹴りを繰り出した。

天を突くような垂直蹴《げ》りが巨大な蜘蛛タランチュラの腹を捕らえた。

蹴りの衝撃《しょうげき》を受けた巨大な蜘蛛は宙に浮く。そして、蹴り痕《あと》が目立つ窪《くぼ》んだ腹からドゴアッと強烈《きょうれつ》な腹が潰れた鈍い音が響く。更に巨大な蜘蛛の胴体は大きく撓《たわ》んで窪むと、内臓が潰れる多重音が響いた。

これほどの巨大な蜘蛛なら魔石を持つかも知れないが、無視だ。前進。

岩に突き刺さったままの魔槍杖バルドークを掴んで回収。

紫色の柄の握りを確認――掌《てのひら》で魔槍杖バルドークを転がした。

魔槍杖バルドークを回転させつつ左手が握る魔剣ビートゥを消去。

周りを確認しつつ魔槍杖バルドークを正眼に構えた。

直後、近くでエヴァが横回転しながらトンファーを振るった。

トンファーが大柄ゴブリンの長剣《ちょうけん》と衝突して火花が散る。

エヴァがトンファーを使う場面は久々に見たような気がする。

そんなエヴァをフォローしようかと思ったが――。

違う巨大《きょだい》な蜘蛛が――俺に刃《は》のような脚を伸ばす。狙いは俺の胴体か――。

柄の握り手をずらしつつ魔槍杖バルドークを回転。

その刃の脚を魔槍杖バルドークの柄の上部で弾《はじ》いた。

反撃《はんげき》だ。流れで腰を捻りつつ右足で草原を潰す勢いで蹴って前進。

左足で地面を踏み噛《か》む。その左足、腰、腕の〈魔闘術〉を纏う筋肉と膂力《りょりょく》のすべてを両手が握る魔槍杖バルドークに伝える要領で力強く魔槍杖バルドークを振るった――竜魔石の石突が激烈《げきれつ》の勢いで、巨大な蜘蛛を横殴る。缶《かん》が押し潰されたように巨大な牙《きば》と口と顎《あご》を破壊《はかい》した。

――巨大な蒼《あお》い槌《つち》と同義な竜魔石――強烈なハンマー攻撃が決まる。

魔槍杖バルドークを振り抜いた反動を利用し横回転――。

もう一度紅斧刃《おのば》で下から紅《あか》い月を宙に描くように魔槍杖バルドークを振るう。

潰れた頭部だったモノが体と重なって歪《いびつ》な蜘蛛となった腹に、紅き流線が宙に残る紅斧刃が衝突。歪な蜘蛛の腹を斬り裂く紅斧刃。蜘蛛の腹の傷口から黒い鮮血《せんけつ》が迸る《ほとばし》。

じゅあっと蒸発音が耳朶《じだ》を震わせる。この蜘蛛の死骸は邪魔《じゃま》だ。

その場で制動なく――独楽《こま》のように横回転しつつ回し蹴りを黒い血が迸る蜘蛛の死骸へと喰《く》らわせる。その死骸を蹴り飛ばした。

その際に、大きな魔石が蜘蛛の死骸から宙に放り出される。

あれは回収――右手に移した魔槍杖バルドークをナイフトリック的な要領で左手にひょいっと移《うつ》し替えながら〈導想魔手《どうそうましゅ》〉を発動――魔力の歪な手を足場に使って跳躍《ちょうやく》した。宙に無手の右手を伸ばして大魔石をゲット。

渺々《びょうびょう》たる空の眺《なが》めを楽しむことなく――回収した大魔石を袋《ふくろ》に仕舞《しま》う。

草原の地に着地。近くで戦うエヴァを視認《しにん》。

そのエヴァは少し浮いている。自身の体と魔導車椅子《まどうくるまいす》を紫色の魔力で包んでいた。

そこから、また金属の群をモンスターたちに繰り出すのかと思ったが違った。

座《すわ》ったまま横回転しつつ振るった黒いトンファーで大柄ゴブリンの頭部を潰す。

エヴァのトンファーを扱う見事な棒術。すると、エヴァは、紫色の魔力が包む魔導車椅子を急降下させた。頭部を失ったゴブリンを魔導車椅子で潰していた。

魔導車椅子は戦車か！　そんな激しい戦闘《せんとう》を涼しい表情で行うエヴァに近寄った。

「――順調だな？」

「――ん、一緒《いっしょ》に戦う！」

エヴァのあどけなさが残るアヒル口の唇《くちびる》から漏《も》れた言葉だ。

エヴァは、アヒル口を窄《すぼ》ませると魔導車椅子を操作。ミスティとの改良効果を実感。

瞬時《しゅんじ》に分解された魔導車椅子はエヴァの金属の足となる。踝《くるぶし》の両輪は見事だ。前傾姿勢で踝に備わる両輪で草原を滑《すべ》るように駆《か》けた。エヴァが向かう巨大な蝿はゴブリンに毒液を吐いていた。その巨大な蝿と間合いを零《ぜろ》としたエヴァ。

華奢《きゃしゃ》な両腕《りょううで》に装着した黒いトンファーを下から振り抜いた。

巨大な蝿はゴブリンに気を取られて、エヴァの攻撃に反応できない。

エヴァの黒いトンファーを下から喰らう。

エヴァは黒いトンファーを押し上《あ》げるように巨大な蝿を吹き飛ばす。エヴァは円月輪の金属の刃を魔導車椅子から出せるから、その遠距離《えんきょり》攻撃《こうげき》のほうが楽だと思うが、今回は金属の足の機動を活かす戦い方を模索《もさく》している。

金属の足を使った戦闘も重要だと認識しているんだろう。

エヴァはターンピックが冴《さ》えるように横回転をしながら黒いトンファーを振り抜いた。

黒いトンファーと衝突した巨大な蝿は、そのトンファーの形に体が窪んで潰れて倒れた。

エヴァが巨大な蠅を倒すたびに毎日リンスをしていそうな艶《つや》のある黒髪が靡《なび》いた。

休憩時《きゅうけい》にはちゃんと洗っているのは何度も見ている。

さて、足下《あしもと》に硝煙《しょうえん》反応を起こすようなエヴァのフォローを行おうか――。

盛り上がった岩場を片足で強く蹴って跳躍を行う。

巨大な蠅を越《こ》えた高度から、その巨大な蠅に向けて魔槍杖バルドークを振り下《お》ろした。

巨大な蠅は毒液をエヴァに吐こうとしていたが、その頭部と体を紅斧刃が派手に両断。

紅斧刃に付着した毒液は瞬時に蒸発して消える。そのまま魔槍杖バルドークを振り下ろして着地。紅斧刃が草原の地を裂いた。柄から大地の振動《しんどう》を感じるがまま魔力を通して魔槍杖バルドークを掃除《そうじ》すると、背中にエヴァの背中の温《ぬく》もりを得る。

「ん、シュウヤ、フォローありがと」

「いつものことだ」

振り向くと、天使の微笑《びしょう》を見せてくれた。癒《い》やされながら笑顔を返す。

「うん。二人の前線も楽しい」

「そうだな」

自然の流れで、エヴァと巨大な蠅叩《はえたた》きのデートを行う。

二人で巨大な蠅の群れを、悪・即《そく》・斬・突。

巨大な蝿の胴体を突き刺し、翅《はね》をむしり取るように薙《な》ぎ払《はら》う。

細い嘴《くちばし》ごと胴体を両断。複眼を黒いトンファーが潰す。

「あれはもらう――」

「ん、分かった」

エヴァの声を感じながら、最後の一匹《ぴき》の巨大な蝿との間合いを素早《すばや》く詰《つ》めた。

足跡《あしあと》を消し飛ばす勢いで草原の地を踏み噛む――。

大腰筋《だいようきん》と腕の筋力を魔槍杖バルドークに伝える〈刺突《しとつ》〉。

風を纏う速度で突き出た紅矛《ほこ》が巨大な蝿の嘴と衝突するや、その細い嘴を切り裂いた。

穂先《ほさき》の横の紅斧刃が螺旋《らせん》した動きで巨大な蝿の胴体と翅も巻きこみつつ斬り裂いていた。

巨大な蝿の胴体をも穿《うが》つ紅矛と紅斧刃の〈刺突〉は強烈だ――。

俺は魔槍杖バルドークと一体化したように右腕《みぎうで》が伸びた体勢のまま動きを止めた。

蝿の体液が大量に付着している魔槍杖バルドークの穂先から、その液体が垂れていた。

素早く魔槍杖バルドークに魔力を込《こ》めて、魔槍杖バルドークの汚《よご》れを落としつつ体勢を立て直した。周囲に風を生むように魔槍杖バルドークを回転させた。

姿勢を正しながら周囲を確認《かくにん》。そこに鼻をくすぐる若葉の香りが匂《にお》った瞬間《しゅんかん》、茶色の煙《けむり》に視界が包まれた。巨大な蜘蛛が放った毒ガス？

「ん、葉の匂い？」

エヴァはそういうと、茶色の煙の範囲から離脱《りだつ》するように紫《むらさき》の魔力を体に纏い、空に移動。俺は毒ガスを放ったであろう巨大な蜘蛛を一睨《にら》み。

少し距離《きょり》があるが、胸ベルトから短剣《たんけん》を取る。牽制《けんせい》の〈投擲〉を行う。

スナップを利《き》かせて放った古竜の短剣が巨大な蜘蛛の複眼に突き刺さった。

「シュアァァ――」

巨大な蜘蛛は仰《の》け反《ぞ》りながら奇声《きせい》を出す。突き刺さった短剣を振り落《お》とそうと多脚を使い頭部を押さえていた。

器用な巨大な蜘蛛だ。体を小さく萎《しぼ》ませるように転がる。そんな巨大な蜘蛛へ向けて〈光条の鎖槍《シャインチェーンランス》〉を連続で四つ発動。

巨大な蜘蛛は多脚で防御《ぼうぎょ》を意識、その巨大な蜘蛛の胴体と多脚に〈光条の鎖槍《シャインチェーンランス》〉が刺さる。その〈光条の鎖槍《シャインチェーンランス》〉の後部が分裂《ぶんれつ》しつつ光の網《あみ》へ変化。巨大な蜘蛛の全身を覆《おお》い草原の大地に捕らえた。

その巨大な蜘蛛を捕らえた光の網が巨大な蜘蛛の体に沈《しず》み込む。

巨大な蜘蛛の表面が、さいの目に包丁を入れて開かれた。

マンゴーフルーツのようになった。さすがに〈光条の鎖槍《シャインチェーンランス》〉の光の網でも完全なバラバラにはできなかったか。

そして、黒いがマンゴーを思い出して、美味《おい》しそうに見えてしまった。

まぁいい、そこで視線を中央部に向ける。ゴブリンを統率していたリーダー格のゴブリン。名はガルーだったか、まだ生きている。黒い返り血で血塗《ちまみ》れなゴブリンのガルーは、巨大な白菫色の水晶玉を守るように立ったままだ。そのガルーに近寄った。

拍子《ひょうし》木風の棒状の物を打ち鳴らしていた側近のゴブリンは、その血に塗《まみ》れたガルーの傍で巨大な蜘蛛と一緒に死んでいた。魔法使いのゴブリンたちも全員がモンスターたちと壮《そう》絶《ぜつ》な戦いを行ったように倒れている。気にせず血塗れのガルーに近寄るとガルーは——。

問答無用で、俺に対して骨剣《けん》を伸《の》ばしてきた。

「——この秘宝は渡《わた》さぬぞ！」

そんなことを叫びながらの骨剣による鋭《するど》い突剣。生き残っているだけに中々鋭いが——。

「——さぁな」

ヘッドスリップをするように僅《わず》かに頭を反らし、その突剣を避《さ》ける。

頬に一筋の血が流れたが、クロスカウンターを放つように伸ばした魔槍杖バルドークの紅矛がガルーの胸を穿った。

「ぐぁ……」

ガルーは骨剣を落とし、震《ふる》えた腕を虚空《こくう》へ動かす。

何かを言いたげな儚《はかな》げな表情を浮かべながら「王……」と発言して絶命していた。

王様がいるようだが、悪いな。巨大な白菫色の水晶玉が輝く。その白菫色の水晶玉には、凄《すさ》まじい魔力が内包されていると分かる。秘宝か？

死んだガルーの遺体を無視して、白光を放つ白菫色の水晶玉に引き寄せられるように移動した。大柄ゴブリンたちは、これを守るために戦っていた。触っていたし、呪《のろ》いとかはなさそうだ。白菫色の水晶玉を持つと、結構重い。白菫色の水晶玉の中には、明晰《めいせき》な闇《やみ》色の霧《きり》が内側から噴《ふ》き出るように溢《あふ》れている。細かな銀と金がキラキラと輝き、スノードームのように舞っていた。魔力も感じられるが、美術品としてもいいかも知れない。

細かな銀と金が紙吹雪《かみふぶき》を起こしているようで綺麗《きれい》だ。もしかして、この白菫色の水晶玉にはミクロの知的生命体たちが住む別世界が存在する？

じっと……その白菫色の水晶玉の深淵《しんえん》を覗《のぞ》こうと、凝視していると突然《とつぜん》――うひゃぁ！思わず、白菫色の水晶玉を落としそうになった。

驚《おどろ》いた。今日、一番、驚いたぞ。まさか、白菫色の水晶玉の中から大きな目、白銀色の光を帯びた瞳《ひとみ》が現れるとは……白銀で細い線に縁取《ふちど》られた独特な虹彩《こうさい》を持つ一つの瞳。

その瞳は意識があるように、ゆっくりとまばたきしている……。

深淵《しんえん》をのぞく時、深淵もまたこちらをのぞいているのだ、という展開か？

俺が顔を横に動かすと、その虹彩の瞳が、ぎょろりと動いて、追《お》い掛《か》けてきた。

意識があるアイテムとか？

「お前は聞こえているのか？」

「……」

瞳が目立つ水晶玉に話しかけるが、無言……謎《なぞ》だ。試《ため》しに、つついてみるか？　魔力を込めた人差し指でツンツクツンを……。重い水晶玉を左手に持ち――その水晶玉の瞳が映る表面へ向けて、魔力を込めた人差し指を伸ばした。指が水晶玉の表面に触《ふ》れそうになった瞬間――。

その水晶玉の瞳から闇の靄《もや》が溢れるように噴き出す。怪《あや》しい……嫌《いや》な予感がしたので、魔力を込めるのは止めておこう。水晶玉の観察を続けていると、初号機モードのエヴァが駆け寄《よ》ってきた。

「――ん、それがお宝？」

エヴァが俺が手にもつ水晶玉を覗きながら聞いてくる。

「そうみたいだが、謎だ」

起伏《きふく》がある草原地帯で起きた巨大な蠅、大型ゴブリン、大型蜘蛛と俺たち光魔ルシヴァルとのバトルロイヤルの激しい戦いも終息したようだ。

巨大な蠅、大型ゴブリン、大型蜘蛛の死骸が無数に散らばる草原の中、エヴァに続いて、選ばれし眷属たちと黒豹《くろひょう》ロロディーヌが走ってくるのが見える。

「ん、その水晶を運んでいたゴブリン、何か言ってた？」

「水晶玉はどこかで盗《ぬす》んだような口ぶりだった。そして、彼《かれ》らには王がいるらしい」

「ふーん。それで、その綺麗な水晶玉、どうするの？」

レベッカが人差し指を伸ばし水晶を触ろうとするが、腕を動かし避ける。

「――まずは地上で鑑定《かんてい》といったところか。魔力に反応するタイプかも知れないから、あまり弄《いじ》るのは止めておく」

水晶玉の目は消えている。そして、カルードが水晶玉を見て、

「その水晶玉にモンスターが吸い寄せられたようにも感じられましたが、もう、他には来ませんな」

草原の先の遠くに森林か。左に標高が高そうな山々が見える。

「見た目はアムロスの真珠《しんじゅ》みたいで、凄《すご》く綺麗」

「多大な魔力を感じます。色合い的にも神々《こうごう》しい……」

ユイとヴィーネは水晶玉に魅了《みりょう》されたように見つめている。

「不思議なマジックアイテム。中に何か閉《と》じ込められているのかしら」

ミスティも水晶の塊を覗くとそんなことを言ってきた。たしかに、あの目を持つ何かが潜《ひそ》んでいるのは確実か。そんなミスティだが、腰《こし》にぶら下がった皮袋《かわぶくろ》が膨《ふく》らんだ状態だ。

「さぁな。今は、アイテムボックスに仕舞う」

右手首のアイテムボックスの中へと謎の水晶を仕舞った。

「ミスティ、色々と回収してたわね。それ、わたしのアイテムボックスに入れておく？」

「うん、お願いできる？　巨大な蠅の死骸から毒腺《どくせん》と毒袋を回収したのだけど」

「勿論《もちろん》、今、入れちゃうから」

「未知の毒液は錬金《れんきん》素材になり得ますからね。わたしも回収しました」

ミスティとヴィーネは色々と回収したらしい。レベッカは気を利かせた。

ミスティの腰にぶら下がっている袋を掴《つか》むと、自分のアイテムボックスの中へ仕舞っていく。そこから休憩を交えながら草原地帯を進む。また牛のモンスターを倒して、調理を楽しんだ。肉や素材を回収しつつ巨大な蠅も毒腺と毒袋を残すように、皆《みな》で協力しながら倒した。素材と大きい魔石も回収した。ギルドで依頼《いらい》を受けた感覚だが、依頼は受けていない。

「わたしの研究には十分な量だから、あとはヴィーネに任せるわ」

「はい、綺麗な翅と複眼も回収しておきました」

聡《さと》いヴィーネが銀色の虹彩で透明《とうめい》な翅を凝視《ぎょうし》している。市場で売れるようだ。

「その翅、よく見ると綺麗ね。服の素材とかに活かせるのかしら」

怜悧《れいり》な表情を浮かべたミスティの言葉だ。彼女《かのじょ》はヴィーネの青白い手が持つ綺麗な翅をトランプの札を見るように眺めていた。この二人は二人で……頭が切れるコンビか？

そんな調子で順調に魔石と素材の回収＆狩《か》りをしながら草原を進む。徐々《じょじょ》に傾斜《けいしゃ》した地形に変化。遠くで、傾斜を器用に進む巨大猛牛《きょだいもうぎゅう》の姿を確認。反対側では、転《こ》けた巨大猛牛も見かけた。乳房《ちぶさ》と乳房が絡《から》まって、乳の乱射があちらこちらに飛んでいた。

その乳を目当てに巨大な蚊《か》のモンスターが巨大猛牛に突入《とつにゅう》。

惨《むご》いレベルで吸血されて巨大猛牛は食べられていった。南無《なむ》……。

妙法蓮華経《みょうほうれんげきょう》、アーメン、大覚アキラ、摩訶般若《はんにゃ》波羅蜜多心経《しんぎょう》。

と、八百万《やおよろず》の神たちに祈《いの》った。

無残に喰われる巨大猛牛に来世があるのか分からないが……あ、祈りは余計なお世話か。

襲《おそ》っている巨大な蚊だが、その巨大な蚊も、小さい蠅のモンスターに襲撃《しゅうげき》を受けていた。

食物連鎖《れんさ》。森羅万象《しんらばんしょう》。あの小さい蠅も、違《ちが》うモンスターに喰われる運命か。

偉大《いだい》な自然という存在に、森羅万象のお祈りをくり返しつつ……先を進む。傾斜地帯を色とりどりの芽生えたばかりの葉が飾る。刹那《せつな》、彩《いろど》り豊かな花が俺《おれ》たちを祝福するように咲《さ》いた。リアルタイムで花弁が動いてパッと咲くとは綺麗だ。

そうして、雑木林の地帯となった。空から不思議な光が幾筋《いくすじ》も射《さ》す。銀色の木漏《こも》れ日《び》が綺麗だ。花といい、この世界の神々が俺たちを祝福してくれたのだろうか？　邪神《じゃしん》シテアトップは邪界《じゃかい》ヘルローネと呼ぶが実は違う？

傾斜は緩《ゆる》やかに平坦《へいたん》となった。樹《き》は疎《まば》らに生えている。草原の場所が増えると巨大猛牛の姿も完全に消えた。草原の風とは違う感覚。湿《しめ》り気《け》のある涼《すず》しい風を感じた。

疎らにある樹木の間を風が吹く。転けたりしていた巨大猛牛の姿が見えないのは何か寂《さび》しい。その代わり巨大な蝿が一匹現れた。俺が反応――〈邪王の樹〉を飛ばす。

イメージは串《くし》カツ!!　いや、先が尖《とが》った大きい樹槍《きやり》をイメージして造り上げた。

長い樹槍を潰さない程度の握力《あくりょく》で握《にぎ》ってから……。

投《な》げ槍《やり》競技を行うように右腕を右肩《みぎかた》ごと背中側に引きつつ一歩二歩三歩とステップを踏んで……背中に回していた右腕をぶんっとオーバースロー気味に振るって〈投擲〉を行った――。

ギュンと音が鳴るように勢いよく飛翔《ひしょう》する樹槍。巨大な蝿モンスターへと一直線。

神話に出てくるオーディンが持つようなグングニルには遠く及《およ》ばないと思うが――。

巨大な蝿の頭部を樹槍の先端《せんたん》が捕らえた。

樹槍は、そのまま複眼の頭から胴体を貫きながら地面に刺さって止まる。

樹槍の墓標を草原の地に生み出した。樹槍だからグングニルのように貫いたあとは自動的に持ち主の手に戻《もど》るということはない。そして、巨大な蝿の素材は、翅が潰れたから回収しない。死骸から落ちた大魔石は回収。風で揺《ゆ》れる樹槍の墓標は余韻《よいん》を感じさせる。

さらば！　草原のモンスターたち。美味しい肉をありがとう――両手を合わせてから、お祈り。お賽銭《さいせん》を投げたわけではないが、心に小さい教会があるように……感謝する。

そうしてから、皆が歩いている場所へ戻った。

「にゃお」

戻ると、先頭を歩いていた黒猫《ロロ》が鼻をくんくんさせながら鳴いて出迎《でむか》えてくれた。何だ？

風の匂いを感じ取ったのかな。続いて、ユイが魔刀《まとう》を持つ片手を伸ばす。

「――見て、左は大きな大森林だけど、右の方が大きな湖」

本当だ。

「ん、岩もあるし、土で舗装《ほそう》された道もある」

「街道《かいどう》かな？」

「マスター、地図の方向とは違うけど、見に行かない？」

「見ようか」

ここは迷宮《めいきゅう》の二十階層。そして、邪界の地でもある。あの湖に潜って泳いで深さがどれくらいか、どんな魚が生息しているのか調べるのも面白《おもしろ》いかな。更《さら》に……磯伝《いそづた》いに、皆に貝殻《かいがら》水着を着てもらい……いや、ここには魔宝地図のためにきたんだ。少し、湖を見るだけにしよう「――ん、なら少し見てみる」エヴァが、上の空な俺にツッコミを入れるように、厳《おごそ》かに宣言。彼女は空から偵察《ていさつ》するつもりのようだ。

魔導車椅子の状態で浮《う》かんで先を進む。エスパーたるエヴァさん。

魔導車椅子を回転させて周囲を観察する仕草が、また可愛《かわい》い。

そのエヴァは、右の方を二度見して、少し動きを止めると、直《す》ぐに降りてきた。

「――ん、右の方の湖の手前に集落があった。そして、前で何か大きいのが動いている。

戦っているのかも」

集落？　先ほどのゴブリンたちと関係があるのか？　それとも邪族の軍団と関係か？

「……近付いてみようか」

「にゃおん」

黒猫《ロロ》もエヴァに対して鳴く。

「ん、湖のモンスター？」

「集落が気になるけど、また軍隊？」

「敵なら、アゼロスで斬る」

「わたしも魔剣ヒュゾイで斬ろう」

闇ギルド慣れしている親子は好戦的だ。異口同音とは少し違うが、皆を連れて、その右辺へ向かう。

土の街道を通り湖に近付いていくと、雨が降ってきた。空は曇《くも》り空《ぞら》で一定の光を放出しているが、雨という。

樹木が目立ち始めているから、木の芽流しの長雨といった感じに、降り出していた。

そして、エヴァの報告通り、魔素を複数、感知。

街道の縁《ふち》にならぶ樹木の陰《かげ》にも魔素を感じたが、これは無視していいだろう。

右辺には巨大湖か。雨でかなり視界が悪い……が、戦っている姿も見えてきた。

三眼と四腕を持つ人たちと、多脚と多腕を持った大型怪物モンスターが戦っている。大型怪物の頭部はグロテスクな造形だ。平行四辺形の眼が六つもあり、鼻翼《びよく》が拡《ひろ》がっているし、口も横に長い。顎が不自然に大きく二つに裂けていた。

その顎の上が横へと長い口が裂かれたように広がると、

「ギォゴオオォォォォ――」

大山を鳴動させるような地響《じひび》きを起こす叫び声を轟《とどろ》かせてくる。

「遠くなのに、凄い音……」

ユイが魔刀アゼロスを右手に持ち、左手で耳を押《お》さえながら呟《つぶや》く。

大きな叫び声を発した大型怪物の多腕と多脚の数は六つ。そそり立つ岩壁《がんぺき》が暴れて見える大型怪物だ。六つの腕は長くて太い。パルテノン神殿《しんでん》のドリス式建築の柱的な巨大な腕と多脚で、多脚は蜘蛛《くも》のような毛が生えている。

巨大な腕の先端は鎌《かま》と槍の形状だ。その鎌の刃を擁《よう》した巨大な腕を縦横無尽《じゅうおうむじん》に振り回《まわ》し、三眼の人たちを塵《ちり》でも払うように薙ぎ払う。三眼の人たちの体が切断されていた。

そんな巨大怪物の白色の胴体には大量の蛭《ひる》たちが付着中。

気色悪い色合いの蛭たちは大型怪物の血を吸っている？

大型怪物が蛭を飼っているかも知れない。そして、その大型怪物を支える多脚は、蜘蛛のような毛も目立つが巨大なビルの建材に使いそうな鋼鉄の柱的にも見える。

その多脚を忙《せわ》しなく動かしつつ、三眼の人たちの攻撃《こうげき》を避けた。

大型怪物の造形から蜘蛛と蟷螂《かまきり》系のモンスターと言えるか。

大型怪物はグロテスク系だが、どこかで見たような感じがするのはなぜだろう？

その大型怪物は颱風《たいふう》を作る勢いで鎌の腕と槍の腕を振るい回す。

頭部には、平行四辺形の眼の群れがあり、それらの眼からも怪光線《かいこうせん》を放つ。

同時に、雨を弾くような突風《とっぷう》を左に生み出していた。

左側の三眼の人たちは、その突風に巻《ま》き込まれて吹《ふ》き飛ぶ。

あの怪光線自体にはダメージはないようだ。

雨模様の中を進む車のライトのように六つの怪光線が地面を照らしていた。

苦戦を強《し》いられている三眼の人たちは腕が四つある。

俺たちが戦ったシャドウを崇《あが》めている軍団兵ではないと思うが、同じ種族？

皆、兜《かぶと》もかぶっていない。大柄《おおがら》な戦士と呼べる人も少ない。

四眼の魔族《まぞく》とも違うか。その恰好《かっこう》からして、人族のように見えてくる。

「あの大型怪物のモンスターと三眼の種族たちの戦いだけど……わたしたちが戦った軍勢

には、三眼の種族がいたわよね」

「はい。同じ種族と思いますが、あの方々は軍勢ではないはず。助けますか？　翡翠《ひすい》の蛇弓《バジュラ》で先制攻撃は可能です」

「助けるの？　戦場では、問答無用で襲い掛かってきたけど、助けるなら、わたしもグーフォンの魔杖《まつえ》を使う」

昂然《こうぜん》と語る、〈筆頭従者長《選ばれし眷属》〉たち。

「ん、あの人たちを助ける？」

そう話すエヴァは、緑色の金属の円盤《えんばん》を紫色の魔力で覆って皆の頭部の上に展開させている。金属によって威力《いりょく》が変わるようだが、あの『円月輪』的な技は強力だ。しかし、今は、雨避《あまよ》けの傘《かさ》代わりにしている。

『閣下、再び、出ますか？』

『いや、俺が直接いく』

『はい、いつでもお手伝いします』

『おうよ、褒美《ほうび》に――』

『あッ！　んぅ』

と、魅力的《みりょくてき》な思念を響《ひび》かせる。ヘルメを抱《だ》いた記憶《きおく》を思い出して、胸がキュンとなりつつ股間《こかん》がもっこり。が、今は戦いモードだ。左目のヘルメはそのまま、左目で待機していてもらおうか。大剛《たいごう》の勇士である沸騎士《ふっきし》たちも今回は使わない。

「俺が直に進む。集落もある。やられている側と交渉《こうしょう》できるかも知れない」

俺の言葉に頷《うなず》くレベッカ。小柄《こがら》な体に蒼炎《そうえん》のオーラを纏《まと》ったレベッカが、

「了解《りょうかい》。住民らしい三眼の方たちが友好的なら、巨大怪物だけを狙えばいいのね」

グーフォンの魔杖を白魚のような手に握って構えながら語る。その表情は無邪気《むじゃき》だ。

「おう。皆もそういうことで、俺が先行するからな？　ロロ、行くぞ」

「にゃぁ」

黒猫から黒豹に変身したロロディーヌ。黒獅子《しし》っぽい姿には変身しなかった。

黒豹の相棒と一緒に整備された街道を走る。

大型怪物と戦っている人型たちに近付いた。巨大怪物と戦っている三眼の方々が、

「――何だ？　後ろから見知らぬモノが近付いてくるぞっ」

俺と黒豹《ロロ》の姿を見て、開口一番に叫ぶ。

「糞《くそ》ッ、秘宝が盗まれてから災難続きか！　我らだけで〝愚烈《ぐれつ》なるデイダン〟と対峙《たいじ》しているというのに！」

三眼の方々は苦戦中。助けたいが……。そして、愚烈なるデイダンが、あの巨大怪物《きょだいかいぶつ》の

名前らしい。

秘宝が盗まれたと叫《さけ》んでいるし、俺たちが回収した水晶《すいしょう》と関係が？

戦意自体は衰《おとろ》えていないようだが、三眼と、表情筋の動きから焦《あせ》りが感じられた。

三眼の方々は、この間全滅《ぜんめつ》させたゴブリンたちとは明らかに違う種族。

鄭重《ていちょう》な態度を取り、地均《じなら》しする気分で、

「……すみません、あの巨大怪物との戦いに参加してもいいですか？」

単刀直入にいったが、果たして。

「何だと？」

逸早《いちはや》く、息をまいて反応をしたのは老《ふ》けた方だった。

オールバックな白髪《しらが》。額にはナイフで切ったような皺《しわ》がある。

鎧《よろい》は、首にファーが付いた魔獣《まじゅう》の革《かわ》を張り合わせた革鎧《かわよろい》。最初に遭遇《そうぐう》した軍団兵、最近戦った大柄ゴブリンたちのほうが装備は良かった。雲泥《うんでい》の差といえる。

「こいつの喋《しゃべ》りは俺たちと同じだが、見たことのない顔、種族。ゴドリンの一味か？」

ゴドリン？　ここの世界ではゴブリンではないのか。

「秘宝を盗んだゴドリンの部隊がわざわざ舞《ま》い戻る訳がないだろう。村長、どうする？」

「もしや――魔族か？」

皺が多い三眼の老人が村長らしい。その村長が、俺を鋭い視線で見つめてくる。

「魔族か。彼は頭部二眼の種族だ。気狂《ぐる》いのような、四眼の魔族でもないと思うが……新種の魔族かも知れない――」

村長の隣《となり》にいる方がそう言っている最中に……怪物は鎌の腕を横に振《ふ》るう。

三眼の戦士が真っ二つに輪切りにされた。また犠牲者《ぎせいしゃ》が。

「あああーエディがぁ」

三眼の人たちが悲痛の声を漏らす。血が雨と混ざり、凄惨《せいさん》な光景だ。

「――加勢してもらおう！」

「――そうだ。このデイダンを見ても、自ら戦いに参加を申し出る勇気を持っている！」

前衛で大きな丸盾《たて》を用いて粘《ねば》る三眼さんたちの言葉だ。

三眼さんたちは、大柄怪物《おおがらかいぶつ》の槍の腕が放った〈刺突〉のような強烈な一撃《いちげき》を見事に防いでいたが、肩《かた》で息をしている者ばかりだ。スタミナをかなり消耗《しょうもう》していると分かる。

「武器はないようだが、余程《よほど》、腕《うで》に自信がある証拠《しょうこ》。村長っ、俺もティトと同じ意見だ。加勢してもらおう」

「オザに賛成だ。儀式《ぎしき》に使う秘宝も奪《うば》われデイダンも暴れてしまった。まだ湖の奥底《おくそこ》には他のデイダンもいるってのに……このままでは言い伝え通りに、村が……」

狼狽《ろうばい》気味の前衛の一人がおしまいの部分を言いよどむ。

「そうだな。背に腹は代えられぬ、わたしの名はファード。そこの御仁《ごじん》にお願いする。愚烈なるデイダンとの戦いに参加し、我らのラグニ村を救ってくだされ！」

お偉《えら》いさんの老人ファードさんに懇願《こんがん》された。三眼の目玉は目立つが、意外に位相は地上の人族。似通った人々だ。醇風美俗《じゅんぷうびぞく》な文化を持ち情誼《じょうぎ》にあつい方々なのかも知れない。まだ断片的《だんぺんてき》だから判断はできない。そして、美女もいないが、彼らには慷慨《こうがい》なる志を感じた。婉曲《えんきょく》に断ることはしない。

「……了解した。それじゃ、戦っている方を少し下がらせてくれ」

「分かった――皆、一時的に退けぇ」

村長の指示を聞いていた前衛たちは唯々《いい》諾々《だくだく》として指示に従う。

一斉《いっせい》に丸盾を装備した前衛たちが退いてくる。が、愚烈なるデイダンも下半身から生える多脚を使い、湿った土を巻き上げる勢いで追い掛けてきた。

魔力《まりょく》を纏った多脚で妙《みょう》に素早い。被害《ひがい》が多くなる前に動くか。

「ロロッ」

「にゃ」

黒豹《ロロ》とアイコンタクト。黒豹ロロディーヌは可愛く瞳を瞬《まばた》き。

首を縦に動かした。そして、愚烈なるデイダンのほうを振り向く。「にゃご」と気合いある声を発した時キラリと黒色の瞳が光った気がした。気のせいか？

と、考えた刹那、相棒は長いストライドを活《い》かすように四肢《しし》を躍動《やくどう》させる。

「ガルルルゥ――」

レアな獣《けもの》の声を発して、愚烈なるデイダンの横を走る黒豹ロロディーヌは渋《しぶ》い。

急襲《きゅうしゅう》のタイミングは黒豹《ロロ》が判断するだろう。さあて、俺は真正面の位置から愚烈なるデイダンとド派手に踊《おど》るとしようか。後ろで見ている〈筆頭従者長〉たちも、俺が戦えば即《そく》座《ざ》に判断するはずだ。魔《ま》槍杖《そうづえ》バルドークを右手に召喚《しょうかん》させて、前傾《ぜんけい》姿勢で突貫《とっかん》。デイダンさんよ！　いくぜぇ――。

『――怪物の顎、不自然な魔力塊《まりょくかい》があります』

常闇《とこやみ》の水精霊《せいれい》ヘルメが素早く忠告してくれた。本当だ。あの裂《さ》けたようなところか。

『――眼が光り、風の魔法《まほう》を起こしていたが、それ以外の魔法を持っているのかもな』

『――はい、気を付けてください』

愚烈なるデイダンの相貌《そうぼう》は歪だ。六つの眼球がぎょろりと動き前傾姿勢のまま近付く俺の姿を捉《とら》えていた。黄色い乱杭歯《らんぐいば》を見せつける。

シニカルな嗤《わら》いを見せた？　愚烈なるデイダン的に『飛んで火にいる夏の虫』とでも思っているのかも知れないな。その冷笑的《れいしょうてき》な表情を寄越《よこ》す顔を、潰《つぶ》そうと思ったが、まずは脚を狙《ねら》う。

――初級：水属性の《氷弾《フリーズブリット》》。

――中級：水属性の《氷矢《フリーズアロー》》。

魔法を連続で唱えた。これは短剣の〈投擲《とうてき》〉代わりの牽制だ。

「グオンガァヅ――」

愚烈なるデイダンは連続した魔法を見て、気合いの叫び声《ごえ》を上げる。

突進《とっしん》中の多脚で地面を刺《さ》す。多脚の一部がブレーキ代わりとなって、愚烈なるデイダンは動きを止めた。続いて、俺に威圧《いあつ》を与《あた》えるように上半身の表面を盛り上がらせる。しかし、あの多脚は足裏に吸盤《きゅうばん》でもあるのか？　エヴァ的なターンピックでもあるのかよ。そんなツッコミを入れたくなったところで《氷矢《フリーズアロー》》の連射を止めず――無雑作に〈光条の鎖槍《シャインチェーンランス》〉

を三つ発動。

愚烈なるデイダンは《氷矢《フリーズアロー》》を鎌の腕で切断。続けて、槍の腕をクリケットのバットでも扱《あつか》うように振るい上げた。《氷弾《フリーズブリット》》が弾《はじ》かれた。が、俺の本命の〈光条の鎖槍《シャインチェーンランス》〉は鉄棒のような多脚に刺さった。その突《つ》き刺さった三つの〈光条の鎖槍《シャインチェーンランス》〉の後部は、イソギンチャクのように蠢《うごめ》きつつ分裂を繰《く》り返《かえ》しながら光の網へと変化を遂《と》げる。光の網は巨大《きょだい》な脚を越えて地面とも繋《つな》がった。愚烈なるデイダンは表情を変える。

「ガッズォッ！」

光の網に掛かった多脚を小刻みに動かす。自身の脚に纏わりつく光の網を、残りの脚で削《けず》り落とす気らしい。しかし、〈光条の鎖槍《シャインチェーンランス》〉だった光の網は脚の内部に食《く》い込み続けている。デイダンの必死な思いは届かない。

更に、そんな多脚に向けて〈夕闇の杭《ダスク・オブ・ランサー》〉を繰り出《だ》した。

小さい暗黒の次元世界が、一瞬《いっしゅん》で巨大なデイダンの足下に出現。

そこから、〈夕闇の杭《ダスク・オブ・ランサー》〉が飛び出る。

愚烈なるデイダンの鉄の棒のような多脚を貫く〈夕闇の杭《ダスク・オブ・ランサー》〉は強力だ。光の網を落とそうと集結していた柔らかい機動もできる多脚は、物の見事に、ぐちゃぐちゃと音を立てて潰れていく。愚烈なるデイダンは胴体と多脚から黄緑色の血を散らしつつガクッと一つの膝頭で地面を突いた。その影響で土が派手に散って地面が陥没した。

「――グォォォォッ」

悲鳴的な声と分かるが、重低音過ぎて恐怖を感じた。刹那、愚烈なるデイダンの巨大な体に付着していた蛭《ヒル》たちがデイダンの潰れた脚から飛散した黄緑色の血を吸い取るや、瞬く間に、蛙《カエル》に成長を遂げた。気色悪い……カエル！　その成長した蛙は愚烈なるデイダンの胴体から離れて不自然に宙を漂いつつ子精霊を彷彿とさせる動きから俄に平泳ぎで宙を泳ぎ始めると、体をぶるぶると震わせながら墨色に変色させた。

その墨色の蛙は体から墨色の煙を放出させた。煙は瞬く間に拡がる。蕭然《しょうぜん》とした墨色の空を愚烈なるデイダンの頭上に作り上げた。蕭然の墨色の空は巨大な雨傘のつもりなのか？　そう思考した瞬間、墨色に変色を遂げた蛙たちが複数の触手を伸ばして攻撃してきた――速い。触手の先端は先が尖っている。魔槍杖バルドークを俄に回転させた。カエルが触手かよ！　と、蛙が繰り出した触手を紅斧刃で燃やすように叩き斬った。その触手を斬って斬りまくる。飛来が続く蛙たちの触手を的確に燃やし、斬り、左足の裏で踏み潰す――。

カエルの攻撃を斬り潰す度にクソデカイ、怪物のデイダンは六つの眼がギョロリと剥いて俺を睨んできた。

愚烈なるデイダンは魔眼の持ち主か？　背筋が凍る恐怖――。

そして、あのデイダンは、ヒルからカエルに変化した蛙モンスターと感覚が繋がっているのか？

愚烈なるデイダンは睨みを利かせたまま「ガッヅオォォ」と叫ぶ。鋭い歯茎をこれでもかと見せつける。続けて不自然に魔力溜《まりょくだ》まりがあった顎《あご》が裂かれた。いや、ご開帳と呼ぶべきか。顎があったアソコの中心には、勾玉《まがたま》が存在した。強力な磁力を発したレアアースのような勾玉だ。

勾玉から魔察眼を用いずとも分かるほどの魔力の渦《うず》が発生。

それらの魔力は、巨大怪物の真上に拡がっていた墨色の空と繋がった。

勾玉から影響《えいきょう》を受けた墨色の空は、波のようにうねり曲がると蠢きながら指向性があるように襲い掛かってきた。ただの雨傘ではなかった――避けようがない墨《すみ》の波。

――俺は、ざぶんと墨の波に飲まれて、全身に墨の液体を浴びてしまう。

「ぐあぁぁ――」

ゴルゴダの革鎧服にダメージはないが体には焼ける痛みを味わった。

毒で皮膚《ひふ》が焼けて血肉が溶《と》ける、再生と痛みを繰り返す。

〈血道第三・開門〉を使用して血鎖鎧《ちぐさりよろい》？　と思った瞬間《しゅんかん》――。

『閣下――』

左目に宿る常闇の水精霊ヘルメが念話で叫ぶ。と、液体のヘルメが左目から飛び出た。

一瞬で、俺の体を液体のヘルメが包んでくれた。ヘルメから温かい愛を感じる。

同時に、その常闇の水精霊ヘルメは体内に墨色の液体を取《と》り込《こ》む。俺を溶かす勢いがあった墨色の波は消えた。吸収を終えた常闇の水精霊ヘルメはスパイラル回転をしながら水《みず》溜《た》まりの中に消えた。すると、その消えた水溜まりの中から複数の闇の杭が真上に伸びる。

それらの闇の杭が宙に漂う蛙たちを貫いた。

蛙たちは、地面からの突然な攻撃に動揺《どうよう》を示した。が、墨色の触手たちを水溜まりへと伸ばして反撃《はんげき》。地面に刺さった触手の影響で、水が跳《は》ね飛ぶ。

しかし、常闇の水精霊ヘルメに物理攻撃は効かないはずだ。

地面に突き刺さった複数の墨色触手《すみいろしょくしゅ》たちを、逆に蒼《あお》く瞬時《しゅんじ》に凍らせると、墨色の蛙の本体をも青白くカチンコチンと音が鳴るように凍らせた。

本当にピキッと音が鳴ると、絶対零度《れいど》の攻撃を喰《く》らったかのように凍った触手は順繰《じゅんぐ》りに崩《くず》れていった。本体も割れるように地面に落ちる。常闇の水精霊ヘルメの華麗《かれい》なる氷の反撃を見ていたら——俺にも複数の墨色触手たちが群がってきやがった。

急ぎ——バックステップで後退しつつ両手を左右に伸《の》ばす。

手首の〈鎖《くさり》の因子〉マークから〈鎖〉を放出しイメージを浮かべる。それはイージスの盾。元は山羊革《やぎかわ》から作られたらしいが。ゼウスが太陽神アポロンに与え、後に娘《むすめ》のアテナに与えた盾。アテナは知恵《ちえ》、芸術、戦略を司《つかさど》る女神《めがみ》だっけ。と、イメージしつつ左右から出した〈鎖〉を操作。墨色の触手の群を二つの〈鎖〉で突き刺しながら――途中《とちゅう》で、防御《ぼうぎょ》のサークル型を意識。体を覆《おお》う大きな盾に〈鎖〉を変化させた。触手の群の攻撃に備えた。

蛙《カエル》の触手と、俺の〈鎖〉の盾が衝突《しょうとつ》を繰り返す――。

ドッドンッドゴッと物理的な重低音が響いた。しかし、籠城《ろうじょう》は俺の性分《しょうぶん》ではない。

状況《じょうきょう》を見よう。魔槍杖バルドークを持ちつつ上空へ跳躍《ちょうやく》――。

――〈導想魔手《どうそうましゅ》〉を足場に使い二段ジャンプ。再び〈導想魔手〉を蹴《け》った。

連続して空中で跳躍を繰り返す。蛙《カエル》たちは、宙空を飛《と》び交《か》う俺の機動に対して、触手たちを伸ばしてきた。若干追尾《じゃっかんついび》性能があるようだが、俺のほうが速い――。

俺が駆《か》け抜《ぬ》けた遅《おく》れた宙空の位置に、先が尖る触手たちが抜けた。

あの動けない愚烈なるデイダンを倒《たお》してしまえば蛙《カエル》たちも動きを止めるか？　と思った矢先、その愚烈なるデイダンの背中に噛《か》み付《つ》いていた黒豹《ロロ》の姿が見えた。よっしゃ。相棒の動きに合わせよう。そして、愛を感じさせてくれた常闇の水精霊ヘルメと一緒《いっしょ》に、まずは、この蛙《カエル》を倒すかと思ったら――。

「ん、シュウヤ、フォローする」

後方からエヴァの声が響く。エヴァの念動力だ。紫色《むらさきいろ》の魔力が包む金属の刃《は》、金属の針、金属の円盤、金属の杭、金属の丸刃《まるば》、などの金属の群れが蛙《カエル》たちを貫いた。

複数人が一斉に様々な物を投げつける処刑《しょけい》を受けたように蛙《カエル》たちは地面に沈《しず》む。

地面に縫《ぬ》われ潰れた蛙《カエル》たち。しゅっと蒸発するような音を立てて塩をかけられたナメクジのように体を萎《しぼ》ませて消えた。干からびた蛙《カエル》もいる。

「エヴァ、ありがとう」

「ん、〝いつものことだ〟ふふ」

エヴァは俺の真似《まね》をしたらしい。蠅叩《はえたた》きのデートをした時にそんなことを言ったことを思いだす。天使の微笑《びしょう》を見てから地面に下り立った。そこの湿った水溜まりから、にゅるりと姿を現すヘルメ。

「閣下、お体のほうは?」

「大丈夫《だいじょうぶ》だ。さっきはありがとう」

「いえ、〝いつものことだ〟です」

ヘルメはキューティクルが保たれた睫毛《まつげ》をプルッと震《ふる》わせてウィンク。アメイジングポーズのヘルメ立ちを行う。エヴァの言葉に重ねてきた。くびれた腰と、悩《なや》ましいお尻《しり》さんと太股《ふともも》が揺れた。スタイルのいい長い足が映《は》える。黒沸騎士ゼメタスと赤沸騎士アドモスには高度過ぎて、真似のできないポージングだ。後光を感じさせる魅惑的《みわく》なヘルメ立ちに魅了されていると――。他の〈筆頭従者長《選ばれし眷属》〉たちも集まってきた。

「ご主人様――墨の波に、攻撃を！」

「おう、大丈夫だ。ヴィーネ。興奮するな」

墨の液体で皮膚が焦《こ》げて、爛《ただ》れたとは思うが、もう痛くない。

俺の体は回復はしているはずだ。そして、メイドたちが用意してくれていたゴルゴダの革服鎧は無事。血鎖を装着したら、夏服にしろ全身甲冑《かっちゅう》にしろゴルゴダの革服鎧は裂けたとは思うが「よかった……」ヴィーネは青色い手を俺の胸に当ててきた。指先は少し震えている。切なそうな表情を浮かべているし、心に来る。心配させてしまった。

ヴィーネの指先を撫《な》でるように握りつつ笑顔《えがお》を送った。ヴィーネも微笑《ほほえ》むと、

「それで……この干からびた蛙たちは？」

「最初は蛭で巨大怪物に吸い付いていた。後から成長してカエルになったモンスターだ」

俺がそう発言すると、ヴィーネは安心したように笑う。が、突然《とつぜん》、冷然とした雰囲気《ふんいき》を出す。女王様を連想させたヴィーネは、俺がダメージを受けたことが気に入らないのか、干からびた蛙を踵《かかと》で踏《ふ》みつけた。あの足に踏まれてみたい。とは思わない。

「巨大怪物を倒さないと！」

ミスティがペンを持った状態で指を差す。さすがにメモは取らないようだ。

「うん、蒼炎弾《そうえんだん》をぶつけたいけど、ロロちゃんががんばっているから見守る」

「ロロも攻撃を加えたら適度に退くだろう。このまま愚烈なるデイダンをやるぞ」

「はい」

「先に斬るわよ――」

「ユイ、右からいく」

「了解」

ベイカラの瞳《ひとみ》を発動させたユイとカルードが目で合図しつつ黒豹《ロロ》に噛み付かれ苦しんでいる愚烈なるデイダンに向けて前傾姿勢で走る。俺とヴィーネも続いた。ヴィーネは翡翠の蛇弓《バジュラ》を番《つが》える。先にユイが愚烈なるデイダンの右脇腹《わきばら》を水平に切《き》り裂いた。カルードは新体操の選手のように宙返りしつつ回転しながら愚烈なるデイダンの頸《くび》の左側を斬りつつユイとは反対側に着地。渋い表情を崩さないカルードは肘《ひじ》を胸元《むなもと》に畳《たた》む動作で引いた魔剣《まけん》ヒュゾイを突き出し、愚烈なるデイダンの体を刺した。

魔剣ヒュゾイを素早《すばや》く引《ひ》き抜いたカルードは独特の剣法《けんぽう》の歩法で後退。続いて、ヴィーネの光線の矢が愚烈なるデイダンの胸に突き刺さる。その光線の矢から愚烈なるデイダンの胸の中へと緑色の小さい蛇の群れが入《はい》り込んだ刹那、光線の矢を起点に愚烈なるデイダンの胸の根元から閃光《せんこう》が迸《ほとばし》るや、胸元から爆発《ばくはつ》が起きた。

「グオンガァァァァ」

爆発音《ばくはつおん》と愚烈なるデイダンの叫び声が轟く。と背中に噛み付いていた黒豹《ロロ》が愚烈なるデイダンから離れた——よし。俺は潰れた多脚群の一つを踏みつけて跳躍。

仰《の》け反《ぞ》るデイダンの体に近付いた——体幹を意識しつつ腰《こし》を捻《ひね》る。そして、右腕《みぎうで》が握る魔槍杖バルドークで〈刺突《しとつ》〉を繰り出した。紅矛《ほこ》の〈刺突〉がデイダンの脇腹を穿《うが》った。

「グガァ——」

——まだだ。左腕《ひだりうで》を前に出しつつ右手が握る魔槍杖バルドークを引いた。穿った穴から黄緑色の血が迸る。その血を吸収しつつ——近距離《きんきょり》から〈夕闇の杭《ダスク・オブ・ランサー》〉を連続発動。同時に魔力を込めつつ——普通《ふつう》ではないことを試《ため》す——。

俺の体をミリ単位で囲うように——〈夕闇の杭《ダスク・オブ・ランサー》〉を虚空《こくう》から連続的に繰り出した。イメージを強く練った。小さいブロックを積み上げつつ一つの造形を強く意識——。

一念岩をも通す想《おも》いが結実した瞬間——同時に胃が捻れるような魔力消費を味わった。

仙魔術《まじゅつ》級の魔力消費——完成したイメージは——黒い千手観音像の掌《てのひら》。

その大きな掌と化した闇杭《やみくい》の群れが、デイダンの胸のすべてを削り取るように襲い掛《か》かった。大きな掌の〈夕闇の杭《ダスク・オブ・ランサー》〉がデイダンの太い胴体と衝突する度、激しい衝撃音《しょうげきおん》が鳴《な》り響いた。傷だらけのデイダンは大きな波にぶつかったように揺れて撓《たわ》む。闇《やみ》の掌底《しょうてい》が白い肉を抉《えぐ》り削る。小さい白い肉片《にくへん》が飛び散った。

愚烈なるデイダンだった潰れた体から、黄緑色の体液が迸る。

黄緑色の血飛沫《ちしぶき》が霧《きり》になって雨と混ざった。俺の体を野菜色に濡《ぬ》らしていった。

そして、掌の形をした〈夕闇の杭《ダスク・オブ・ランサー》〉の連続攻撃を喰らいまくったデイダンの胴体は脊《せき》髄《ずい》が微《かす》かに付着した背骨が残るのみとなる。

愚烈なるデイダンは断末魔《だんまつま》の悲鳴を上げずに沈黙《ちんもく》したまま、六つの眼を持つグロテスクな頭部は横に倒れた。ドシンッと雨音を消し去るような音が響く。街道に溜《た》まった黄緑色の水溜まりが大きく跳ね散る。〈闇穿・魔壊槍〉を使おうと思ったが倒せたようだ。

※ピコーン※〈闇の千手掌《せんじゅしょう》〉※スキル獲得《かくとく》。

おぉ、スキルをゲット。今後は強力なスキルとなるかも知れない。血溜《だ》まりがない場所に着地。そこに「にゃあ――」と可愛い鳴き声が響く。姿を小さい猫《ねこ》の姿に戻していた黒猫《ロロ》だ。ん？　なぜか、四角い肉片《ボード》に乗りながら滑《すべ》る。

サーフィンボードに見立てたのか。血溜まりの上を滑りながら戻ってきた。肉片ボードを乗り捨て跳躍。肩に戻ってくると、俺《おれ》の頬《ほお》をぺろっと舐《な》めた黒猫《ロロ》さん。

息遣《いきづか》いがとても可愛い。

『よく倒したにゃ〜』的な気分なのかな？　黒い瞳がチャーミング。

笑顔で黒猫《ロロ》と戯《たわむ》れていると、〈筆頭従者長《選ばれし眷属》〉たちも集まってきた。「シュウヤ、怪我《けが》は？　大丈夫？」と聞かれたから無駄《むだ》に顔を意識して、「大丈夫だ、問題ない」と発言。レベッカは「ふ、面白い顔を作って」と笑ってくれた。

「ご主人様の新しい技？　何かの像と手でしょうか？　不思議な物が見えました」

「ん、見てた！　闇色の杭？　びゅびゅびゅびゅびゅーっとおっきな手になってた！」

エヴァは興奮。細い腕で〈夕闇の杭《ダスク・オブ・ランサー》〉が造り上げた〈闇の千手掌〉の再現をしようとしている。が、うまく表現はできていない。

「怪物の体が削れるように無くなっていくのを怪物の背後から見ていたけど、ほんと、凄《すさ》まじい倒しかただったわ」

ユイは怖《こわ》かったのか、まだ〈ベイカラの瞳〉を発動させたままだ。

「あ、ユイ、瞳が白くなってる。少しそのままで動かないでっ」

「え？　うん」

ユイが目をぱちくりと瞬きしてミスティの言葉に応える。ミスティは羊皮紙に何かを書いていた。エヴァが操作していると思われる雨傘の金属は、ちゃんとエヴァの上に浮いていた。カルードも魔剣ヒュゾイを鞘《さや》に戻すと、ミスティの手の動きが気になるのか、羊皮

紙に注目している。そこに、

「「おおぉぉぉ」」

「愚烈なるデイダンを倒してくれたぞ！」

雨が小粒《こつぶ》になると、逃《に》げて見学していたと思われる三眼の方々が集まってきた。

意外に数は多い。戦いを見守っていた三眼の種族たちは他にもいたようだ。

「――黒猫を従わせる槍《やり》使いの英雄《えいゆう》だ！」

「――二眼だが、美人たちもいる！　素晴《すば》らしい」

「彼女《かのじょ》らは女神だぁ」

〈筆頭従者長《選ばれし眷属》〉たちとカルードはそれぞれに困惑顔《こんわくがお》。

やや遅れて笑って応えていた。

その中には、夫婦《ふうふ》、老人たちだけでなく小さい子供の姿もある。

この世界にも猫がいるのかと思いながら、無難に笑顔を作った。

「凄《すご》い！　デイダンにも骨があるのか！」

「顎にある石は魔力が失われているが、綺麗《きれい》だぁ」

「わぁー巨大怪物が死んでる！」

「それより見ろよ、黒髪《くろかみ》の肩に乗っている黒猫がカワイイ！」

「うん！　でも、父さんたちが苦労していた怪物《かいぶつ》を倒すなんて、凄い槍使い！」

おっ？　分かっているな。可愛い子供たち。

「この白い肉、食べられるのかな？」

「食べられるかもな、元々は、恵《めぐみ》を齎《もたら》すラグニ湖に棲《す》む怪物だ」

夫婦だと思われる二人の発言だ。ラグニ湖に棲む怪物が、先のデイダンなのか。白い肉は美味《おい》しいのか？

「凄い方ねぇ……あの紫色の魔槍《まそう》といい、黒髪と黒い瞳は素敵《すてき》」

「ねえちゃん、惚《ほ》れちゃったか？　相手は二眼しかない、二つ目の種族だぞ」

緑髪《りよくはつ》の女性が俺を褒《ほ》めている！　あの新緑色で濡れた髪《かみ》を一つに纏めている小舟《こぶね》をモチーフとした髪飾《かみかざ》りも綺麗だし、三つある瞳も潤《うる》んでいて、いいっ。小舟があるなら漁をする文化か。

「二つ目なんて気にしないわ。ラグニ村を救って頂いた英雄なんだから」

「これで秘宝が村に帰れば安泰《あんたい》なのだが……」

「テイト、秘宝の奪還《だつかん》は後々だ。今は怪物が退治されたことを素直《すなお》に喜ぶべきだぞ」

村の方たちの喧噪《けんそう》は止まりそうにない。

偶然《ぐうぜん》が重なった結果だが、感謝される気分もいいものだと実感を得ていた。

ヘルメが、左目に収まるや村人たちがどよめく。彼《かれ》らは興奮して騒《さわ》ぎ出した。

「凄い、左目の中に……」

「様々な魔法を操《あやつ》る力をお持ちのようだ」

「二眼の英雄様は邪界導師《じゃかいどうし》と魔界騎士《まかいきし》のような不思議な力を持つんだな」

「邪界導師キレ様も単独でデイダンを倒せるか分からない」

「あぁ、二眼の英雄様は凄い。あの黒い瞳に魔力を感じるし」

「二眼のご先祖様の御霊《みたま》であるクイン様とリク様のお力が宿っているのかもしれぬ……」

「そうよ。きっと導いてくださったんだわ」

「あの伝承歌は本当だったのね……」

「カッコイイ……」

感嘆《かんたん》の表情を浮《う》かべて語る村人たち。その中から一人の老人が前に出てきた。

「……二つ目の英雄様、我らを救って頂きありがとうございます。良かったら名を教えてくださいませんか？」

俺に村を救ってくれと頼《たの》んできた村長さんだ。白銀色のオールバックで渋い。

エルフより短い耳が斜《なな》めに上に尖がっている。

骨を使ったアフリカン的な耳飾《みみかざ》りが耳朶《じだ》の中心を貫く。その顔を見ながら、

「……シュウヤです」

「シュウヤ様名は忘れませぬ。愚劣なるデイダンを屠《ほふ》った槍使い。英雄シュウヤの名を！」

英雄か。そんなつもりはなかったが喜んでくれるなら嬉《うれ》しい。

村長さんは恭《うやうや》しく頭を下げてから手を差《さ》し伸べてくる。応じて村長さんの手を握《にぎ》った。

相手はお爺《じい》で美女ではない。が、この独特な肌触《はだざわ》りと掌のぬくもりは、俺を包むように感じた。種族など関係なく、救い救われの一つの温かい儀式だなと。『握れば拳《こぶし》、開けば掌』だ。そんな面持《おもも》ちで皺が目立つ手を離した。素直に気持ちを伝えよう。

「……助けることができて、よかったです。しかし、偶然ですから」

「英雄シュウヤ様、お言葉ですが、わたしは偶然に思いません。祖先の導きだと考えています。そして、些細《ささい》な物しか出せませんが、お礼がしたいです。村に来てくださいますか？」

無理に断ると犠牲《ぎせい》になった方も浮かばれないか。しかし、少しだけ村に立ち寄るにしても、俺たちの目的は魔宝《まほう》地図のお宝。邪界ぶらり旅ではないが、少しだけ湖を見て、できるだけ失礼がないようにしてから旅立つかな。

「……旅の途中ですから、少しだけ寄る程度なら」

「はい、勿論《もちろん》です。英雄で恩ある方を無理には引き止めません。では、こちらです――」

ファード村長は足早に歩き出す。そこで、選ばれし眷属たちに目配せをした。

彼女たちは頷きついてくる。

「皆《みな》の者、デイダンを倒してくれた英雄たちにお礼をする！　オザ、宴《うたげ》の用意だ。ティトは残りの者を纏めて、犠牲者の確認《かくにん》。その家族たちの世話をしろ。弔《とむら》いは戦士たちを集めた湖の時間。いつものように祭壇《さいだん》で行う」

「「はい」」

村長から指示を受けた村の方々は、各自、判断して散った。犠牲者の家族たちの姿も見えた。当然、父、兄、か分からないが、家族の死によって悲しみに包まれている。

忍《しの》びない気持ちになるが、これればかりは仕方ない。

が、俺たちは他の方々から、二眼の英雄、二眼の美女たち、二つ目の英雄たち！　と持て囃《はや》された。笑い喜び話しかけてくる村の方々に囲まれながらファード村長の後を付いていった。傍《そば》にいる〈筆頭従者長《選ばれし眷属》〉もぎこちない笑《え》みを浮かべていた。

「シュウヤ、交渉を含《ふく》めて一切《いっさい》を任せるからね」

「……未知の言葉といい、難しいことを易々《やすやす》と理解するなんて、マスターは言語専門の知識も有しているのですか？」

「ん、ミスティ、シュウヤは宗主《そうしゅ》」

「分かってる、ドワーフ語に比《ひ》較的《かくてき》近い感覚だから少し興味が出たのよ」

「ご主人様はダークエルフ語、ノーム語、地下世界の言葉も巧《たく》みなので、言語専門の知識はありますよ」

黙《だま》って見ていると、秘書&助手のヴィーネが俺の代わりに説明をしている。

「そういうことだ」

一瞬、しょうゆうこと。と、ポーション瓶《びん》を使い、いいそうになったが止めて、無難に、

「知識というか、翻訳《ほんやく》スキルを覚えているんだ。だからある程度の言語は分かる」

さり気無く、真面目な顔で大事なことを告白。

「凄いわ……翻訳家《ほんやくか》の仕事は勿論、探検の仕事が楽にできそう。『アーゼン文明の古文書』とかも読めるのかしら、南の大海を渡《わた》る探検チームには国も力を入れているからマスターの力を知れば、有名なフリュード冒険卿《ぼうけんきょう》から誘《さそ》いの連絡《れんらく》が来るかも知れないわね。他にも、未知の古代遺跡《いせき》から発掘《はっくつ》される石板の文字、ペルヘカライン大回廊の依頼《いらい》にある『古代の眠《ねむ》り姫《ひめ》伝説』の依頼にも挑《いど》めるかも知れない。ファダイクの不窟獅子の塔《とう》に刻まれた文字とか、『アムロスの孤島《ことう》』の先にあるという『黒霧の呪《のろ》い島ゼデン』にあると言われている古文書も読めるのかしら」

「……黒霧の呪い島ゼデン」

ユイは聞いたことがあるようだ。

第百九十七章「ラグニ族の集落」

サーマリア王国の東には、群島国家を含めた様々な島々があると聞いている。ミスティが語ったフリュード冒険卿は覚えている。シャルドネの晩餐会《ばんさんかい》の時にいた。南の大海の冒《ぼう》険《けん》から戻《もど》ってきた。と、そして、王様に謁見《えっけん》したというシャルドネとの会話を思い出した。

ミスティは、

「ロシュメール遺跡にある古代ドワーフ王国の伝説も調べられるかも？　ゴルディクス大《だい》砂《さ》漠《ばく》の古代遺跡とか、北方のロロリッザ王国の巨人《きょじん》文明についても調べられるかも知れない」

と、ワクワクしつつ語る。語尾《ごび》に小声で糞を連発していた？　ま、指摘《してき》はしない。

ミスティは先生、講師でありつつも冒険者《ぼうけんしゃ》でもある。知的好奇心《こうきしん》が刺激《しげき》されたようだ。

そういえば……クナが持っていた『ペーターゼンの断章』に巨人文明の記述があった。

そこにロロリッザという国の名が記されていたな。そして、膝《ひざ》に矢を受けた冒険者ザジの迷宮《めいきゅう》話にも同じ国の名前が出ていた。ヴィーネの話にも登場している。北のロロリッザは、宗教国家へスリファートの東北の方角？　かなり北の国がロロリッザ。

ま、遠い国より近い国。実際に体験したペルヘカラインの話題を振るか。

「……ペルヘカライン大回廊なら一度潜《もぐ》ったことある」

「あ、わたし、前にシュウヤが東で冒険者の活動をしていたと聞いたことある」

「そうだ。レフテン王国の王都ファダイク辺りからかな」

あの空に続く不窟獅子《しし》の塔。この間、宇宙空間に出た時には見えなかった。

あの時は巨大惑星《きょだいわくせい》セラの姿を見て興奮していたせいだろう。見知らぬ宇宙生物に、その宇宙は凄かった。昔と最近の事象を思い出しながら会話を続けて歩いていると……。

木材で作られた簡易な防壁《ぼうへき》と青白い湖に隣接《りんせつ》した集落が見えてきた。壁《かべ》にはあちこち穴があり、生々しい血の跡《あと》もある。

「ここがラグニ村ですぞ」

「にゃあ」

黒猫《ロロ》が鳴きながら片足で、肩を叩いて反応を示す。小鼻の鼻翼《びよく》を拡《ひろ》げて窄《すぼ》めている。小鼻をくんくんとさせて、匂《にお》いが気になるのか？

それともあの木壁に爪《つめ》とぎでもしたいのかな？　笑いながら黒猫《ロロ》の頭部を撫でた。耳もひっぱりつつ、木の門を潜《くぐ》る。

村の中に入った。村長の後をついていった。右には、大きな湖へと張り出すように組まれた木製の波止場《はとば》がある。

大きな湖には多数の釣り船《ぶね》と漁船が並ぶ。湖の上には、灯《あか》りたちが浮かぶ。一つ一つが凝《こ》りかたまったような冷たい星が光っているように見えた。

見たことのない湖岸の風景だ。湖の色が胸の窓に染《し》みるように流《なが》れ込んでくる。

手前には投《な》げ槍、大盾《たて》、釣り竿《ざお》、置《お》き網《あみ》漁に使われる網の残骸《ざんがい》、海藻《かいそう》、アンコウ、角付き鉄砲《てっぽう》魚、蛸《たこ》、イカ、開かれた魚、アジの開きのような干された魚が並び置かれた木製の机があった。湖の方からは無数の魔素の気配が感じられる。魔素は魚かモンスターだろう。

『魔力が点在しているので、生息しているのはお魚さんだけではないですね』

『うむ。あの湖の中はいかないからな』

『はい』

常闇の水精霊のヘルメ的には、水浴びかダンスを実行したいとは思うが、「ンン」と黒猫《ロロ》だ。肩《かた》を叩いて喉音《こうおん》を鳴らす。

「ロロ、この干物《ひもの》は食べちゃだめだぞ」

「ンン、にゃおあ」

喉《のど》声が混じったおざなりな返事で鳴く黒猫《ロロ》さん。

あの干した魚を食べたがっていることは分かるが、今は我慢《がまん》してもらう。

村の左には縄ロープに吊《つる》された丸太が見える。革袋《かわぶくろ》と革紐《かわひも》の訓練用の木人もあった。あの訓練用の器具は、村の戦士が使っているんだろうか。懐《なつ》かしい。ゴルディーバの里にも似たような訓練用器具はあった。

【修練道】の激しい修業《しゆぎよう》時代を思い出す。俺の爪先《つまさき》を軸《じく》とした回転避《さ》けの極意《ごくい》は【修練道】の木人、丸太、縄網を使った激しい訓練で身に付けたんだ。アキレス師匠《ししよう》のお陰《かげ》でもある。

左には大小様々な家が並ぶ。

家の戸口には変色した麦藁菊《むぎわらぎく》と鰯《イワシ》の頭を枝に刺したものが門口に飾《かざ》られてあった。鰯の頭も信心からと言うが、この村独特の信仰《しんこう》があるんだろう。

藁《わら》ぶき屋根の家が多い。壁は丈夫《じようぶ》な木材かな。特に太い柱は立派。

この村には、専門の樵《きこり》と家具と家作りの職人さんがいると分かる。

坂上の木組みが見事な小屋の戸口が見えた。厠か。桶《おけ》が見えた。ボットン便所かな。

床《ゆか》も汚《よご》れている？　悪臭《あくしゆう》はここにはないが、悪臭がありそうだ。肥料を活かす仕組みがありそうな箱が厠の下に積み重なっていた。視線を入り口に戻す。

出入り口から村の端《はし》にまで続いている防壁には真新しい穴が多く損傷していた。

柵《さく》の形から古風な村としての雰囲気はあるが、村の防衛能力には不安を覚えた。

再び、村の中に視線を向ける。中心に岩の壇《だん》があり、そこの壇の奥《おく》には紫色と白色の玉石台の祭壇があった。その祭壇を魔察眼で凝視《ぎょうし》――。

その祭壇から魔力《まりょく》の波が様々な形に変化を繰り返しながらオーロラのような機動で右のほうに伸びていた。その魔力の波が向かう先には大きな湖がある。

ラグニ村の右側にある大きな湖と祭壇は繋がりがあるんだろう。

そして、ゴルディーバの里の周辺にはたくさんの子精霊《デボンチッチ》が存在したが、ここには子精霊らしきものはない。もし惑星《わくせい》セラの地上に、あの紫色と白色の玉石台の祭壇が存在していたら、子精霊が沢山湧《たくさんわ》いていたかも知れないな。

蝋燭《ろうそく》が何本も備わった玉石祭壇には紫色の聖像も存在した。その聖像をラグニ村の方々は別段祭っているわけではないらしい。お供え物らしき物は見えない。

代わりに、祭壇の中心部には大きな窪《くぼ》みがある。

あの窪みの大きさから判断するに……俺たちがゴブリンから奪《うば》った秘宝。

白菫色《しろすみれいろ》の水晶玉《すいしょうだま》と、同じ大きさと思われた。

「……あの祭壇、真ん中にある分かりやすい窪みといい、もしかして」

「はい、その可能性は高いですね」

「ん、シュウヤ、お宝を返すの？」

「たぶんな、話を聞いてからだが」

そんな含みを持たせた会話をしながら村長のあとを追随《ついずい》する。

聖像の窪みに納めるべきものが、俺たちが入手した白菫色の水晶玉ならば、後で村長に返そう。あの秘宝を俺たちが持ち帰れば眷属《けんぞく》たちの力、俺の力に、利用ができるかも知れない。だが、そんなことはしない。そういう選択《せんたく》をした未来ルートの世界線が量子世界のどこかにあるかも知れないが……量子の重ね合わせ、ＭＩＷ仮説、パラレルワールドの無限にある選択肢《せんたくし》……地球的な仮説で考えても仕方がないんだが、そんなことを考えていると、村長さんが大きな家の前で足を止めて振《ふ》り返る。

「皆様《みなさま》、この家です。中へどうぞ、英雄たちよ」

三眼の目尻《めじり》が下がった優《やさ》しい顔。案内された玄関《げんかん》の庇《ひさし》は長い。

そして、魚の頭ではなく縦長の骨飾りが置かれてある。地面には那智黒《なちぐろ》のような青黒い石が敷《し》き詰《つ》められていた。青黒い石肌《いしはだ》が艶々《つやつや》して宝石にも見える。その形と色合いには独特な趣《おもむき》があった。この玄関口《げんかんぐち》からして、この村の中で一番大きな豪華《ごうか》な家なのかも知れない。

風習、仕来《しきた》りがあるんだろう。なんとなく、神社の歩き方とか教会の作法とか、葬祭《そうさい》マナーの本の内容を思い出してしまった。そんなことを考えつつ風が気持ちいい玄関を通る。

小さい紫檀《したん》色の木階段が出迎《でむか》えた。左右にはテラスと綺麗な花壇《かだん》がある。

階段があるから魔導車椅子《まどうくるまいす》に乗るエヴァを持ち上げようかと思ったが、

「ん、大丈夫」

エヴァは天使の微笑を浮かべて細い手をあげると全身から紫色の魔力を放出させて、魔導車椅子ごと自身の体を紫色の魔力で包む。そのまま、ぷかぷかと浮いて空中を前進。階段を越《こ》えて廊下《ろうか》の先をスムーズに進んでいた。その空中機動の姿はまさに、エスパーエヴァ。そのエヴァは紫色の魔力を体内に戻しつつ木目が綺麗な廊下に車輪をつけて着地していた。リムをさっと回転させて魔導車椅子の車輪を回す。スイスイ廊下の先を進むエヴァ。ゴムを開発して車輪のタイヤに利用したらエヴァは喜ぶかな。ゴムの木を探して製品化までおこなっているどこかの転生者がいるかも知れない。ゴムと似た素材はあるか。魔導人形《ウォーガノフ》を作れる貴族はミスティの家系以外にも、それなりにいるようだしな。

「もう、細かいとこで優しさを見せるのね」

レベッカが可愛《かわい》く頬を膨《ふく》らませる。しらんがな。と内心思ったが、レベッカのいつもの反応に、他の〈筆頭従者長《選ばれし眷属》〉たちは笑っていた。

先を進むエヴァの黒髪を見ながら階段を上がる。

風情《ふぜい》ある古い葭戸《よしど》のような壁がある板の間から大広間に案内された。

大広間は吹《ふ》き抜けが中央にあり二十畳《じょう》は最低でもある。かなり広い。

大広間の壁には骨飾りが並ぶ。村の中に器用な造形師がいるらしい。

「皆様、ここに座《すわ》りお休みください。今、気付けという意味もありますが、特別な酒と御《お》飲《の》み物《もの》をお持ちしますので」

「はい、では——」

皆に〝座れ〟と目配せしてから席に座る。皆も頷《うなず》いて席に座った。

「失礼します」

と、村長と村の方々が木製の筒《つつ》コップを載《の》せた盆《ぼん》と、大きなケトルを持ってきた。

村長は村人から大きなケトルを取ると、一際《ひときわ》大きいコップに、そのケトルから液体を注ぐ。匂いから酒と分かる。そして、満杯《まんぱい》となったコップを自身の口に運んで、酒を一気飲み。俺たちの前でがぶ飲みか。

「美味《うま》い！　さて、お口に合うか分かりませぬが、皆さん、このラグニ酒を飲んでください。キンコ、皆さんに頼む」

「はい」

そのキンコという名の三眼の女性が大きなケトルを村長から受けとり、酒を木製の筒コップに注いでくれた。皆で、その酒が入ったコップを受けとった。液体は透《す》き通《とお》っていて、純水に見えた。魔力もある。日本酒と似た印象だ。早速《さっそく》、そのコップを唇《くちびる》に当ててコップを傾《かたむ》けた。

「では、頂きます――」

冷たいが、美味い。その美味い酒をゴクッと飲む――喉ごし爽《さわ》やか。

レモン汁《じる》となにかの風味がある。冷えているし、最高だ。コップの酒はあっという間に胃袋《いぶくろ》の中だ。「ふふ、もう一杯《いっぱい》どうぞ」と、注がれたから「どうも、ありがとう」と、礼を言って、素早く酒を飲む。そんな酒を飲みながら、村長からラグニ村と湖に纏《まつ》わる話、ご先祖様、不思議な湖に纏わる幽霊《ゆうれい》、魔族《まぞく》と邪族の争い、ニューワールドで魔王《まおう》級と戦っていたと言い張る頭がオカシイ二つ目の種族、他の街について長々と聞いていった。肝心《かんじん》の秘宝のことを村長のファードさんに告げようとした時……三つ目のお姉さんたちを先頭に若い衆《わかしゅ》たちが大きな磁器を抱《かか》えて、大広間に現れる。大きな磁器は皿だった。皿には魚の料理などが載せられている。魚と卵《たまご》のパイ？　パイは柔《やわ》らかいし宗教的に大好きだ。パンの耳でトッピングしてある。この村独自の料理のようだ。テンションが上がる。

魚料理以外にも、温かい酒が入った瓶の飲み物、紫色の野菜、牛の舌の煮物《にもの》、草原で毎日のように食べていた巨大猛牛《きょだいもうぎゅう》の肉が運ばれてきた。

並ぶステーキを凝視しながら、「この肉は草原の？」と聞いていた。

「さすがに知っていますか。はい、グニグニの獣《けもの》は、草原の恵《めぐ》み。偉大《いだい》なグニグニ。その肉です。この料理は、グニグニの焼き肉と舌を煮《に》たものです」

あの草原地帯を我《わ》が物顔《ものがお》で闊歩《かっぽ》していた巨大猛牛はグニグニという名前なんだ。

「あの巨大《きょだい》な獣を？」

「はい、その通りグニグニの獣は巨体《きょたい》です。その一体を狩《か》るためには、数十人の戦士が必要で、倒すことにも労力が掛かります。グニグニは、肉だけでなく骨も貴重。収入源にもなるのです。わたしの耳にあるように、ラグニの骨飾りは少し有名ですから」

アフリカンな骨飾りと貴重な肉料理か。料理の肉には透明《とうめい》な油タレと似たタレが掛かり、菊《きく》の花らしきモノが盛られてある。刺身《さしみ》かい！　とツッコミはいれないが。

「そんな肉料理を……」

「当然です。ラグニ酒とグニグニ肉は、英雄に対するお礼ですから。普段《ふだん》はお祭り、御供《おそな》え用で滅多《めった》に食べることがない。我らの気持ちが籠《こ》もった肉料理となります」

その気持ちを聞いて、ラ・ケラーダの想いを得る。自然とお辞儀《じぎ》していた。

「分かりました、頂きます」

もう一度、頭を下げようとしたが、向こうに気を遣《つか》わせるかもと、頭を下げず。無難な笑顔を意識。村長も笑顔で応えてくれた。村長は酒を飲んで、快活に、

「さぁ、英雄殿《えいゆうどの》も、もう一杯――」

「――あ、はい、ありがとう」

グイッとコップを口に運び、もう一杯――。

「ぐはは、いい飲みっぷりですな――」

「村長さんも」

「たしかに――」

「「ははは」」

互《たが》いに笑顔となった。そんな村長さんには、分からない人族の言葉で、

「ということで、皆、肉は飽《あ》きたかも知れないが、このラグニ村で最高の肉料理らしい。頂こうじゃないか」

黙って聞いていた皆へ、『食事を食べよう』と笑顔で皆に促《うなが》す。

「はい」

「頂きます」

「はーい。別に、飽きてないから大丈夫よ。最近、いっぱい食べても太らないことに気付いたからね？」

にんまりと笑いながらエヴァへと顔を向けるレベッカ。

「ん、お菓子《かし》女王のレベッカ。たまごのお菓子一人だけで食べきったけど、太っていない」

「うん。というかエヴァにだって少しあげたじゃない」

「ん、忘れた」

エヴァは微笑。そういえば、レベッカは、ポテチのようなお菓子を、こそこそと草原を歩きながら食っていたな。そんな会話をしながら、目の前のグニグニを肉やラグニ村で採れる白魚の身が美味そうな魚料理を選ばれし眷属たちは食べていった。勿論、黒猫《ロロ》も食べるはず。その思いで、魚が盛られた皿の上に、食べやすいようにグニグニの切ってから分けた。

「食《く》いしん坊《ぼう》なロロさん。お前も食うだろ？」

「にゃ～」

肩にいた黒猫《ロロ》は机の上に乗る。分けたグニグニの肉と魚の白身の匂いを、くんくんと小鼻を動かして嗅《か》いでいた。その黒猫《ロロ》は、魚の頭部を丸ごとパクッと食べた。

「ンン、にゃお、にゃぁ」

相棒は頭部を斜めに傾けつつ、くちゃくちゃと奥歯《おくば》を使って咀嚼《そしやく》。美味しそうだ。

「急いで食べると吐《は》くから気を付けろよ？」

「ンン」

喉声を寄越《よこ》す黒猫《ロロ》さん。ご機嫌《きげん》なのか、喉音のゴロゴロエンジンも凄い。

そのまま焼き魚の白身も食べていた。続いて、歯ごたえのあるグニグニの肉を食べる黒猫《ロロ》は興奮したのか「ガルルゥ」と唸《うな》り声《ごえ》を発した。目を瞑《つぶ》って一生懸命《いっしょうけんめい》に食べている姿は可愛いし、愛《いと》しい。そんな美味そうに食べる黒猫《ロロ》を見ていると嬉しくなった。俺も食べよう。焼けたグニグニの肉を口へ運んだ。

相変わらず歯応えがあって柔らかい肉だ。同じ肉だから当たり前だが、草原で食べた巨大猛牛の肉と近い。二回ほど焼けたグニグニの肉を噛《か》むと肉の質感が変わる。

急激に柔らかくなった。味も変化。シンプルなさっぱり風味から濃厚《のうこう》で芳醇《ほうじゅん》な歴史を感じさせる味わいに変化。肉用のタレの効果か。色的に透明だから分からないが、この地方独特の香辛料《こうしんりょう》があるのかも知れない。素材は同じでも調理の仕方でこんなにも料理は変わるんだな。牛の舌の煮物の料理は――Yum-yum！　デリシャス！

最初からほんわか柔らかい。舌だけに舌だけで食べられる食感。かといってムース状ではない。きっと、このグニグニの舌専用の調理方法があるに違《ちが》いない。

ソースも野菜を元とした調理方法だと思うが、さっぱり風味。

普通ではない舌の煮物だ。非常に美味しかった。次は、魚と卵のパイの料理だ。

職人が丁寧《ていねい》に魚の小骨を取り除いた白身と分かる。卵と何かの乾燥《かんそう》フルーツ？　スパイスは分からない。濃厚なクリーム系の味もある。磁器の器と料理が合う。フランス料理を思わせる盛り付け方。勿論、ラグニ村独自の文化感。未知の文化だが、品がある料理だ。料理からして、邪界ヘルローネの文化侮《あなど》りがたし。と感心してしまう。

そして、魚と卵のパイの包みをマイ箸《はし》で突《つ》いて崩《くず》す。とろみのある魚と卵の身を活《い》かした素材が見えた。さっそく、その中身を口に運んだ。おぉ、美味い……幸せだ。

皆も笑顔。ほっぺを両手で押《お》さえて美味しい～と連呼しているレベッカ。

最初に飲んだ清酒のような酒以外に、濁酒《だくしゅ》も運ばれてきた。

皆で、種類が豊富な酒を飲んで肉と野菜の料理も食べる。

木製のコップが空となった。すると、帆《ほ》かけ船のようなワンピースを着た三つ目の美人さんが側に寄ってきて、お酌《しゃく》をしてくれた。なみなみと注いでくれる姿が昔の酌婦《しゃくふ》チェリを思い出してしまう。ヘカトレイルでがんばっているのだろうか。それに友のキッシュは……。

薄緑《うすみどり》色の髪と、背の高いエルフ女性。高貴さがある片手剣《けん》と盾を使う重騎士《きし》。透明感のある笑顔《えがお》のキッシュは故郷を作り上げることができているのだろうか。

がんばれ、キッシュ。心でラ・ケラーダを送った。

昔、別れた友の姿を思い出しつつ、笑顔で三眼の美人さんと会話を続けた。

「今宵《こよい》はどうか、同衾《どうきん》を……」

三眼の美人さんに、そんなことを言われてしまったが、断る。

祝いの席なので口説くことはしない。

「同衾……」

俺は、皆に分かるように翻訳した。眷属たちは視線を強めてきた。おっぱい研究会、宗教的に同衾は受けるべきという脳内からの悪魔《あくま》の声が聞こえたが、我慢だ。それに錦上《きんじょう》に花を添《そ》えるではないが、俺の傍には美人さんがたくさんいるからな。

残念そうに顔を俯《うつむ》かせてしまった三眼の美人さんが白く爽やかな素足《すあし》を見せて離《はな》れると代わりに同じく爽やかな肌《はだ》を持つヴィーネが酌をしてくれた。

「ご主人様、憚《はばか》りながら……今宵はわたしが同衾ですからね」

ボソッと一言。銀色の瞳《ひとみ》を潤ませながらの健気《けなげ》な言葉に少しムラムラと……。

決して、ムッシュ、ムラムラではない、ムッシュかまや○でもない。

本当のムラムラを起こしてしまったが、ここは祝いの席、忍《にん》の一字《いちじ》に尽《つ》きる。

更《さら》に、ユイ、レベッカ、ミスティが競《きそ》うように酒を注ぎに傍に来てくれた。

分かりやすい〈筆頭従者長《選ばれし眷属》〉たち。

皆、華《はな》やかで特別無比の女性たちだ。細い括《くび》れの感触《かんしょく》を持つユイとレベッカのいやらしい表情を見て……またムッシュ、ムラムラが再起してしまう。

が、なんとか忍状態を保った。和気藹々《わきあいあい》と食事後の談話を続けていると、同席している顔を赤くしている村長さんから、先ほどの続きを聞くことになった。

「ゴドリン族の奇襲《きしゅう》ですか、村人たちは？」

「数人が殺されましたが、向こうは専門の奇襲部隊のようで、すぐに目的の品、デイダンの秘宝を奪うと撤収《てっしゅう》していきました」

ゴドリン族の端正《たんせい》な顔をもつリーダーは優秀《ゆうしゅう》だったようだ。

「秘宝が奪われ、ゴドリン族を急ぎ追《お》い掛けようとしたのですが、イグニ湖に棲む愚劣《ぐれつ》なるデイダンが、秘宝の力がなくなったことで湖から現れ、我らの村を……」

「だから、愚烈なるデイダンと対決していたのですね」

俺たちが遅《おそ》かったら……違う運命だったかもな。

「はい、シュウヤ様一行がいなければ今頃《いまごろ》は恐《おそ》ろしい結果に……」

村長さんは言《い》い淀《よど》むが、助けられてよかった。

美味しい未知の料理を食べさせてくれたし、感謝。その村長さんは、

「秘宝がないので、いつまた、湖からデイダンの化物が現れるか分かりませんが……」

村長さんは視線を下げて顔色を悪くした。喋《しゃべ》りにくいが、その秘宝の件を話すか。

「恐縮《きょうしゅく》なのですが、その件で大事なお話があるのです……」

「大事なお話ですか？」

三つ目の村長は、はて？　という疑問の表情を浮かべた。

「ええ、はい――」

驚《おどろ》くと思うがアイテムボックスから、秘宝だと思う白菫色の水晶玉を取り出す。

「おおおおおぉぉ」

やはり、村長は三つの目が見開いている。

腕《うで》を左右に伸《の》ばし、リアクション芸人顔負けの顔芸を披露《ひろう》していた。

「村長！　デイダンの秘宝が！」

「わあぁ！」

「この白菫色の水晶玉をお返しします」

重い白菫色の水晶玉を近くに置いた。

「あ、ありがとうございます。ま、まさか、村の秘宝までをゴドリン族から取《と》り戻して頂いていたとは……シュウヤ様、我々はなんとお礼を言ったらいいか……」

村長は手を震《ふる》わせ感涙《かんるい》したのか泣いてしまった。若い衆たちも、目に涙《なみだ》を溜《た》めている。

「気にしないでください。俺《おれ》たちは偶然、そのゴドリン族の争いに参加し綺麗な宝石を手に入れただけですから」

昨日は昨日、今日は今日。たまたまだ。

「では、黙っていることもできた、と……。なんという正直な方なのだ」

また泣いているし。しかし、照れくさいが痛いほど気持ちが伝わってくる。

「……それでは、俺たちは目的の旅がありますから」

遠慮《えんりょ》勝ちに言葉を述べ宴会《えんかい》の席から立ち上がる。選ばれし眷属たちも席を立った。

村長のファードさんは、

「……もう旅に……我らの気持ちを込《こ》めた正式な歌を聞かせてあげたかったのですが、仕方ありません。即興《そっきょう》でなんとかしましょう。そして、この秘宝を祭壇に戻すついでに、わたしもそこまでお送りします」

酒が入った村長は機嫌を悪くしながらも少し笑う。村長さんは、

「皆、デイダンの秘宝を運ぼうぞ」

「「はい！」」

白菫色の水晶玉こと、デイダンの秘宝を若い衆たちと一緒《いっしょ》に運ぼうとするが、秘宝は重い。青年たちが数人で抱え持っていた。各自、眼が血走っている。

「手伝いますか？」

「いえ、これは村の若者たちの仕事。今後、未来永劫《みらいえいごう》に続くことになるので、大丈夫《だいじょうぶ》です」

「分かりました」

凄く重そうに持ちつつ大切そうに扱《あつか》っていた。

そして、そのままデイダンの秘宝を持った若い衆たちと一緒に外に出る。

重いデイダンの秘宝を村長さんと若い衆たちが祭壇まで運ぶと、彼らは掛《か》け声を上げながら重そうな秘宝を持ち上げた。秘宝の水晶玉から眼球が表面に生まれ出ていたが指摘はしない。

村人たちは、神を崇《あが》めるように口々に、デイダン・ガドロ・アロ・……呪文《じゅもんじ》染みた言葉を投げ掛けつつ祭壇の中心の窪みと合わさるようにデイダンの秘宝を置く。

すっぽりと嵌《は》まった。刹那《せつな》、眩《まばゆ》い閃光《せんこう》が祭壇から生まれ出る。

眩《まぶ》しい光は集束しながら上空に向かう？　湖ではない？　疑問に思うと、その眩い光は上空でゆらゆらと揺《ゆ》れるや白菫色の炎《ほのお》に変化。その白菫色の炎は回転。

回転は着火したネズミ花火のように平面状に回転しつつ渦《うず》を作る。

次第《しだい》にネズミ花火の渦回転が収まると白菫色の炎に縁取《ふちど》られた魔法陣《まほうじん》が発生。

俺の知る古代魔法《まほう》とは違う。見たことがない。円形のフラクタル幾何学《きかがく》を感じさせる魔法陣。更に、祭壇に納まる秘宝から三重に螺旋《らせん》した魔力の紐《ひも》が上空の魔法陣に伸びた。

三重の紐は魔法陣の記号と方角を示す？

「……興味深いわ」

ミスティが未知の魔法陣を見て興奮したようだ。

小声でいつもの癖《くせ》を連発しながら羊皮紙に魔法陣の絵柄《えがら》と文字を書いていた。

ミスティの腰《こし》ベルトの紐で纏《まと》めた羊皮紙の塊《かたまり》はもう分厚い本のようになっていた。

「不思議な魔法陣、古代魔法？」

「色も違う。縁取る炎だけは、俺の知る古代魔法と似ているかも知れない」

「古代魔法にも種類はあるでしょうからね。そして、魔力はそれほど感じませんが……」

皆、そう疑問に思ったことを発言していた。

「ん、湖に棲《す》むデイダンを治める効果があるのかも？」

エヴァが徐々《じよじよ》に消えていく魔法陣の様子を見ながら聞いてきた。

「そうかも知れない」

確かに、祭壇から湖へ繋《つな》がっていたオーロラのような魔力は消えている。

魔法陣が消えると同時に秘宝から伸びていた三重螺旋の紐《ひも》の魔線《ません》も消えていた。

祭壇から魔力は一切感じない。地脈が封印《ふういん》されたように魔力が不自然なほど感じられなかった。

ゴドリン族のリーダーが、その部下に語っていた蜘蛛《くも》神とやらが、この秘宝を欲《ほ》しがる一端《いったん》を垣間見《かいまみ》た気がする。ラグニ族たちの今後に不安を覚える。が、俺たちの目的は地図のお宝だ。

さらばだ。ラグニ族。自己の魂《たましい》を自分のものにする。

「……地図の場所へ出発だ」

……少し、厳しい顔を作り皆へ合図した。

「了解《りょうかい》」

「ンン、にゃ」

「ん」

「マイロードと共に」

「行きましょう」

ヴィーネの言葉を最後に足を進めていく。

「英雄《えいゆう》様ッ、待ってください」

「ん？」

村長に止められた。

「何処《どこ》に向かわれるのでしょうか」

地図の方向はこの村から丁度、北だな。

「北の森です、山の手前なのかな」

魔宝地図の絵を思い出しながら語る。

「山……森、森の中には、昔から四眼を持つ魔族が住むと、気狂《ぐる》いが住むといわれる場所です。気をつけてください」

村長は忠告してくれた。気狂いか。どんな敵だろうと邪魔《じゃま》をするなら薙《な》ぎ倒《たお》す。友好的なら握手《あくしゅ》だ。

「……ご忠告ありがとう」

「はい、英雄様たちの旅のご無事を、デイダンの秘宝へお祈《いの》りをします」

「そうですか。ラグニ族の繁栄《はんえい》を願って、ラ・ケラーダ！」

師匠譲《ししょうゆず》りの言葉を贈《おく》る。ラ・ケラーダとは？　という疑問顔が辺りを包んだ。

「ありがとう。最後に門出《かどで》の伝承歌を――」

村長がお礼を言いながら渋《しぶ》い音頭《おんど》を取ると……。

祭壇《さいだん》に集結していた男たちと洗濯物《せんたくもの》を干していた女たちが歌う。

続けて、貝の身を取り出す作業をしている子供たちがソプラノの歌声を披露。

俺たちの様子を見に来ていた老人たちが、それぞれの作業を止めて重低音を響《ひび》かせる。

村長の声に釣られるように、皆《みな》が歌い出した。そんな歌声を聞いていると、自然と笑顔になった。歌を聴《き》かせてくれた皆に礼をしてから村長たちと離れた。

村の出入り口までは短い。だが、俺たちの背中を押すような歌声は心地《ここち》よかった。

ミュージカル映画を体感しているようだ。

歌詞は大いなるラグニ湖に関する伝承らしい……。

幼馴染《おさななじ》みの三眼、仲睦《むつ》まじいクイン・リク男女の物語。

クインとリクは秘宝を奪いにきたゴドリン族から身を挺《てい》して秘宝を守り死んでしまう。

しかし、その死んだ男女の御霊《みたま》が次世代の戦士たちに乗り移り、村を襲《おそ》う愚烈なるデイダンを退治して、ゴドリン族から秘宝を奪い返《かえ》す物語……。

その壮大《そうだい》な歌詞を村人たち全員で歌ってくれた……ありがとう。ラグニ村の方々。

必死に泣いて歌う彼《かれ》ら、彼女《かのじょ》たちの顔を見れば、俺たちに感謝をしていることは十分に伝わってきた。不思議と活力と勇気が得られた気分になる。

視界に浮《う》かぶ小型のヘルメが後向き。ラグニ村の方々を見つめていた。

詳《くわ》しくは尋《たず》ねなかった。

もしかしたらクインとリクのご先祖の御霊が現れているのかも知れないな。

迷宮都市ペルネーテの南と東には貧困街《スラム》が多い。
賭博街《とばくがい》と歓楽街《かんらくがい》と繋がる貧困街《スラム》は魔窟《まくつ》のような場所だ。
魔薬《まやく》の売人と、薬を求める魔薬常習者、闇《やみ》ギルドからあぶれた人族と虎獣人《ラゼール》と豹獣人《セバーカ》のチンピラ、小規模な闇ギルドの人員、浮浪者《ふろうしゃ》、魔人《まじん》、剃髪《ていはつ》に奇怪《きかい》な衣装《いしょう》を身に纏う集団、頭部が蛸と烏賊《いか》の魔神帝国《まじんていこく》の出身者たち、ライカンスロープの団体が屯《たむろ》するかなり危険な街でもある。

シュウヤたちが地下二十階層の旅を続けている間にも毎日のように何かしらの事件が起きていた。治安を守る衛兵隊が日夜街を走る。午後を過ぎてもそれは変わらない。貧民街《スラム》の通りを走る衛兵隊は、青鉄第二騎士団《きしだん》の管轄《かんかつ》だ。

そんな様子を、酒場のカウンターで酒を飲みながら見物する人物。

彼の名はツアン。中肉中背な男である。嘗《かつ》ては教皇庁三課に所属していた教会騎士だった。

が、ついこの間までペルネーテの闇の界隈《かいわい》で教会崩れの集団と揶揄《やゆ》される【夕闇《ゆうやみ》の目】という名の闇ギルドに所属していた。衣服は色褪《いろあ》せている。しかし、教会騎士特有の霊装《れいそう》装備と呼ばれる対魔と対物理に優《すぐ》れたプレート鎧《よろい》を着ていた。そのツアンは喉の渇《かわ》きが治まらない。空となったゴブレットをカウンター机に置く。

「――親父《おやじ》、もっと酒とサイカをくれ」

「サイカはねぇよ、ベンラック産のミカレの汁酒ならあるぞ」

「それでいい、代金はここに置くぜ」

「あいよ」

彼は酒を注ぐマスターの姿を見つめながら愚痴《ぐち》る。

仕方がない……狂騎士《きょうきし》に従うしかなかったんだ。心は面の如し。

狂騎士は狂《くる》っているが、元教皇庁八課対魔族殲滅機関《ディスオルテ》の一桁《エリート》メンバーに入っていたこともある二桁メンバーだ。

その実力は本物。魔に強く剣術《けんじゅつ》も抜《ぬ》きんでていた。闇社会では腕がモノをいうからな。しかし、そんな狂騎士も、あっさりと槍《やり》使いにやられる始末。自らの実力を過信したのだろう。狂騎士は因縁《いんねん》のあった二桁崩《けたくず》れの【夕闇の目】の元総長を、自らの剣で殺し成り上がったからな。他の闇ギルドを巧《たく》みに利用して【月の残骸】を殲滅《せんめつ》すると豪語《ごうご》していた。

……まぁ、交渉《こうしょう》も上手《うま》かったから仕方なしに流れから協力したら、これだ。

火は火で治まると聞くが、狂騎士に付き従った者の大半が死んでしまった。

復讐《ふくしゅう》をしようと纏まった奴《やつ》らもいたようだが……。

【月の残骸】の元総長、〝閃脚《せんきゃく》〟たちにより一網打尽《いちもうだじん》にされてしまった。

あの女は頭が切れるうえに、強い。というか、なんで総長を辞して生きているんだよ。

うちと大違《おおちが》いだ。狂騎士は前総長を殺して成り上がっていたってのによぉ。

【月の残骸】はその閃脚だけではないからな。

〝鮮血《せんけつ》の死神〟、〝影弓《かげ》〟、〝剛拳《ごうこぶし》〟、ｅｔｃ。

そんなメンバーがいるってのに、新しく【月の残骸】の総長となった槍使い。

聞くところによると……あの狂騎士を『一の槍』の風槍流の技術で仕留めたそうではないか。【鉱山都市タンダール】のエルフの八槍神王位かよ。

初めてその情報を聞いた時は、思わず、そんなツッコミを入れたもんだ。

噂《うわさ》では【梟《ふくろう》の牙《きば》】を潰《つぶ》したのも、その槍使いだ。

烈級、王級を超《こ》えた神級か……八槍神王位の上位の実力者なのは、確実。

黒猫《くろねこ》、黒狼《くろおおかみ》を使役《しえき》し、得物の特徴《とくちょう》から、胸元《むなもと》に月の傷痕《きずあと》を作ることが得意とか。更には、金玉を潰すことが好きらしいじゃねぇか。こえぇ……。

そんな奴が閃脚を懐《ふところ》に抱《だ》き込み【月の残骸《ざんがい》】のトップだろう？　アホだ、そんな化け物に絡《から》むこと自体アホ過ぎる。つうか、相手にそんな槍使いがいるとは知らなかったぞ、俺は……そんなツアンの愚痴的な思考を切るように、酒場のマスターが注文されたゴブレットと柿《かき》を彼の前に置いた。

「──お待ち」

「おう」

ツアンはやさぐれた笑顔で応えるが、マスターは素っ気ない態度を崩さない。

彼はサービスでだされた照《て》り映《は》える柿をかさついた唇へ運ぶ。鼻息を荒《あら》くしながら柿の匂《にお》いを嗅ぎ、柿に噛みついた。

獰猛《どうもう》な肉食獣《にくしょくじゅう》のように歯を滑《すべ》らせて柿を食べていく。ジューシーな甘《あま》さをもった柿の味に満足した顔を見せた。

そのままゴブレットを片手に掴《つか》むと、出っ張った前歯にぶつける勢いで酒を飲む。

口から酒を零《こぼ》していたが、ツアンはそのままゴブレットを傾け──。ごくごくと喉越《のどご》し音を立てながら、豪快《ごうかい》に飲んでいた。ゴブレットの酒の半分程度を胃に流し込むと、

「ここのレウビは美味いな」

「あぁ……」

近くで魚を食べ酒を飲んでいる男たちの言葉だ。

ツアンの耳にも聞こえていた。ツアンはゴブレットをカウンターの上に置く。

その話している男たちに視線を向ける。

「暗い顔をして、どうしたんだ？」

「故郷がな、ヘカトレイルの東、サーマリアとレフテンに近いところなんだよ」

「西では負《ま》け戦が続いているのに、東も戦争の気配か……」

ツアンは戦争か、と思う。これも一生、あれも一生か。

思えば俺の故郷も聖王国以外とは仲が悪かったな。

魔族と聖戦があるってのに、北のロロリッザ、西のエイハーン、南のアーメフ教主国とあちこちへ喧嘩《戦争》を吹っかけていたと……大量のエルフ奴隷《どれい》の確保、労働力確保だ。聖職者を含《ふく》めた富裕層《ふゆうそう》の特権階級には反吐《へど》がでる。

ツアンは酒を飲み故郷の情景を思《おも》い浮かべながら、彼らの声に耳を傾けた。

「どうせ、ここも戦場になるならいっそのこと故郷に戻《もど》ろうかと思ってな」

「息子《むすこ》と嫁《よめ》を連れてか？」

「当たり前だ。家族は連れていく」

家族か。ツアンは仕事で悩《なや》んでいた時に元妻に受けた言葉を思い出していた。

〝どんな孤独《こどく》だって、死ぬよりましよ〟と。その通りだと思う。

今も孤独中の孤独だが、わざわざ死ぬことはしねぇ。

「止めはしねぇが、金はどうするんだ？　分かっていると思うが、俺は素寒貧《すかんぴん》のトッドだぞ？」

「お前に学があったとはな」

「貧乏《びんぼう》だが、字は少し読めるんだ。で、俺には金はないぞ」

「ふっ、分かっているさ、この酒代だけでいい」

「貧乏暇《びんぼうひま》なしな、魔穴暮らしの俺にたかる気かよ」

「魔穴がどんなとこかもしらねぇで、語るねぇ」

「知っているさ。中はモンスターだらけ、そんな魔穴から外に出たら、いつの間にか時が過ぎて、夜に変わっていた話だろ？」

魔穴か、リンダバームでも聞いたことがある。

今の生活がまさに魔穴だ。深い淵《ふち》から頂きをみるような気持ちになったツアンは、尿意《にょうい》を催《もよお》した。『おしっこしてぇ』……酒場の奥《おく》、あまりだれも近寄らない場所へと歩いていく。

そのまま厠から外れてほろ酔《よ》い気分で路地に出てしまったツアン。

ふらりふらりと、『おれはどこへゆくってか？　ふへへ』ツアンは、酒場から続く路地の奥に向かう。立ったまま下半身にある一物を出すと、一物の亀頭《きとう》を指で摘《つま》みつつ、その一物から尿《にょう》を放出……『ふぅ……今日の客はいつもと違ったな。俺と同じ、いつもの、ごみ溜めに住む客のような、喧嘩、罵詈《ばり》雑言《ぞうごん》、人の嫌《いや》なことを喋る客と違い、愚痴は愚痴でも友を心から労《ねぎら》い笑い合う、共に励《はげ》まし合う友情をみせる清々《すがすが》しい客たちだった……貧民街も捨てたもんじゃねぇな』と、ツアンは考えながら放尿《ほうにょう》が終わるとスッキリとした表情を浮かべて頭部を横に振《ふ》った。その時、視界の端《はし》に小路《こうじ》を見つける。

『あ？　こんな場所に小路があったか？　酒場の裏か』

ツアンはだらしなく垂れた一物を仕舞《しま》う。ふらつきながら、その小路を歩き進む。

ツアンは、酒場の裏に不自然な地下へと続く階段を見つけてしまう。

普段は鍵《かぎ》が掛けられ大きな鉄板で塞《ふさ》がれているはずの地下階段を。

「なんだぁ？」

ツアンは元教会騎士だ。『魔の関係か？』と、『昔のように魔を退治する仕事をがんばれば、冒険者《ぼうけんしゃ》に鞍替《くらが》えができるんじゃねぇか？』と安直な考えに至る。

ツアンは、腰の剣の柄《え》を握《にぎ》ると、階段に足を差し向けていた。

ツアンが降りる階段は弧《こ》を描《えが》くように地下深くへ続いていた。

『昔の仕事を思い出す。教皇庁の三課外苑《がいえん》局の指令を……【外魔都市リンダバーム】の執《しっ》政《せい》官オキアヌスからの指令が多かった。俺たち教会騎士に任された仕事は様々だ。消えたエルフ奴隷の消息、薄《うす》いヴェイルの調査、都市内に紛《まぎ》れ込んでいる魔族の殲滅、魔《ま》界《かい》の傷場から遠征《えんせい》してきた国を荒《あ》らす魔族の排除《はいじょ》を軍隊と共に行うなど……エルフ奴隷の消息の書類も調べた。足、手なしが五名、口を聞けない数が九、奉公《ほうこう》が可能な数が八。そんな奴隷が数千人【宗都《そうと》ヘスリファ】に向かう前に【外魔都市リンダバーム】にやってくる場合があるんだが……毎回、必ず数百人が行方《ゆくえ》不明になる。あの時は、課税台帳も調べたが、数字も合わなかったのは覚えている。奴隷が不自然に消える事件は、昔から存在していて、古いノスタリウス暦《れき》二百五年の記録にも五百名の奴隷が失踪《しっそう》と記されてあった。他の記録にも似たような記録を見つけた。狭間《ヴェイル》が薄い場所はどの都市にもあるからな。更に言えば外魔都市の名前通り、リンダバームは狭間《ヴェイル》が薄い場所で有名だ。エルフのベファリッツ大《だい》帝国《ていこく》時代の名残《なごり》と言われているが、古文書の解析《かいせき》から、その古代ベファリッツのエルフ賢《けん》者《じゃ》たちが狭間《ヴェイル》を意図的に薄くし、魔界セブドラの神々との交渉に利用していたと聞いたことがある。魔界の神々との交渉など神聖教会では考えられないことだ。大禁忌にあたる。

【外魔都市リンダバーム】の地下では、魔界の使者が奴隷を連れ去っているという噂もあった。子供の教育に親がよく用いたが、実際に魔界のモノと接触《せっしょく》できると言われているから信憑性《しんぴょうせい》はある。多数の消えた奴隷たちは、魔界の十層地獄《じごく》にあると言われている【闇の

【黄金都《エルドラド》】へと向かったのだろうか。ヴェイルの魔穴に捕《と》らわれ出られなくなったとか？

奴隷の失踪が重なった時期に【外魔都市リンダバーム】で回復魔法が効きにくい疫病《えきびょう》が蔓《まん》延《えん》した。これは狭間《ヴェイル》が薄くなっているのを利用した魔界に住まう神々が何かを解き放ったせいだろう。リンダバームの郊外《こうがい》の各所にアンデッド村が誕生したのも、この頃《ころ》だ。そして、教皇庁のお偉《えら》いさんからそのアンデッド村を直接調査するように命令が下った。枢機《すうき》卿《きょう》に直接拝跪《はいき》した仲間たちと小隊を組み、各地のアンデッド村へと足を運び、魔に連なるモノを幾《いく》つも退治したんだ。だからこそ、こういう地下には自信はある』

階段を下りていくツアンの表情は険しい。昔の教会騎士の頃の顔と言えた。

『レイス、ヒューリー、エヴェッサ、カテゴリーB、A程度の魔なら、俺一人で退治はできるだろう。やってやる。ここから俺の人生は変わるんだ！』

と、酒の効果により気を大きくしたツアンは昔の栄光を完全に思い出していた。

ツアンは経験豊かな元教会騎士。ゴルディクス大砂漠《だいさばく》を越《こ》えてペルネーテにやってきた存在。

元闇ギルド【夕闇の目】の一員でもある。その経験は並の冒険者を超えている。

が、そんなツアンは知らない。いや、気付こうとしない。

槍使いと黒猫のようなカテゴリーに収まらない地獄を遊んで暮らすような種族は多い。

人族と魔族《まぞく》もそれは同じ。様々な勢力の怪物たちが饗宴狂騒《きようえんきようそう》する舞台《ぶたい》が地上、邪界《じやかい》、魔界、神界、獄界《ごくかい》、エセル界、狭間《ヴエイル》に関係なく、このペルネーテにも、等しく存在することを……ツアンは元教会騎士としてのプライドを刺激《しげき》して、火吹《ひふ》き竹で釣《つ》り鐘《がね》を鋳《い》るように深《しん》淵《えん》の闇鍋《やみなべ》の中へ下りていた。ツアンの耳には闇から遠吠《ぼ》えのようにシンバル、ストロム、喇叭《らつぱ》、角笛が吹《ふ》き鳴《な》らす闇の狂騒曲《きようそう》が聞こえていない。そのツアンが向かった先の茜色《あかねいろ》を帯びたホールでは、漆黒《しつこく》色のフード付きのローブに身を包む集団が存在した。彼ら漆黒集団の前には、多数の捕らわれた女たちがいる。

彼女たちの両手には魔法の闇枷《やみかせ》が嵌められていた。が、口と足は塞がれていない。

そんな彼女たちの品定めでもするつもりなのか、漆黒色のフードをかぶる集団の中から、一人の大柄《おおがら》な男が前進。靴《くつ》の甲《こう》は黒色と金色が混ざるラメ革《かわ》で分厚い靴となっていた。その靴から湿《しめ》った足音が響く。女たちへにじり寄った。

「ひぃぃぃ」

「こっちに来るな」

「た、たすけてぇ」

「どうしてこんなことするの?」

「家に帰して……」

「いや、来ないで！」

「離しなさい！　武術街に住まわれるご主人様が許しませんよ」

使用人の恰好《かっこう》をした人族の女が叫《さけ》ぶ。

「……ふふ」

捕《つか》まった女性の中で銀髪《ぎんぱつ》の女だけは抵抗《ていこう》を示さず期待するように笑い声を漏《も》らす。大柄な男は、その銀髪の女の態度には気付かない。その大柄の男は一歩二歩と前に出た。ラメブーツから異質な音が響く。そして、フードから覗《のぞ》かせるタラコのような唇《くちびる》を動かし、

「ベラホズマの名のもとに――」

そう力強い口調で発言すると、とぐろが巻く揉《も》み上《あ》げを揺らしながら、漆黒色のフードを上げて顔を晒《さら》した。特徴的《とくちょうてき》な揉み上げの金毛が揺れる。彼は太い指を櫛《くし》代わりに使い、長く垂れた前髪《まえがみ》を掻《か》き上げた。瞳は綺麗《きれい》な群青色《ぐんじょういろ》で鼻筋は高い。端正な顔立ちなら、絵になったであろう。しかし、彼の顔は牛に近い顔だった。

その鼻の孔《あな》に生えた鼻毛を自慢《じまん》するような牛顔の人物に続いて、

「――クロイツ様、ヴァーミナ様、万歳《ばんざい》ッ」

「――【悪夢の使徒《ベラホズマ・ヴァーミナ》】に」

「――ヴァーミナ様に」

「――ベラホズマ万歳ッ」

周りの集団も掛け声を発して顔を晒す。顔を晒した者たちは口々にベラホズマ、ヴァーミナ様と連呼。

牛顔の男をクロイツ様と呼ぶのは少数のみ。牛顔の男は首を縦に動かし頷《うなず》く。

そのクロイツと呼ばれていた牛顔の男は、

『魔鯨《まげい》の脂《あぶら》を元に作り上げたと言われている新製品のポマード香油《こうゆ》は中々に素晴《すば》らしいですねぇ、香りといい髪型《かみがた》があまり崩れない』と考えて目配せする。

その牛顔男は、中割れしているローブから片手を出した。周りに『静まれ』という意思を込めての動きだ。

そして、『この集まった贄《にえ》の数からして、彼らは【悪夢の使徒《ベラホズマ・ヴァーミナ》】として与《あた》えられた仕事を着実にこなしたようだ』

そう考えた牛顔男は、捕らえた女たちの様子を満足そうに青い目で見つめながら、

「この人数をよく集めた。総帥《そうすい》ベラホズマ・ナロミヴァス様もお喜びになるでしょう」

素顔《すがお》を晒した仲間たちへ得意気に語ると、中割れたローブから左腕《ひだりうで》も出した。その手に持つ黒色を基調とした、とんがり帽子《ぼうし》を頭に被《かぶ》り直した。

帽子の中心に金色の大目玉の刺繍《ししゅう》が施《ほどこ》されてある。大目玉の刺繍は蠢《うごめ》くが、周りは、誰《だれ》

一人《ひとり》気付いていなかった。

それは仕方がない。彼は【悪夢の使徒《ベラホズマ・ヴァーミナ》】の最高幹部だ。

そして、眷属化《けんぞくか》を果たした特異な魔術師《まじゅつし》。帽子も特殊《とくしゅ》なマジックアイテム群の一つであるからだ。魔力《まりょく》自体はあまり表に放出していないことも理由の一つ。初見では只《ただ》の刺繍にしか見えない。

「クロイツ様。ありがとうございます。ナロミヴァス様の喜びは【悪夢の使徒《ベラホズマ・ヴァーミナ》】の喜びでございます」

「クロイツ様。我らも頑張《がんば》ったかいがあります」

素顔を晒した者たちは牛顔男をクロイツ様と呼ぶ。

そう、彼の名前はバーナビー・ゼ・クロイツ。表向きは冒険者、貴族でもある。

そんなクロイツの見た目は屈強《くっきょう》で大柄な戦士だ。魔術師には見えない。

闘技場《とうぎじょう》で戦う剣闘士《けんとうし》か、闘技《とうぎ》大会に出場する武芸者に見えるだろう。

刃《は》のように鋭《するど》い双眸《そうぼう》には豊富な魔力が溜まっている。

「そのようです。この人数を集めるのには苦労したのではないですか?」

クロイツは顔を晒した者たちを気遣《きづか》うように聞いていた。部下は、

「何でも噛《か》み付《つ》く狂騎士の存在が消えたので、女を集めること自体は楽だったのですが、

途中《とちゅう》から女大騎士の邪魔が入り、我らの仲間が数人……」

「衛兵隊は無能。しかし、白の九大騎士《ホワイトナイン》は厄介《やっかい》です。更に、融通《ゆうずう》の利《き》く【梟の牙】とは違い【月の残骸】のせいで仕事がやりにくくなっています」

クロイツの部下の女性がそう語る。部下の一人の女は、はだけたローブから蓬《よもぎ》色の特殊な制服を覗かせていた。男も蓬色の制服がローブの隙間《すきま》から見えている。

背格好からして、どこか軍人将校を彷彿《ほうふつ》とさせた。それらの部下を見たクロイツは、

「縄張り圏外《けんがい》で活動している【月の残骸】は放っておいていいでしょう。問題は女大騎士のほうです。総師ナロミヴァス様も対処を考えると仰《おつしや》っていました」

そう厳《おごそ》かに語った。男と女の部下は深々と、そのクロイツに頭を下げていた。

「おぉ、ナロミヴァス様が……」

「ついに、あの煩《うるさ》い女大騎士に対処を……」

「読みが鋭いナロミヴァス様、あの煩《うるさ》い存在が消えれば贄《にえ》が集まりやすくなる」

「ええ、儀式《ぎしき》の際には、どうしても〝夢教典儀《むきょうてんぎ》〟から連なる〝三玉宝石〟が必要です。証《しょう》拠《こ》が残ってしまう……ですから他の宗派が起こす闇の事件とは違《ちが》って、三玉宝石の連続殺人事件としてかなり有名になってしまいました」

「はい、公示人が口うるさく喚《わめ》いていたので、頭の皮を剥《は》ぎ取ってやりました」

そう語ったのは軍人の雰囲気《ふんいき》を持つ男。クロイツの側近だ。

顔に白粉《おしろい》の化粧《けしょう》を施している。

「ノーラン、仕事が早いのはいいですが、表で目立つことは止めてくださいよ？」

「クロイツ様……重々承知していますとも」

ノーランは薄ら笑《わら》いながら口《くち》の端《は》が裂《さ》けて真横に口が拡《ひろ》がる。歯茎《はぐき》を見せながら嗤《わら》っていた。白粉の化粧の一部が崩《くず》れて床《ゆか》に落ちている。クロイツはノーランを見ながら、

『不気味な裂けた口を持つ彼は、サーカスのピエロ顔ですが……南の大国セブンフォリア

の元軍人。闇の仕事はしっかりとこなしてくれますからね』と、考えて、

「そうですか、貴方《あなた》のことですから深くは追及《ついきゅう》しませんが……ま、我々は表向きも多大なる権力を有した立場……大騎士《だいきし》の雌犬《めすいぬ》が吠《ほ》えたところで、三玉宝石事件の真実は永遠に闇の中となることでしょう」

そう発言。クロイツは両手を頭上へ伸ばす。掲《かか》げて伸びた手首にはブレスレットがある。それは濃密《のうみつ》な魔力を内包する三つの宝石が連なった勾玉《まがたま》風。宝石の煌《きら》びやかな色合いは捕らえた女たちを魅了《みりょう》した。しかし、一人の女は、まったくの無反応。

「我らの三玉宝石の魔力は偉大《いだい》ですな」

彼らもクロイツの行動に合わせるように、同じ魔力が内包された三玉宝石を頭上に掲げた。三玉宝石の効果か、茜色の空間が一瞬《いっしゅん》明るく光る。

夕日のような光の筋が洞穴《ほらあな》の形をスキャンする光線のように洞穴の中を走った。

「ええ、栄光なる、悪夢の女神《めがみ》ヴァーミナ様。悪夢の女王のお力です！」

そのクロイツに対して敬礼する皆は、

「「栄光なる【悪夢の使徒《ベラホズマ・ヴァーミナ》】！」」

と、声を揃《そろ》える【悪夢の使徒《ベラホズマ・ヴァーミナ》】のメンバーたち。

「我らの総帥ナロミヴァス様は、『今は時期がいい。帝国《ていこく》との争いを大いに利用するのだ』

と仰った。帝国も王国も裏向きでは我ら【悪夢の使徒《ベラホズマ・ヴァーミナ》】派の大いなる敵と言えます。が、つまりは屑《くず》な者が支配する人族の国でありますから、王族ではなく神に選ばれし者である総帥ナロミヴァス様の敵ではない。総じて偉大なお方の、お言葉を信じるだけで我々は等しく身も心も救われるのです。永遠に！」

クロイツは宣教師のように仲間たちに語る。

「……素晴らしきことです。我らはナロミヴァス様とクロイツ様に従います」

「わたしはクロイツ様に従います」

「……キャミス、嬉《うれ》しいことを」

牛顔のクロイツは皆の言葉を聞いて承認《しょうにん》欲求が満たされる。鼻息を荒くした。

鼻翼《びよく》を拡げてキャミスを見た。キャミスは長年クロイツの部下として尽《つ》くしていた。

紺色《こんいろ》の髪《かみ》でボーイッシュなキャミス。糸を引いたような両目の奥にサファイアの宝石を彷彿する美しい瞳《ひとみ》があった。その美しい瞳に熱が入ると、

「とんでもないです。そして、クロイツ様、この贄たちですが、今日も総帥のところへ運ぶ前に、クロイツ様ご自身が品定めを行いますか？」

「そうですねぇ……これも総帥から任されている大事な〝№2〟の務め。調べましょう」

気分をよくした牛顔のクロイツは自らを『ナンバーツー』と自称《じしょう》した後……寒気を催す

ような視線で女たちを見据《みす》えた。先ほどから魔力を溜《た》めていた青い瞳で、捕らえた女たちを観察していく。

「ん……」

クロイツは右から左へと順繰《じゅんぐ》りに見定めて視線を止めた。太い眉《まゆ》をピクリと反応させつつ青い目をギョロリと動かす。クロイツが注視した女は、婀娜《あだ》な雰囲気を持つ銀髪の女だ。クロイツは銀髪の女の全身を注視する。クロイツが注目するのは当然だ。

銀髪に不自然なほど魔力が集中していた。

細い一本一本の銀髪が逆立ち、生き物の如く蠢いていた。キャミスは、

「……クロイツ様、どうかされましたか？」

そう聞きつつ『クロイツ様が注目する銀髪の女……他の贄と違うのかしら？』と思考している。クロイツは、

「頭の芯《しん》が疼《うず》く。この銀髪の女だけを、この場に残します。お前たちは、他の贄たちを連れて総帥ナロミヴァス様の下へ行きなさい」

「は、はい……クロイツ様は？」

キャミスはそう聞きつつ『あの銀髪は他と違う？　我ら【悪夢の使徒《ベラホズマ・ヴァーミナ》】に仇《あだ》をなす存在なのかしら』そう思考を続けていた。

クロイツは、そのキャミスに早く移動しろと促《うなが》すように、

「わたしはこの銀髪女と個人的にお話《調教》します――」

と発言しつつローブを左右に広げた。内側から魔法絵師の戦闘《せんとう》用の道具の絵画を出現させた。それは鋼鉄製の額縁《がくぶち》だ。その魔力を内包した鋼鉄製の額縁をクロイツは軽々と片腕《かたうで》だけで持つ。反対の手には【悪夢の使徒《ベラホズマ・ヴァーミナ》】最高幹部の証拠であるナロミヴァスがクロイツに授《さず》けた魔界四九三書の夢教典儀が握られていた。

クロイツこと、元人族バーナビー・ゼ・クロイツの戦闘職業は〈獄魔《ごくま》夢絵師〉。

鋼鉄製の額縁の絵は三つ頭部を持つ犬の絵が描かれてある。キャミスは、

「まさか、この女は普通《ふつう》ではないと……」

そう発言。キャミスはクロイツの戦闘スタイルを熟知していた。クロイツが額縁と魔書を出した理由は二通りの意味があると知る。一つは魔法の額縁と、スキルで使役中のフェデラオスの猟犬《りょうけん》の自慢。もう一つは即座《そくざ》に戦闘に移る場合だ。今、この状況《じょうきょう》からして、フェデラオスの猟犬の自慢ではないと理解できたキャミスは『尋常《じんじょう》ではないわ。すぐに撤収《てっしゅう》しないと。でも……』と思考する。キャミスは自身の武器、サーマリア伝承に伝わる魔剣《まけん》の柄へと指を当てて周囲を警戒《けいかい》しながら『他にも何かある？』と思考を重ねて、疑心暗鬼《ぎしんあんき》となりつつもクロイツを熱い眼差《まなざ》しで見直す。そんなキャミスの視線を鼻で笑う女の声が、

「あらぁ～牛顔さん？　素敵《すてき》な犬の絵を出して一緒《いっしょ》に鑑賞《かんしょう》してほしいの？」

キャミスは、その声を発した銀髪の女を睨《にら》んでから、クロイツに視線を戻し、

「クロイツ様の指示に従います。ベラホズマ・ヴァーミナ万歳！　お前たち、移動だ」

キャミスはそう発言。ただならぬ気配と動きを察知した【悪夢の使徒《ベラホズマ・ヴァーミナ》】の面々はキャミスの言葉に従う。各自、クロイツが指示していた内容を思い出し、【悪夢の使徒《ベラホズマ・ヴァーミナ》】の総帥と儀式に捧《ささ》げる女たちを連れて立ち去った。ここは迷宮《めいきゅう》都市ペルネーテの地下だ。魔鋼都市ホルカーバムの地下と似たような地下街《アンダーシティ》は迷宮都市ペルネーテにも確実に存在した。

「ばいばい～」

そう暢気《のんき》な言葉を発したのは銀髪の浅黒い肌《はだ》を持つ女性。連れて行かれる女たちに向けて何回も『ばいばい～』と腕《うで》を泳がしていた。その銀髪の女は、

『まさかこんな展開になるなんて～楽しい。十五階層の地上《ニューワールド》で、使徒たちが大集合しての冒険者&魔王《まおう》級モンスターの退治も、石にされた使徒が出てしまった激戦で面白《おもしろ》かったけど、この地上《セラ》もまた別で面白いわ。あの五階層で出会った虎獣人《ラゼール》たちの匂いを追《お》い掛《か》けて、買い物していた使用人らしき女に辿《たど》り着《つ》いたら、なぜか、その女と一緒に攫《さら》われてしまったし！　ふふ。あ、牛顔の魔術師が睨んできた』

クロイツの睨みを受けた銀髪の女は楽しそうに胸を躍《おど》らせる。クロイツは薄い眉をピク

リと動かしてから「――貴女《あなた》は何者ですか？」と銀髪の女に聞いていた。クロイツは双眸に魔力を溜めると同時に左手が握る魔法《まほう》の額縁にも魔力を込《こ》めた。刹那《せつな》、その魔法の額縁に収まる絵から圧縮された空気が解放されたような音が響く。

その絵から三つの頭を持つ巨大《きょだい》な獣《けもの》が出現。

「ガルルルゥゥ」

「グゥゥ」

「ガウゥッ」

巨大な黒い獣はクロイツの大柄な体格を優に超えている。甲殻《こうかく》の鎧を装着した地獄の門番ケルベロスを連想させるモンスターだ。それぞれの三つの大きな口には無数の牙が生えていた。そう、彼が使役しているのは普通のモンスターではない。ナロミヴァスと共にとある魔神具《まじんぐ》を用い魔界へと赴《おもむ》いた際に捕らえたモンスターだ。魔界セブドラの女神たちも、狩《か》りに用いることがあると云《い》われているフェデラオスの猟犬そのモノである。

「――凄《すご》い！　大きいワンコだ」

「何者と聞いているのです。人族の女。この地域の言葉は理解できますか？」

「人族ぅ？　言葉？　失礼しちゃうわねぇ、理解しているにきまっているだろうが！　あと、名はリリザって、可愛《かわい》い名もあるの。理解している？　牛づら」

リリザと名乗った銀髪の女は、途中で口を押《お》さえるぶりっこポーズをしてから、ウィンクをするように片目を瞑《つぶ》る。クロイツは馬鹿にされて怒《いか》りを覚えた。が、冷静に、

「リリザが名ですか」

「それじゃ、そのワンコに対抗《たいこう》――」

銀髪の女は甲高《かんだか》い声を上げて、筋肉質な腕を左右へ伸《の》ばす。両肘《りょうひじ》を四十度位の角度にゆらりと上げた。魔力を纏《まと》わせた指先で小円の魔法陣《まほうじん》を二つ描く。その小型魔法陣を爪弾《つまび》いた。その瞬間《しゅんかん》――辺りに異臭《いしゅう》、魚の臭気《しゅうき》が発生。

クロイツの鼻を刺激すると同時にリリザの周りに骨格の〈魔骨魚〉がぽこぽこと音を立てるように中空から生まれ出た。リリザは嬉々《きき》とした表情を浮かべながら――。

その宙に漂《ただよ》う〈魔骨魚〉の骨格の表面を掌《てのひら》で優《やさ》しく撫《な》でる。

「お前たち～、出番よぉ、あのワンコをやっつけちゃえ！」

鋭そうな骨歯が三百六十度口の中にびっしりと生《は》え揃っている〈魔骨魚〉が骨格を奇妙《きみょう》にくねらせながら突《つ》き進《すす》む。フェデラオスの猟犬は〈魔骨魚〉の動きに反応。

「ガウッ――」

三つの口の内の一つの口から、凍《い》てついた息を吐《は》いた。その寒々しい息吹で自身に迫《せま》る〈魔骨魚〉たちの骨格を凍《こお》らせていた。〈魔骨魚〉は冷凍《れいとう》保存された魚のように地面に墜落《ついらく》。

「へぇ……」リリザは召喚《しょうかん》した〈魔魚骨〉が凍って倒《たお》されて感心する。しかし、その姿は一瞬で切《き》り替《か》わる。筆で書いたような細い眉を顰《ひそ》めた表情だ。しな垂れていた銀髪の形も整うと、両手の指の黒爪《くろつめ》を螺旋状《らせんじょう》に伸ばしてフランベルジュの剣《けん》に変化させた。その十本のフランベルジュのような黒爪の剣がフェデラオスの猟犬の頭部に直進——。

フェデラオスの猟犬は素早《すばや》く反応。逆にフランベルジュの黒爪の剣へと飛《と》び掛かった。鋭い歯牙《しが》でフランベルジュの黒爪の剣に噛みつくや、その黒爪の剣をガギッと音を立てて貪《むさぼ》るようにむしゃむしゃと細かく砕《くだ》く。黒い爪剣《つめけん》の剣身を短くしたフェデラオスの猟犬は「ガルルルゥ——」と声を発してストライドの長い走りから、壁《かべ》に向けて跳躍《ちょうやく》し、四肢《しし》を壁に付けるや、重力なぞ関係ないように壁を駆《か》けた。リリザは食われた黒爪を素早く再生させながら、

「犬のくせにわたしの爪と魔力を喰《く》った⁉　ムカつくぅ」

そう発言しつつ壁を走るフェデラオスの猟犬に向けて黒爪を繰《く》り出《だ》した。フェデラオスの猟犬は大きな体格ながら素早い。リリザが続けざまに放つ黒爪はフェデラオスの猟犬に当たらない。黒い爪は、茜色の壁にドスドスと鈍《にぶ》い音を立てて突き刺《さ》さるのみ。

フェデラオスの猟犬は重力を無視した状態で壁を走る。

素晴らしい機動力を見せるフェデラオスの猟犬は、リリザが放つ黒爪の連続攻撃《こうげき》を避《さ》け

きると、壁を蹴《け》ってリリザへと襲《おそ》い掛かった。

「――フェデラオス、仕留めろ」

全身に魔力を溜めているクロイツが指示を出す。

クロイツが持つ夢教典儀の頁《ページ》は自動的に捲《めく》られていたが止まった。

その頁に記されていたルーンの魔法印字が不自然に光を帯びる。

と、その光った文字たちからＤＮＡ塩基配列の螺旋《らせん》を思わせる魔線が真上に浮《う》かんだ。

刹那、螺旋した魔線が、ぐにょりと小型の積層型魔法陣の姿に変貌《へんぼう》。

小型魔法陣は三層に重なって夢教典儀の上に出現を果たすと、クロイツの目と積層型魔法陣から放出されていた細い魔線が繋《つな》がった。同時に帽子の大目玉のマークから常人では判別できない薄い魔力が放出される。その帽子から出た魔力は虫除け帽子のネットのようにクロイツの上半身を包んだ。クロイツは、その薄い魔力の膜越《まくご》しに青い目の中に魔法陣を映しつつ愉悦《ゆえつ》顔で
『ふふ、夢教典儀の発動です。このまま少し遊んでみますか』と考えた。

フェデラオスの猟犬を操《あやつ》りながら、自身の目と連動した特異な独自魔法を発動させる。

「――わんこを殺す！」

リリザは黒爪の攻撃が避けられることを分かっていたかのように銀髪を動かす。

杭《くい》のように形を変えた銀髪の群が、フェデラオスの三つの頭を捕らえたかに見えたが、三つの銀髪の杭はフェデラオスの牙に噛まれていた。先ほど黒爪の剣を食べたようにフェデラオスの猟犬は鋭い歯牙で、銀髪の杭を噛み切ろうと三つの頭を忙《せわ》しなく動かした。が、リリザの銀髪の杭は噛み切れない。黒爪とは違い切れもせず砕けもしない。牙から垂れた黒い唾《つば》が大量に付着するのみだった。

「フェデラオスの動きを止めたうえに、噛み切れないとは、その髪の毛《け》は力もあり、頑丈《がんじょう》なのですね」

「ふん、汚《きたな》く唾をつけてくれちゃって！　その余裕《よゆう》めいた態度を崩してあげる」

リリザは、空中で銀髪に噛みついた状態でぶら下がっているフェデラオスの猟犬を貫《つらぬ》こうと、両手の指から黒爪を伸ばした。

「ガォォッ——」

フェデラオスは銀髪に噛み付くのを止めた。空中に足場があるように跳《は》ねる。

内腹をみせて横回転しながら宙をまた跳ねた。リリザの黒爪を華麗《かれい》に避けると、クロイツの足下《あしもと》に戻る。リリザは視線を強めて、浅黒い顔の肌を紅潮させながら、

「何よその犬！　大きいのに素早いんだから！」

そう叫ぶと、クロイツに対峙《たいじ》しながらゆっくりと斜《なな》め前《まえ》を歩いた。

斜めから近付くリリザをクロイツは睨む。

彼《かれ》の両手に装備したブレスレットの勾玉が少し光った。クロイツは、

『このリリザ、知能はそれほどでもないようですが、危険ですね。魔界の猟犬の攻撃をあっさり往《い》なし、まだ奥の手《て》があるような態度。ですが、もう夢教典儀の特異魔法の中、このまま夢の中で踊《おど》ってもらいましょう』と考えながら、

「フェデラオスが仕留められないとはリリザさんは怪物《かいぶつ》ですね。そして、腐臭《ふしゅう》を漂わせる骨魚を愛好するようですが、もしや、魔界の神に連なる者ですか？」

クロイツの言葉を聞いたリリザは肩《かた》をいからせる。

「――魔界の神ぃ？　汚《けが》らわしい横取り共と一緒にするな！　わたしは邪神《じゃしん》ニクルス様に選ばれし使徒、第三使徒のリリザよ！」

銀髪を逆立てながら話をしたリリザは嘲笑《ちょうしょう》するような牛顔を見て、

『この牛顔、イラつくわ。目に魔法陣を浮かばせて生意気よ。それに、毛嫌《けぎら》いしている魔界の連中と一緒にするなんて。こいつは喰わずに殺すだけにする』と考えた。クロイツは、

「邪神ニクルス、邪神シテアトップ、邪神ヒュリオクスのような存在の……第三使徒……」

「殺す――」

リリザの伸ばした両腕《りょううで》と両の掌が蠢いて裂けた。両腕の裂けた肉と骨は菊《きく》の花の形とな

ってクロイツとフェデラオスの猟犬に向かう。フェデラオスの猟犬は、その菊の花のような肉と骨の攻撃からクロイツを守ろうと、三つの口から凍てつく息を吐いた。

その凍てつく息吹と菊の花の形をした肉と骨が衝突《しょうとつ》して一部は凍り付いたが、菊の花の形をした肉と骨の本体は凍てつく息吹を吹き飛ばすように直進。クロイツは、

「フェデラオス少し後退しなさい――」

と指示を出す。菊の花のような肉と骨の脅威《きょうい》が迫っても冷静な態度を崩さない。

そのクロイツが片手に持つ夢教典儀の真上に浮かぶ積層型魔法陣の表面から魔法文字が浮かぶと、その魔法文字が魔法剣《まほうけん》と魔法槍《まほうやり》と魔法杭《まほうくい》に変化した。それらの魔法の武器とリリザの菊の花のような肉と骨がクロイツとリリザの間で激しく衝突――乱舞《らんぶ》と乱舞がぶつかりあう如く鮮烈《せんれつ》な火花が続けざまに発生。茜色の洞穴が眩《まぶ》しく輝《かがや》いた。クロイツは、

「迷宮に住まう神々の邪教徒ですか……邪魔《じゃま》ですねぇ」

そう発言。魔法陣と魔線が連なった青い目が輝いた。〈夢教典儀・疾楽眼魔《がんま》〉の魔眼《まがん》を発動させる。魔法陣を時計の秒針と鍵のダイヤルの如く不可思議に回転させつつ憎々《にくにく》し気《げ》にリリザを睨む。そのクロイツは前傾姿勢《ぜんけいしせい》となって前進――加速したクロイツは魔法の武器の群れと菊の花と似た肉と骨が衝突を繰り返《かえ》す間を縫《ぬ》うようにリリザとの間合いを詰《つ》めた。右手の鋼鉄製の額縁を振り抜《ぬ》く。リリザの頭部に衝突させる軌道《きどう》だ。

「――ふんっ」

リリザは不満気な声をあげつつ凹《おう》の形に変化させた銀髪を振るう。見事に、頭部に迫った鋼鉄製の額縁を凹の形の銀髪で防いだ。リリザは、にんまりとした表情を浮かべた。

そして、『〈妖艶花手《ようえん》〉は防がれたけど、これは防げないはず！』そう思考した刹那、リリザの浅黒い肌の半分が溶《と》けつつ蠢く。

左半身が一つの巨大な肉と骨のランスへと変貌を遂《と》げた。それはシュウヤの〈闇穿《あんせん》・魔壊槍《そう》〉を連想させる肉と骨のランスだ。リリザは、その巨大な肉と骨のランスと化した左側の半身を振るう。尋常ではない速度でクロイツに向かった。

この〈肉骨斬膨剣槍《けんそう》〉のスキルは、リリザが持つ最高速度の技《わざ》だ。

「――何ですとっ⁉　ぐああ――」

クロイツは反応ができず、夢教典儀から現れていた魔法剣と魔法槍も反応ができず。大柄な下腹を、その巨大な肉と骨のランスに貫かれて吹き飛んでいた。

「ふふっー♪　騙《だま》されたー。人の形に拘《こだわ》るからよーん」

体の半分が巨大な肉と骨のランスと化していたリリザは銀髪の美しい女に戻った。

そのリリザはクロイツを見て『牛顔だけど、吸収しちゃおっかなぁ』と思考する。

一方、クロイツは茜色の洞穴《ほらあな》に背中をぶつけ項垂《うなだ》れて不自然に動かない。

「あれぇ？　あれぐらいで死ぬわけがないんだけど……」

刹那、リリザの視界が急暗転。幻影《げんえい》のようにクロイツの体が消えていた。

「え？　何よ!?」

『牛顔は幻《まぼろし》だったの？　でも、わたしの黒い爪の残骸《ざんがい》は地面に落ちているし、出血も本物！　途中から、使徒のわたしが幻術《げんじゅつ》を喰らっていた？　牛顔はいないし……逃《に》げられたというより、遊ばれたのかしらぁ？　魔眼の幻？　分からない……あぁ、イライラしてきた……この間の冒険者たちにも逃げられちゃったけど、あの時は、あの子たちが必死で生きようとする意志が感じられて楽しかった。でも、今回は牛顔に遊ばれて楽しくない！』

「こんな敗北、ひさびさよ。次に人族をみたら、いきなり食べてやるんだから！」

叫ぶリリザ。そこに丁度良く元教会騎士ツアンが現れてしまう。

『あ、こいつを食べて気を紛らわそう～♪』

リリザは人型を保つのを止めていた。


「――やるんだから！」

女の声？

元教会騎士ツアンは、茜色の洞穴の奥から響《ひび》く女の声が気になった。

その女の声の正体を見ようと、茜色の洞穴を進んだ。そして、

「魔ではないのか？　不自然な明かり？　黄金の毛虫？」

「――ぐぉおん（いただきまーす）」

元教会騎士ツアンの最後の視界に映ったものは歯牙の群が渦《うず》を巻く巨大な口だった。

ラグニ村を出て沸騎士《ふっきし》たちを呼んだ。

黒沸騎士ゼメタスと赤沸騎士アドモスの出現は相変わらずだ。

ドドッと勢いを持った煙《けむり》の魔力的、または蒸気的な魔力を擁《よう》した沸騎士たち。

「沸騎士たち！　進もうか」

「「ははっ！　お任せを！」」

沸騎士たちを前衛に展開して進む。俺《おれ》たちは休憩《きゅうけい》を交えながら魔宝地図の場所を目指した。

その沸騎士たちから魔界《まかい》の戦いの様子を聞いたり、ユイとヴィーネと連携《れんけい》して剣術《けんじゅつ》を学びつつモンスターを倒したりして旅を続けること、数日。

曇天《どんてん》模様が続いた。また雨か。と雨が止《や》む。整《ととの》えられた土の街道《かいどう》が増えてきた。

草原には、大量のモンスターが棲息《せいそく》していたが、ここら辺は少ないようだ。

しかし、モンスターの死骸《しがい》に群がるハイエナのようなモンスターもいる。

投《な》げ槍と捨てられた剣に矢が落ちている。狩りがあったようだ。キャンプの跡《あと》もある。まだ、この辺りはラグニ族の圏内《けんない》かな。または、邪族の生活圏内《せいかつけんない》か。やがて、土の街道から森林地帯に変わった。菩提樹《ぼだいじゅ》と針葉樹に見たことのない曲がりくねった樹が増えてきた。気候を無視したような邪界に茂《しげ》る木々が多い。見た目が、クリスタル状の樹皮を持つ樹木もあるし異質だ。大森林地帯の一部だろう。

「見たことのない樹木。サーマリアではクリスタル的な樹木は見たことがない！」

「ん、ホルカーの南にもなかった」

「ヘカトレイル近くの【魔霧《まきり》の渦森】にもオカシナ樹があった。けど、光沢《こうたく》のある樹木は見たことがないわ……」

眷属たちが不思議そうに樹木を触《さわ》りつつ感想を述べる。木々の間から標高の高い山脈の麓《ふもと》が覗く。大森林地帯は隙間のない壁として歪《いびつ》な樹木たちが塞《ふさ》ぐ。奥《おく》に進む道はない。しかし、魔宝地図が示す場所は、この森の奥。空から見るか……。

「空から確認《かくにん》してくる」

「了解《りようかい》」

「ん、一緒にいく？」

「大丈夫《だいじようぶ》だ。直《す》ぐに戻《もど》ってくるから。ロロ――」

「ンン、にゃおん」

黒猫《ロロ》は馬のような神獣《しんじゅう》ロロディーヌの姿に変身。そんな凛々《りり》しい相棒の背中に跨《また》がるように飛び乗った。神獣《ロロ》の後頭部から伸びた一対《いっつい》の触手手綱《しょくしゅたづな》を掴《つか》む。

その触手《しょくしゅ》の先端《せんたん》が、ピタッと首に張り付いた。ロロディーヌとの感覚共有は気持ちいい。神獣ロロディーヌの全速力で森の横を駆けた。走る！　走る！　すると、『あいぼう』『たのしい』『そら』『とぶ?』と気持ちを寄越《よこ》す。『おう、もう少し先で、跳《と》べ』

「にゃご！」

気合いの声を発した神獣ロロディーヌ。やや黒馬に近い形の頭部だ。

結構走ったが、まだまだ森は長い。延々と続く壁にも見えてくる。

そのタイミングで、相棒はドッと鈍い音を響かせた。

馬の姿に近いロロディーヌは後脚《あとあし》で地面を強く蹴った――。

一瞬、浮かんだ感覚を得る、そう、跳躍だ――。

俺も相棒の機動に合わせた。相棒の足下に〈導想魔手《どうそうましゅ》〉を発動させる。

空中に、ロロディーヌ専用のジャンプ台を作るイメージだ。

掌は基本のパーだが、歪な魔力の手を設置してあげた。

感覚共有している相棒は足下の〈導想魔手〉を認識《にんしき》。

相棒は四肢で〈導想魔手〉を突いて、また跳躍――。

足場に使ってくれたロロディーヌは、再び、高く跳び上がる――。

刹那、ロロディーヌは胴体《どうたい》の横から漆黒《しっこく》の翼《つばさ》を展開した。

飛翔《ひしょう》を開始する神獣ロロディーヌ。圧倒的《あっとうてき》な速度を体感。

風が気持ちいい――邪界《じゃかい》の空模様を確認しながら――。

「ンン――」

「ヒャッハー」

『そら』『そら』『たのしい』『あいぼう』『あそぶ』ロロディーヌの気持ちを感じながらの滑空《かっくう》――眼下《がんか》に広がる光景は大森林地帯――。

――ここはペルネーテの迷宮の二十階層なんだよな？

異世界の邪界ヘルローネの光景も、惑星《わくせい》セラの地上と大差ない。

惑星セラの地表、ゴルディーバの里の南、エルフの領域のテラメイ王国にも変わった樹木は多かったが、この大森林地帯は樹の形に統一性がない。乱雑な森で異質、そのせいもあると思うが、地面はあまり見えない。もっと遠くを見るかと――森の奥へ目を向ける――と、んお？　ずっと遠くの森の奥……いや、山脈を越《こ》えた先に得体の知れない何かが、戦っている？　この位置からの肉眼でも、はっきりと、見える。あれは……山と同じ大きさ？　めちゃくちゃ大きい？　邪神の眷属なのだろうか？　こりゃ確実に地上では見かけない光景。邪界ヘルローネに住む超巨大生物《ちょうきょだい》との遭遇《そうぐう》だ。俺が見ていないだけで地上にも超巨大生物がいるのかも知れないが……。

「ロロ、あの巨大生物の近くには絶対に行くな、ここで旋回《せんかい》しながら見学する」

「にゃおおぉ」

怖《こわ》いが、興奮する。自然とアイテムボックスからビームライフルを取り出していた。スコープを覗《のぞ》く。すぐにズームアップ。巨大生物同士が戦う様子を見学だ。

おおぉ、すげぇ……左側の大怪獣《だいかいじゅう》は、デイダンを更《さら》に大きくした人型の胴体と黒と青を基調とした多脚《たきゃく》を持つ。右側は、桃色《ももいろ》と紫色《むらさきいろ》が基調で巨大な芋虫《いもむし》の大怪獣だ。

左側のデイダン型はバイクのヘルメット的な未来風の頭部。ヘルメットの左右に戦闘機《せんとうき》の翼と似たモノが付く。その翼に合う形で、翼の真上に三角形のオプション的なモノが浮いていた。いかつい肩の胴体。細長い腕は、肘《ひじ》から鋏角状《きょうかく》の二つの腕に分かれて生えていた。一方、芋虫型は桃色の触手角を武器として伸ばしている。対空用のレーザーを発する複眼もある。多脚型の右と左の肩口《かたぐち》が眩《まばゆ》い光を放った。すると、デイダン型は、鋏角状の二つの腕から空間を裂くような渦を巻く未知の魔法を発生させる。肩口がエネルギー源なのかも知れない。対する巨大芋虫怪獣《きょだいいもむしかいじゅう》は、全身に、その未知な魔法を喰らう。胴体から生えていた触腕《しょくわん》が斬《き》られて、黄金色《こがねいろ》の血飛沫《ちしぶき》が放出。血飛沫ではないか。大きさが大きさだから黄金の海の血液が散る。

その巨大芋虫怪獣は、突進《とっしん》して多脚のデイダン型の大怪獣と衝突していた。衝突音《しょうとつおん》はこちらにまでは届いてこないが、凄《すさ》まじい。

面白いが、銀杏《いちょう》の葉のような大森林の一部が黄金色に染まる。

近くの山が一つ削《けず》れてしまった……あの血は本当に黄金なのだろうか。

興味が尽きない。しかし、何か……このまま空を飛んで見学を続けているが……。

対空レーダー的なモノに感知されて、こちらのほうまで、未知の光線攻撃がきそう？

そんな予感がしてきた。まぁ、距離的《きょりてき》にかなり離《はな》れているから大丈夫だと思うが。

そこでビームライフルのスコープを見るのを止めた。構えを解く。

ビームライフルを握《にぎ》る部分の指が白くなっていた。興奮して力が入っていたらしい。魔宝地図があるだろう地域とは、まったく違うことが救いか。

三分間だけ戦うスーパーヒーローと超獣《ちょうじゅう》決戦が行われるような場所には行きたくない。

「……ロロ、飛ぶのはここまでだ、皆《みな》のところへ戻るぞ」

「ンン、にゃあ？　にゃおお」

相棒から『神獣の巨大な姿で乱入しないのにゃ？』と聞かれた気がしたが、俺の気持ちを理解して、旋回機動に移ってくれた。いつか、まざりにいくのもアリかも知れないが、今は、巨大生物同士の生存競争は回避《かいひ》だ。仲間のところへ戻ろうか——。

皆のところに戻ったところで、危険な巨大怪獣のことを説明。

「ということで、空は危険だ」

「興味はあるけど、止めておいたほうが無難」

ミスティが巨大怪獣《きょだいかいじゅう》の激突《げきとつ》に興味を持ったが……さすがにな。魔宝地図とはまったく違う方向だし、関係もない——。森のほうを見ながら、アキレス師匠《ししょう》との槍訓練と草狩りの訓練を思い出しつつ、

「……だから、この森を訓練がてら、枝、樹木を壊《こわ》しながら進むか」

と発言。師匠から教わった槍を∞に動かす技術は基本の一つ。

風槍流の応用は凄まじい。風槍流は〝一の槍〟を基礎《きそ》とする。

一本の槍の技術、一つの槍を扱《あつか》えてこそ、二槍と三槍に活《い》かせる。

アキレス師匠の言葉に、

『シュウヤ、二本、三本、と槍をそろえても結局は見掛《みか》け倒《だお》しとなることが多い。基本こそが奥義《おうぎ》に繋がると心得よ。結局は、おさまるところにおさまるのが風槍流。それが一の槍の教えだ』

と黒槍タンザを両手に持って遊んでいた俺を諭《さと》すようにアキレス師匠は語っていた。

あの時の師匠の言葉を……俺はまだ先端しか理解していないと思う。だから、槍の妙技《みょうぎ》を語るには、まだ早いかも知れないが……たしかに〝一つの槍〟の技術は奥が深い。

〈魔闘術〉と合わせた〈槍組手〉もそうだし……武術に果てはないか。

「シュウヤの思考はいつも訓練《それ》ね。ま、付き合うけど」

「やはり、お師匠様の影響《えいきょう》なのかな?」

ユイは父であるカルードを見ながら語る。

「ん、たぶん、わたしも先生に影響された」

「皆さんには、影響を受けた方がいるのですね」

「……ヴィーネだって、いるでしょう?」

少し考えていたミスティが疑問に思ったのか、ヴィーネの銀髪《ぎんぱつ》を凝視《ぎょうし》しながら聞いている。たしかに、ヴィーネの美しい銀髪は触りたくなる。

ミスティ的にも羨《うらや》ましいのか? 今度、〈従者開発〉で色を変えるか聞いてみるか。

「はい……」

ヴィーネに深い意味はないだろうが、俺を見つめてくる。ヴィーネは幼い時に魔導《まどう》貴族で激しい訓練を妹と弟たちと行った。そして、励《はげ》まされていた姉に教えを受けていた母の話が出ると思ったが……。

「わたしは小さい頃《ころ》、お父さんに影響を受けて、学校の先生にも少し影響を受けたかな」

「学校といえば、帰ったら書類の山が待っていると思うと憂鬱《ゆううつ》……」

「少し休むと手紙を出したのでしょ？」

「うん、マスターが雇《やと》っている使用人に買い物ついでに頼《たの》んでおいた」

準備している間にそんなことしていたのか。
二、三日の有給休暇《きゅうか》とか？　あ、そもそもこの邪界、迷宮の二十階層で流れる時間はどの程度なんだ？　地上と同じ？　まさか浦島太郎《うらしまたろう》状態とかないよな。
一瞬、嫌《いや》なことを想像したが、眷属《けんぞく》たちは和気藹々《わきあいあい》と会話を続ける。

「ん、帰ったら、ディーとリリィに巨大猛牛《きょだいもうぎゅう》の肉をプレゼントするっ」

「シュウヤが言っていたけど、グニグニという名前ね」

「グニグニの肉、新メニュー、客が増えるかも」

「ふふっ、エヴァ。興奮しちゃって」

「ん、美味《おい》しかったから……」

「分かる。わたしもベティさんに柔《やわ》らかい舌を煮《に》たのを食べさせてあげたかったな」

たしかに、あの柔らかい肉はベティさんも大丈夫だろう。実は顎《あご》が強く『これ、美味《うま》いねえ、もっとないのかい？』と聞いてくるかも知れないが。

「村の邪族？　あの方々は何を言っているかサッパリ分からなかったけど……魚の料理と肉の料理の味は他では味わえないものだったわ」

「娘《むすめ》の話す通り、言葉は分かりませんでしたが、彼らの身振《みぶ》り手振《てぶ》りから感謝されているのは伝わってきました。我々が通された家も風情《ふぜい》を感じ、サーマリア東部にある群島諸国《サザナミ》に影響を受けた【シジマ街】の光景が目に浮かびましたぞ」

シジマ街？　四島街というイメージ。

「……ユイとカルードさんは群島諸国《サザナミ》に行ったことはあるのですか？」

ヴィーネが聞いていた。

「ないですよ。ただ、仕事で【シジマ街】にはよく通いましたので、群島諸国《サザナミ》から流入してくる人族、亜人《あじん》、獣人魔人《じゅうじんまじん》たちから、様々な伝承は聞いたことがあります」

「うん、父さんと同じ。それ関係の人と仕事で関わったから」

ユイは殺し屋としての仕事を少し思い出したのか、気まずそうに話す。

「様々な伝承……」

ヴィーネは興味を持った？　銀色の虹彩が少し輝いて見える。

寂《さび》しいが……いずれは彼女《かのじょ》たちも自分自身の道を見つけるかも知れないな。

さて、ここらで指示を出しておくか。

「それじゃ、開拓《かいたく》の時間といこうか。沸騎士、作業を開始しろ」

「はいっ、お任せを」

「先陣《せんじん》は赤沸《にえ》アドモスが貰《もら》い受ける！」

「ぬ、先駆《さきが》けか！」

赤沸騎士アドモスと黒沸騎士ゼメタスが競争するように枝を斬《き》りながら進み出す。

「了解、燃え移らないように気を付けないと」

「ん、ぼあぼあに負けていられない」

少し遅《おく》れてレベッカが蒼炎弾《そうえんだん》を連発。

そう語るように、あまり激しく燃えていない蒼炎《そうえん》の弾《だん》となっていた。

「その蒼炎は性質を弄《いじ》れるのか？」

「うん、ある程度は」

へぇ……エヴァは紫魔力《むらさきまりょく》の円月輪で遠くから複数の枝を斬る。

ヴィーネ、ユイ、カルードも刀剣《とうけん》の斬撃で枝を斬り進み出した。

ミスティはゴーレムを操作して樹木を圧《へ》し折《お》る。

「ロロちゃんには負けるけど、この仕事が一番貢献《こうけん》できそう」

確かにゴーレムの鋼鉄パンチは樹木を蹂躪《じゅうりん》する勢いで薙《な》ぎ倒していた。

神獣ロロディーヌは太い前足から出た爪で薙ぎ払《はら》う。

『閣下、わたしも手伝いますか？』

『いや、斬るだけだろうし、いいよ』

『……はい』

元気なく返事をするヘルメ。すまんな。よーし……ここらでがんばって樹木を削るか。

「皆、俺より前に出るな――これなら、結構、削れるだろ――」

沸騎士を抜き去《さ》って先頭に立ったタイミングで、皆へ忠告。

そのまま〈闇穿・魔壊槍〉を繰り出した。

壊槍グラドパルスが太い樹木たちを幾《いく》つも抉《えぐ》り取《と》る。

虚空《こくう》に穴を空けたように壊槍グラドパルスは消えていった。

――よし、前方に生えていた樹木がかなり削れた。

こうして、全員で邪界に生える自然といえるか分からないが、歪な樹木が多い大自然の一部を破壊《はかい》しつつ強引《ごういん》に前へ突き進む。魔宝地図の現場に近づいていくと、だんだんと、獣道《けものみち》らしき土の道が増えてきた。魔素もあちこちに反応を示す。

「モンスターの反応だ」

「はい、左から近付いてきます」

ヴィーネの指摘《してき》通り。巨大な猪《いのしし》のモンスターが出現。大きい牙《きば》が目立つ。

巨大な猪は大きい白色の兎《うさぎ》を追い掛けながらこちらに突進してきた。

草原の巨大猛牛よりは、小ぶりな巨大な猪。

だが、大きい牙以外にも、前足に備わる幅広《はばひろ》な角を持つ。

異質で巨大な猪モンスターだ。観察していると、

「あの猪モンスターはわたしが倒す」

〈ベイカラの瞳《ひとみ》〉を発動させたユイだ。そのユイの双眸《そうぼう》の黒曜石のような瞳に、雪のような斑点《はんてん》が無数に出現するや銀白色の雪が舞《ま》う光芒《こうぼう》の瞳となる。

幻想的《げんそうてき》な世界を見せるユイの双眸は美しい。

「ふふ」と笑《え》みを見せたユイは、

「いい？　皆」

そう聞いてくる。と、右手が握る魔刀アゼロスの切っ先を標的の巨大な猪へ向けた。

「おう」

「うん、ユイの剣術！」

「ユイ、拝見しよう」

「ふふ、ユイの剣術はわたしも参考になる」

「メモるから少し待って」

「にゃお〜」

「きゃっ」

「ん、ロロちゃん、ユイのお尻《しり》に頭をツッコんじゃダメ」

尻の匂《にお》いを嗅《か》がれて恥《は》ずかしがる可愛いユイを見ることができた。

そのユイは、もう一つの魔刀ヴァサージの鯉口《こいぐち》にコツンと拳《こぶし》を当ててから、その拳を解きつつ魔刀ヴァサージの柄巻《つかまき》を握る。そのまま居合いの技を行うように——その魔刀ヴァサージを腰《こし》から引《ひ》き抜いた。同時に双眸から霧状《きりじょう》の白銀色の魔力《まりょく》が放出するや、魔刀アゼロス＆ヴァサージと、その白銀色の魔力が繋がった。二本の魔刀のすべてを白銀色の魔力が覆う。切っ先から迸《ほとばし》る白銀色の魔力は……ムラサメブレード的か？

刀身の内側からプラズマ的な白いエネルギーが生み出されているようにも見えた。

その迸った白銀色の魔力は粒子《りゅうし》となって宙に散る。

消え方は、あたかも大気の中へと循環《じゅんかん》するようで儚《はかな》く見えた。

美しい〈ベイカラの瞳〉の魔力から生み出された白銀色の魔力層と繋がる二本の魔刀。

その魔刀を扱う黒髪《くろかみ》のユイは純粋《じゅんすい》に美しい。

「ふふ、シュウヤ、いつも見ているでしょう?」

「見ているが、ユイはやはり美しい」

「嬉《うれ》しい。ありがとね」

ユイはそう発言すると表情を変えた。皆に対して頷《うなず》く。俺たちも頷きを返した。

「にゃご～」

ユイは相棒の気合い声を同時に、横へ移動。

近くに来ていた巨大《きょだい》な猪モンスターを見据《みす》えながら横から間合いを詰めるつもりか。

同時に、魔刀アゼロスと魔刀ヴァサージの角度を調整。

不思議と二刀流の元祖に見える。なんでか分からないが。

カチャッ、やや遅れてチャリッとした金属音が、二つの魔刀の柄巻から響いた。

音が鳴った部分は魔刀の持ち手を覆うトレンチナイフの拳を守る部分かな。

横顔のユイの前髪《まえがみ》が少し揺《ゆ》れていた。白銀色の目は鋭《するど》い。

殺し屋として猛威《もうい》を振《ふ》るった〈ベイカラの瞳〉の能力で巨大な猪の姿を赤く縁取《ふちど》ったようだ。ユイは足に魔力を溜《た》めた瞬間《しゅんかん》――前傾姿勢で爆発的《ばくはつてき》な加速で駆けた。〈血魔力〉も体から放出中。〈血液加速《ブラッディアクセル》〉ではないはずだが、凄《すご》い加速で巨大な猪に向かう。巨大な猪モンスターは白色の兎を喰おうと口を広げている最中だ。

ユイは巨大な猪モンスターと間合いを詰めた直後、迅速《じんそく》に魔刀を振るう。

巨大な猪モンスターの口《くち》の端《は》を魔刀が捕《と》らえた。

ガッとした異質な音が響いて、魔刀が止まる。しかし、ユイは止まらない。

魔刀アゼロスを横に固定しつつ、巨大な猪モンスターの口を拡張させるが如く――前へと駆けるユイ。モンスターの口と頭部を斬りながら前進。加速したユイは返り血を浴びない。魔刀を振り抜いて、巨大な猪モンスターの後部に移動したユイは体勢を屈《かが》めた。

即座《そくざ》に跳躍――側転機動で巨大な猪モンスターの頭上に移動するや、下の巨大な猪モンスターの頭部に向けてアゼロス＆ヴァサージの魔刀を迅速に振るった。

その一弾指、下の巨大な猪モンスターからドッと音を立てた血飛沫が上に迸った。

ユイは二振りの魔刀を振るいつつ巨大な猪モンスターの左側に着地の後の制動もなく――。捷《しょう》急なる身のこなしで細腕《ほそうで》を動かした。

ぶれる速度で振るった二刀流スキルから十字斬りに移行する新技が巨大な猪モンスターの頭部に決まる――切り口は十字架《じゅうじか》に見えたが、それは一瞬《いっしゅん》。

巨大な猪モンスターの頭蓋骨《ずがいこつ》と脳の一部が幾重《いくえ》にも露出《ろしゅつ》していた。

頭部を失った巨大な猪モンスターは前のめりで地面に沈《しず》んだ。

ユイは魔刀アゼロス＆ヴァサージを振るいつつ巨大な猪モンスターの血を吸収。

生き残った白色の兎は飛《と》び跳ねた。巨大な猪モンスターを倒《たお》したユイに、お礼を告げている？　白色の兎は尻尾《しっぽ》を揺らしながらユイの足下を回った。そのユイを見ながら、

「素晴《すば》らしい刀の技術。切れ味だ」

「ありがとう。〈筆頭従者長〉の効果。訓練と実戦も経験を経ているから」

ユイの美しい〈ベイカラの瞳〉の双眸は、不思議な力に溢《あふ》れていた。

表情も自信に溢れている……〈暗刀血殺師〉ユイ。

ユイが更に成長して〈血魔力〉の〈血道第二・開門〉スキルを獲得《かくとく》したら、どんなスキルになるんだろう。興味がある……血刀とか、刀の暗殺系？　略して第三関門、正式は〈血道第三・開門〉の〈血液加速《ブラッディアクセル》〉を獲得するのかな？

ユイたちにも〈吸魂《きゅうこん》〉は覚えていると思うが、俺のような〈天賦《てんぷ》の魔才〉はない。

だから、急激に成長を遂げるスキルはないのかも知れない。

〈血道第三・開門〉を獲得するのは、数年、数十年、数百年後かも知れない。

いや、案外……宝箱から出現する守護者級、或《ある》いは迷宮《めいきゅう》の部屋を守るように出現する守護者級を倒し続けていれば覚えるのも早いんだろうか。その思いから、

「〈暗刀血殺師〉の戦闘《せんとう》職業を得てからも、刀の技術が上がっているように見えた。先ほどの技もそうなんだろう？」

「うん。やはり分かる？　シュウヤの血を受《う》け継《つ》いだ時に新しく覚えた〈ベイカラの瞳〉から派生したスキル〈銀靭《ぎんじん》〉を使い〈十字斬り〉へ応用してみたの」

「へぇ、あの目から銀色の靄《もや》が出ていたのはそのせいか」

「そうみたい。目から白銀色の煙？　みたいなのが出ているとは分かるけどね、実感はあまりないのよ。何回もやればもっと上手《うま》く操作できると思う――」

ユイは楽しそうに、魔刀の柄巻を指に挟《はさ》んでくるっと魔刀を回した。黒い髪《かみ》を揺らしながら微笑《ほほえ》む姿は、まさにクールビューティー。

「……これからの成長を楽しみにしよう」

「わたしも娘に負けていられませんな」

魔剣《まけん》を掲《かか》げ肩に掛《か》けて、ユイの様子を見ていたカルードだ。

父親らしく嬉しそうに微笑んでいた。やはり、娘の成長は嬉しいらしい。

「あ、大きい魔石《ませき》が猪の体内に入っているわよ」

レベッカが指摘。地面に倒れた死骸から宝石のような大魔石が覗いていた。

「俺が回収しとく」

大魔石を回収してから、魔宝地図を確認。もう少し先かな、森を進む。

第二百一章「邪界導師との激闘」

樹木が不自然に倒れた場所に、魔獣《まじゅう》に乗った集団がいた。彼《かれ》らは影《かげ》のような揺らめきを持つローブを羽織る。「ここか、追い付いたな」先頭に立つ人物がそう呟《つぶや》く。ローブから覗く口元は闇の一色に染まっている。顔の形は分からない。

「……キレ様、本当にあの未知なる者を？」

「そうだ……」

キレと呼ばれた人物。ローブの間から出した両手で頭巾《ずきん》を上げた。顔の表面に貼《は》り付《つ》いているかのような仮面。その仮面に付着した皮膚《ひふ》ごと剥《は》がすように闇の仮面を剥《は》いで脱《ぬ》ぐ。新緑色の髪が靡《なび》く。三眼の邪族で、意外に、端正《たんせい》な顔立ち。しかし、地上で彼を見たら、三眼の人族系の亜種《あしゅ》と思われるだろう。そのキレという人物は、三眼の瞳で疑問を呈《てい》した部下を見ると部下の一人が、

「キレ隊長、ソソイロスはびびっているのでしょうよ」

「ガムザ……」

「ソソイロスの気持ちも分かるわ。ウルサルグル山脈のように聳《そび》え立つ無数の樹木がここまで薙《な》ぎ倒されている状況《じょうきょう》って、少しね……」

邪界導師キレの直属の部下たちは仮面を脱ぐ。影鷲《かげわし》王スレイド率いる邪界導師たちの一角、邪神《じゃしん》シャドウを崇《あが》める軍隊の一部である。シュウヤに討《う》たれた邪界騎士《きし》デグと邪界騎士ヘラギュレスが所属していた導師隊のメンバーだ。

「ガムザとキリの言葉に同意します。ここは領域外。未知の魔族《まぞく》と邪族、杳《よう》として行方《ゆくえ》知れずの気狂《ぐる》いがいるかもしれません。しかも、あの山向こうにはウルサルグル山脈とは違《ちが》い神々が手を付けない。巨大なモノたちが棲《す》む弱肉強食の領域……」

ソソイロスはシュウヤたちが薙ぎ倒した森林の道を見ていた。

彼の腰には銀色に輝く二つの斧《おの》がぶら下がっている。

「……ソソイロス、お前の種族は視力がいいからな。この森がその巨大なモノのように薙ぎ倒されている光景を見て怖《お》じ気《け》づいてしまったか？」

彼の種族はキレが述べたように違う。邪族の一つウルバミ族。視力は地上に住む人族の比ではない。しかも、戦士でありながら邪精霊《じゃせいれい》使いという独自の魔法《まほう》技術を有し他の邪族にはない光を見ることができる。髪の色は黒。額に入《い》れ墨《ずみ》があった。

「……はい。怖いですね。我らウルバミ族の視力は確かに優《すぐ》れ、遠くからも追跡《ついせき》が可能ですから、相手がどの程度の力を持つか想像はできます。だから、用心深いのです」

「正直な男だ。お前だけでも邪軍へ、他の邪界導師たちの下に引き返すか？」

キレは笑っていた。答えは分かっているのに聞いているという顔だ。

「……ふっ、キレ様、ご冗談《じょうだん》を。愚痴《ぐち》を聞いてくださる隊長を失くしたら、わたしの存在意義がない。このシーグの斧でキレ様をお守りいたす」

ソソイロスは目尻《めじり》を下げると、腰にぶら下がる銀色に輝《かがや》く斧を見せるように視線を向け、キレの問いに答えていた。

「覚悟《かくご》はいいようだな」

「はい」

「我らもキレ様に付いていきますぞ！」

「デグとヘラギュレスを、先に逝《い》かせるわけにはいかない」

キレの配下たちは口々に気合いの声をあげた。

「わたしの采配《さいはい》を崩《くず》し、直近のデグとヘラギュレスを殺した未知なる者を討つ！」

キレは邪界導師のプライドから自信のある表情を部下たちに見せると――。

中割れた影的なローブを背中へ回し、胸を覆《おお》う滑《なめ》らかな甲殻鎧《こうかくよろい》を見せた。

左右の肩口から直刀剣《ちょくとうけん》の柄《え》を覗かせる。腰ベルトから着脱式《ちゃくだつしき》の金具と紐《ひも》が結ぶ剣帯《けんたい》に納まった二つの直刀剣が腰の左右にぶら下がっていた。邪軍で有名な双剣《そうけん》のキレ。

四剣《けん》のキレと呼ばれているように。この四剣で未知なる者を仕留めると、意気込《いきご》むキレ。

キレは馬と似た魔獣の脚先を不自然に薙ぎ倒された森林地帯へと向けた。


俺たちは巨大な猪と片腕《かたうで》だけの異質なモンスターを倒した。

肉、骨、大魔石を回収して順調に森の中を進んでいく。

その途中《とちゅう》、香箱《こうばこ》スタイル気味で肩《かた》で休んでいた黒猫《ロロ》さんが、

「ンン、にゃ～」

と鳴いておもむろに起き上がると跳躍《ちょうやく》――森の奥へ走り出してしまった。

「ロロ、あまり奥に行くなよー」

何か匂ったのか？　あ、オシッコタイムかも知れないな。

と黒猫《ロロ》の可愛《かわい》い後ろ姿を見ていると――。

背後に複数の魔素を掌握察《しょうあく》が捉《とら》えた。この大きさで、この速度は目的があっての行動。用心しながら背後を振り向《む》く。「皆、敵か分からないが、魔素が迫《せま》る」と斥候《せっこう》担当として皆に報告。

「分かりました」

とヴィーネの顔色は厳しい。ユイは魔刀の角度を変えて、

「複数……」

「何かしら」

皆の顔色が変わると、反応を示した方角から魔素の主たちが現れた。颯爽《さっそう》と登場したのは三眼の邪族。先頭に立つ邪族は鼻梁《びりょう》が高く端正な顔を持つ。緑髪《りょくはつ》に漆黒色の仮面が乗る。

「見つけたぞ！　未知なる者！」

緑髪の邪族が、魔獣の上から叫《さけ》ぶ。未知なる者か。漆黒の鎧《よろい》にマント。肩口から直刀剣の柄巻を覗かせていた。カッコイイ邪族だ。素直《すなお》に三眼の邪族の恰好《かっこう》を内心で褒《ほ》めていると……その邪族が二つの上腕《じょうわん》を肩口へ伸《の》ばし柄巻を握る。小気味いい金属音を立てながら背中の鞘《さや》から武器を引き抜《ぬ》いていた。同時に下腕《うで》の二つの手がクロスしながら腰の両側に差していた直刀剣を引き抜く。今の身のこなしからして、確実に村の奴《やつ》じゃない。軍にいた奴か？　〈魔闘術〉の気配もある、デグやヘラギュレスのような凄腕《すごうで》か。

「俺に何か用か？」

「しらばっくれるな！　二つ目ガァア」

やば、怒《おこ》っているし、急襲《きゅうしゅう》か。右手に魔槍杖を召喚《しょうかん》。

「ご主人様、先頭の敵から沈めますか？」

ヴィーネが翡翠《ひすい》の蛇弓《バジュラ》を片手に持ちながら、ラシェーナの腕輪《うでわ》を使えるように構える。

「マイロード、ここはわたしに――」

巨大な猪を仕留めた娘の成長に影響を受けたようだ。父としての顔を見せたカルードが前傾《ぜんけい》姿勢で魔剣ヒュゾイを腰から引き抜きながら走っていた。彼の歩法を真似《まね》しようと、足の角度、向き、筋肉、〈魔闘術〉の割合を分析《ぶんせき》しながら脳裏《のうり》に動きを焼き付けていると、そのカルードが地面を強く蹴《け》り跳躍。新体操選手のように体を捻《ひね》ると横回転。

その回転運動を加えた剣戟《けんげき》の威力《いりょく》が増すような技《わざ》を繰《く》り出《だ》した。あれはユイの得意技《とくいわざ》かな？　何回か見たことがある。実際に剣戟を受けて、強引に弾《はじ》いた覚えもある。

カルードが使うと荒々《あらあら》しい。一本の魔剣の刃《は》がぶれて見えていた。三眼の邪族のほうも、四本の長細い腕が握る直刀剣を振るう。迅速な対応だ。凄い技術の応酬《おうしゅう》。敵だが、剣の軌《き》道《どう》は綺麗《きれい》だ。独特の剣術。邪族はカルードの回転する魔剣軌道《まけんきどう》のタイミングに合わせた。

一つの直刀剣の峰《みね》でカルードの魔剣を受けると、剣刃《けんじん》と剣刃により威力を相殺《そうさい》させた。

同時に残り三腕が握る直刀剣が、カルードの胴体を捉えた。カルードの腹を直刀剣が引っ掻《か》くように移動――。

「ぐあっ――」

「カルード！」

思わず叫ぶが、彼は光魔ルシヴァルの〈従者長〉不死身系種族。

カルードは痛みの声をあげて腹から血飛沫を散らした。手に持った魔剣は離していない。反対側に着地して、素早《すばや》く距離《きより》を取った。冷静な表情だ。しかし、吸血鬼《ヴァンパイア》顔となった。腹の傷痕《きずあと》から迸った血を自らの手で掬《すく》っては、血に塗《まみ》れた掌《てのひら》を舐《な》める。そして、どこかの部族のマークを顔に作るように、その血塗れた手で顔を拭《ふ》いていた。

カルードさんは本気だ。

「父さん！」

不死身とはいえ父親だからな。ユイは心配なのか、カルードの下に駆《か》け寄《よ》った。

「閣下、ここは我らが」

「前衛の――」

「いいえ、まずは動きを封《ふう》じましょう」

ヴィーネが沸騎士《ふつきし》たちに指示――ラシェーナの腕輪を発動。

ヴィーネの青白い手首に嵌《は》まる闇《やみ》の魔宝石から小さい精霊《せいれい》のハンドマッドたちが次々に生まれ出る。その闇の精霊ハンドマッドたちがカルードを斬った邪族に向かった。

その瞬間「キレ様！」と叫び声《ごえ》が響《ひび》く。背後にいたもう一人の邪族の声だ。

彼は銀色に輝く手斧《ハンドアックス》を〈投擲《とうてき》〉。

魔力を内包した〈投擲〉の手斧は——宙に弧《こ》を描《えが》く軌道でくるくる回りながらヴィーネが放ったハンドマッドを追跡——次々と銀の斧が、その闇の小人風の妖精《ようせい》たちと衝突《しょうとつ》すると、闇の妖精的なハンドマッドたちは潰《つぶ》れて消失。銀の手斧の表面に闇色の靄が纏《まと》ったように見える。その銀の手斧を扱う邪族の者を含《ふく》めてキレの部下は三人。三人とも騎乗《きじょう》していた魔獣から跳躍して降りてきた。

「ん、見た目の装備から確実に軍関係者」

「最初に衝突した軍の奴らがここまで追ってきたの？　予想外ね」

「ん、シュウヤ、どうする？」

エヴァに頷きながら、邪族の分析をしていた。

邪族の三眼の者たちは体内の魔力操作の練度は高い。

敵の全員が〈魔闘術〉系の技術を使えると判断していいだろう。

「……俺《おれ》が、先頭の魔獣に乗っているキレという四剣使いと戦おう。魔獣を降りている斧使いを含めて、三人の対処は任せた」

そう話している間に、すべての小さい腕妖精《うでようせい》を潰して銀の手斧がブーメラン機動で旋回しつつ邪族の手に戻《もど》った。あの闇の魔力が強い銀の手斧はハンカイが〈投擲〉していた金《こん》剛樹《ごうじゅ》の斧とは違う系統か？

「……ん、分かった」

「了解《りょうかい》――」

エヴァは魔導車椅子《まどうくるまいす》に乗りながら、くるりと横回転。紫《むらさき》の瞳が邪族たちを睨《にら》む。

全身から紫色のオーラ的な魔力を放出していた。そのエヴァの隣《となり》にいたレベッカは「エヴァ、わたしに任せて」と、蒼炎弾を生み出しながら横を走った。腰ベルトに差してあったグーフォンの魔杖《まつえ》を引き抜く。

「ん、気を付けて」

「うん！」

エヴァに返事をしたレベッカは動きを止める。と、魔杖グーフォンの先端《せんたん》を邪族たちへ向けて構えた。レベッカのプラチナブロンドの髪が風を受けて漣《さざなみ》のように揺れる。

同時に、レベッカの体から分離《ぶんり》した蒼炎が、エヴァに向かうと、エヴァの周囲に丸い蒼炎が四つ誕生。エヴァと自分を守る衛星のような蒼炎を作る。

「ありがと！」

レベッカは「ふふ」と、笑うと、エヴァと仲間に対して合図を送る。

グーフォンの魔杖に魔力が込《こ》められた瞬間。

炎《ほのお》の壁《かべ》が、キレと部下たちを引き離すように出現。

火球ではなく炎の壁か。熱波が少し感じられる。いい判断だ。

更に、レベッカは細眉《ほそまゆ》を中央に寄せつつ蒼炎の丸い弾を自分の目の前に出現させる。

――その蒼炎弾を〈投擲〉。銀製の斧を構え持つ邪族《じゃぞく》に蒼炎弾が向かう。

――蒼炎の丸い弾は速い。避《さ》けることは不可能と判断した斧使いの邪族。

両手に構え持った銀の手斧を胸の前でクロスさせる。

銀の手斧と蒼炎弾が衝突。銀が溶《と》けるような激しい閃光《せんこう》が斧から飛び散った。

「――ぐぬっ」

邪族はレベッカの蒼炎弾を防いだかに見えた。しかし、すべてを防げない。

砕《くだ》けた蒼炎の一部が邪族の体に燃え移る。中割れたローブが蒼《あお》く燃えつつ体の一部にも燃え広がった。「ソソイロス、平気か？」キレは四剣で構えを取りながら炎の壁越《かべご》しに部下の様子を窺《うかが》い聞いていた。「キレ様、この程度の傷、〈邪霊功《じゃれいこう》〉にて癒《い》やしてみせます」

ソソイロスは銀の手斧を握ったまま身体全体の魔力を活性化。

蒼炎で燃えた体を癒やすように黒いオーラが体を包む。火傷《やけど》のダメージを瞬時《しゅんじ》に回復。その瞬間、キレと呼ばれた邪族は僅《わず》かに隙《すき》を見せた。——チャンス。俺は前傾姿勢で突進。キレと呼ばれた邪族との間合いを詰《つ》める。

邪界の地を壊すような鋭い踏《ふ》み込みから、腰と腕の回転力を魔槍杖バルドークに伝える紅矛《ほこ》〈刺突《しとつ》〉をキレの胸へと伸ばしていた。

キレは〈魔闘術〉と似た魔力を体に纏うと半身を退いた。避けようとしたが、螺旋《らせん》した紅矛がキレのローブを巻《ま》き込むと、紅斧刃《おのば》がキレの横腹を鎧ごと斬り裂《さ》いた。

「痛ッ——」

脇腹《わきばら》が裂けたキレは、バランスを崩しながらも転倒《てんとう》はせず。

馬魔獣から跳躍。片膝《かたひざ》を地面に突《つ》けて着地するや立ち上がりつつ四剣を構えている。

四剣の構えは独特で渋《しぶ》い。が、じりじりと後退。間合いを取る。

そこで、赤い髪の邪族がユイとヴィーネに対して四剣を使いつつ斬り合《あ》いを行うところが視界に入った。激しい剣戟音が響いた。近くでは、ソソイロスと呼ばれていた斧使いもいる。そのソソイロス、魔脚《まきゃく》でレベッカに詰め寄り、銀の手斧でレベッカを狙《ねら》う。

一瞬心配したが、レベッカは自身の周りに漂《ただよ》っていた蒼炎弾の形を変えた。防御《ぼうぎょ》に回した蒼炎で銀の斧の攻撃《こうげき》を防いでいた。

凄い。両手から蒼炎を生み出して、逆に銀の斧の刃を押《お》さえ込んでいる？

「……杖《つえ》を持つわたしを、近接で仕留めようとしたのね。普通《ふつう》なら正解。でも、昔と違って、わたしは、もう普通の魔法使《まほうつか》いではないの」

レベッカは可愛い顔で相手を睨みつけながら語る。

「言葉が分からぬ……が、この蒼炎は何だ……」

ソソイロスが驚《おどろ》くのは少し分かる気がする。俺も油断はできない。

目の前で構えていたキレだ。間合いを外し、更《さら》に、距離を取った。キレは鎧の留め金を外し鋼の鎧の一部を床《ゆか》に落とす。と、魔槍杖バルドークの紅斧刃が裂いた傷を確認《かくにん》。

布袋《ぬのぶくろ》からポーションを素早く取り出し、そのポーションを傷にふりかけ治療《ちりょう》を行う。

キレはソソイロスのような、回復系の特殊《とくしゅ》スキルはないようだ。

油断しているわけではないが、レベッカが心配だ。レベッカの行動を凝視。レベッカは蒼炎を纏う左手を上に、同じく蒼炎を纏う右手を下に伸ばす——蒼炎の両手で宙に円を描く——蒼炎拳法《そうえんけんぽう》？　綺麗だ。レベッカの両手の間で、渦《うず》を巻いた蒼炎が、ソソイロスの銀の斧を囲うように取り巻いた。体格に勝《まさ》るソソイロスを、その蒼炎の力で銀の斧ごと、押し切《き》る。ソソイロスの体勢を崩した。レベッカは双眸に蒼炎を灯《とも》す。

その刹那《せつな》——両手から発した蒼炎の力を爆発《ばくはつ》させるように増幅《ぞうふく》させせた。

それはガソリンに火が放たれた如くの蒼炎の火炎風《かえん》となった。

蒼炎の塊《かたまり》と蒼炎の渦がソソイロスの銀の斧を溶かす。ソソイロスの体を蒼炎が燃焼《ねんしょう》させつつ吹《ふ》き飛ばした。蒼炎に包まれたソソイロスは悲鳴も上げられず太い樹木《じゅもく》に衝突。

特殊な回復も間に合わずか。レベッカは凄い。あんな動きも可能なのか。

「ソソイロスがっ」

四剣使いの女邪族の言葉だ。魔導車椅子に座《すわ》るエヴァに向かおうとしていたが視線を外した。その隙は致命的《ちめいてき》だ。対峙《たいじ》していたエヴァは緑色の円盤《えんばん》の形をした金属刃を前方に繰り出した。その視線を逸《そ》らした女邪族の半身を金属の円盤の刃が突き抜ける。

さすがはエヴァ。しかし、半身になり死んだ邪族の女も素早く避けようとした結果か。

相手も中々の強さだった。と感心しながら、キレが〈投擲〉してきた銀光煌《きら》めく短剣《たんけん》を視界に捉える。急ぎ、右手に持った魔槍杖バルドークを上段から振るい下げて――。

紅斧刃で銀刃を叩《たた》っ切る。短剣を弾き斬《き》った後、その短剣だった二つの銀は左右に散って地面に突き刺《さ》さった。そして、左手から〈鎖《くさり》〉を射出。

キレは体がぶれた。横に移動して〈鎖〉を避ける。

その〈鎖〉を操作。空中で弧を描く〈鎖〉は、その避けたキレの背中側に回る。

が、キレは背中に目があるように対応。

半身の姿勢になって〈鎖〉を見つめながら〈鎖〉を避けてきた。

初見で〈鎖〉を避けるキレか。反射神経が他の奴とは違う。

キレを尊敬の眼差《まなざ》しで見ながら地面に刺さった〈鎖〉を消した。

柳の枝を連想させる歩法だった。キレの歩法を脳裏に焼き付ける。

キレは動きを止めて、

「……ふん、未知なる者よ。視線は外しているようだが、ちゃんと見ているとは、お前は本当に二つ目の種族なのか？　四眼を持つ魔族共ではないのか？」

そう語りかけてきながら、三つ目を鋭くさせている。

その三つ目の中にある瞳の虹彩は魔力が内包されていた。

足にも魔力を溜めると、全身からも魔力を放出。魔力操作は独特だが、その練度は高いと判断。

更には、〈導魔術《どうまじゅつ》〉のような魔線を周囲へ発生させている？

「正確には違うが、魔族かも知れない……」

実際、俺の半分は吸血鬼《ヴァンパイア》の血。人族の血も半分あるが……。

化け物であり魔族。人、魔族、〈光の授印〉により種族は変わったが、嘘《うそ》ではない。

「気狂いと同じ類か……」

だれのことを言っているのか、分からないが、キレは納得《なっとく》したらしい。

「「閣下ァァ」」

沸騎士たちの倒された声。赤い蓬髪《ほうはつ》の邪族によって倒されたようだ。

一緒《いっしょ》に戦っていたユイ、ヴィーネは無傷。

「ガムザ、よく仕留めた！」

「隊長、こいつらは俺が――」

そのタイミングで、ユイとヴィーネの動きが一段階上がる。

〈ベイカラの瞳〉を発動したユイが、軽業師《かるわざし》のような軌道で赤髪の四剣使いの逆を取ると、右の片腕を斬り落とすことに成功。

「ぐあああ」

続けて、反対の片腕をヴィーネが斬り落とす。

「行きます」

「ありがと――」

黒髪のユイが銀髪《ぎんぱつ》を靡かせるヴィーネの動きと言葉を合わせて連携《れんけい》。

オセロのコンビかという具合に――。

ヴィーネと交差し重なったユイが赤髪の邪族に近付いた。

「こっちにくるなぁー」

赤髪の邪族は二つの腕が斬られても、まだ元気だ。

斬られた両手から血が迸っているが、構わず残った腕が握《にぎ》る直刀剣を振り回《まわ》していた。

そんな邪族の足を、加速しながらユイが駆け抜けて斬った。

左手が握る魔刀ヴァサージか。邪族の足を捕らえると脛の半分が切断。

そして、最後のいいところを奪《うば》うように――。

いつの間にか近付いていたカルードが片腕を伸ばしていた。

白虎《びゃっこ》を連想させる剣突《けんとつ》が、赤髪邪族の胸に決まった。

またカッコイイ技を……スキル名を発しなかったが、なんていう名なんだろう。

「くっ、ガムザ、ソソイロスも死んだのか……未知なる者、わたしの面子にかけて、オマエを倒す！」

口上を述べていたキレは頭髪《とうはつ》の上にあった仮面をかぶり直す。

直刀剣を持った腕で諸手《もろて》を行う。左右へと広げた腕。威圧《いあつ》か？　否《いや》、違った。キレは前進――疾風迅雷《しっぷうじんらい》の速度だ――黒豹《くろひょう》的なしなやかな動きで左回し蹴り――右回し蹴りを――連続的に繰り出してきた――急遽《きゅうきょ》、魔槍杖バルドークの紅斧刃を盾《たて》にした。

黒豹のような蹴り。腰にキレがある。しゃれている場合ではないが――キレは回転蹴り

を繰り出しながら空中を駆け上《のぼ》った。最後の左足の側面を当ててくるローリングソバット

を防いだところで——キレは身軽に着地すると、口を動かしてきた。

「——ほぅ、反応速度も並ではない。わたしの〈邪・連蹴牙〉のすべてを防ぐとはな」

やはりスキルか。身に付くか分からないが……今度、練習してみよう。

「……防げたが、かなり驚いた」

「驚いただけか……そういえば、名乗りが遅《おく》れた。わたしの名はキレ。邪界導師キレだ」

俺が話ができるとは思っていなかったのか、彼は急に名乗ってきた。

「名はシュウヤだ」

「知らんな——」

礼儀《れいぎ》正《ただ》しいと思ったらコレだ——。

屈んで風を感じる剣閃を避けた。キレは駒《こま》のように体を回転させながら右から直刀剣《直刀剣》を

振り回してくる。僅かに身を退いて、その薙ぎ軌道の剣刃を見る。

ギリギリ鼻先を掠《かす》った。同時に、右下から左上へと、キレの胴体《どうたい》を薙ぐイメージで魔槍

杖バルドークを振るった。が、防御用と思われるキレの右下腕が握る直刀剣が斜《なな》めに伸び

て、紅斧刃が弾かれた。構わず、爪先《つまさき》を軸《じく》とする爪先半回転。

体勢を低くしながらキレの脚《あし》を掬うように魔槍杖バルドークを下段から振るう。

キレは右方向へ飛び込むように前転。

俺の下段払いを華麗《かれい》に跳躍回転しながら避ける、着地するや否《いな》や魔脚で素早く反転――体勢を低くしていた俺の頭部を左右から挟みこむように直刀刃《ちょくとうじん》を繰り出してきた。

回転させていた片手に持った魔槍杖バルドークを右に動かす。

紫の柄の上部で直刀剣を防ぐ、柄から紫の火花が散った。

その火花を消すイメージで左から迫る直刀剣には〈導想魔手《どうそうましゅ》〉を使う。

〈導想魔手〉で直刀剣を包《つつ》み込むように防いだ。

「チッ」

舌打ちしたキレは、そこで一旦距離《いったんきょり》を取る。

また口上を述べるのかと思ったが、三眼に溜まった魔力を放出。

そして、先ほどから放出を続けていた〈導魔術〉系の魔力と宙で合流させていた。

「秘奥技《ひおうぎ》を味わうがいい……ボゥ・デ・シュビブム・デ・アロー」

そんな詠唱《えいしょう》をすると、キレの闇の仮面が割れるように分裂《ぶんれつ》。

分身体を二体も作っていた。

胸ベルトに仕舞《しま》ってあるホルカーの木片《もくへん》が少しだけ反応したように感じる。

こいつの切り札の〈導魔術〉系？　分身が二体だろうと守勢に回るつもりはない。

〈脳脊魔速《切り札》〉と血魔力〈血道第三・開門〉はまだ使わない。

——惑《まど》わされず、本体を倒せばいい。

「ぬぉぉぉぉぉ——」

全身に〈魔闘術〉を纏い、前傾姿勢で吶喊《とっかん》。

近距離《きんきょり》から右の分身体へ〈光条の鎖槍《シャインチェーンランス》〉を五つ発動する。続いて上級：水属性の《連氷《フリーズ》蛇矢《スネークアロー》》を本体へ発動。

左手の〈鎖〉を左の分身体へ伸ばす。

魔《ま》法《ほう》の《連氷蛇矢《フリーズスネークアロー》》はあっさりと本体のキレが縦に斬って両断。牽制《けんせい》の魔法は——防がれたが、足止めには十分だ。

——その間に間合いを詰める。

右腕《みぎうで》と腰を捻りながら魔槍杖バルドークを突き出す〈刺突〉を繰り出した。

キレは二つの直刀剣で螺旋した紅矛を防ぎきり、重そうな反動をみせながらも紅矛を下に叩き落《お》とす。と、体を沈ませる機動で下段回し蹴りを放ってきた。

俺は片足の先端で地面を蹴り跳躍——。

キレの下段蹴りを避けると同時に魔槍杖バルドークの石突《いしづき》を上げた。

キレの顎《あご》を狙うが、キレは体を仰《の》け反《ぞ》らせて竜魔石《りゅうませき》の顎砕《あごくだ》きの攻撃を避ける。

石突の攻撃で風が生まれたのか、キレの緑の髪が逆立っていた。

キレは反撃《はんげき》に「〈邪風剣牙《けんが》〉」と発言しつつ左上腕に握る直刀剣を繰り出す。

急ぎ、頭を横に傾《かたむ》け、その突《つ》きの〈邪風剣牙〉の直刀剣を避けるが避けきれず、頬《ほお》が貫《つらぬ》かれ、いてぇッ！　耳にまで直刀の刃を喰《く》らう――いてぇが、構やしない。

この腕が伸びきったところを狙い斬る。左手に魔剣ビートゥを召喚し、下から斬《き》り上げる〈水車剣〉を発動。魔剣ビートゥの紅《あか》い刀身がキレの肘《ひじ》を真っ二つ。

「ぐあぁぁ」

よっしゃ――キレの切断した腕から血が迸《ほとばし》る。すぐに俺の頬を貫いた直刀剣ごと腕を引《ひ》き抜いた。

――頬、口の中が傷付き再生が繰り返《かえ》されてすこぶる痛いが、キレの直刀剣ごと片腕を投げ捨てた。キレは痛みの声を漏《も》らしながら舌を噛《か》むような表情を浮《う》かべつつ、残りの三本の腕で失った片腕の傷口を押さえようとしている。

――ここだ。一気に畳《たた》み掛ける。血魔力《まりょく》〈血道第三・開門〉――。

〈血液加速《ブラッディアクセル》〉を発動。速度を増した。キレは絶句。俺の速度に合わせるだけの加速スキルはないのかも知れない。

血液の躍動《やくどう》を体に感じながら腰《こし》を捻り魔槍杖バルドークに勢いを乗せる〈闇穿〉を繰り

出した。右腕ごと魔槍杖バルドークの螺旋回転《らせんかいてん》する紅矛と紅斧刃に闇が纏う〈闇穿〉がキレの胸を貫いた。瞬時に魔槍杖バルドークを引く。

「——ぐぇぇ」

再び、キレの腹目掛《めが》けて〈刺突〉を突き出した。

「ぐふぇ——」

大量の血を吐《は》くキレ。止めの〈闇穿〉を、再びキレの頭部に向けて繰り出した。

——キレの頭部は千切れ飛ぶ。千切れた首口から血が噴出《ふんしゅつ》——。

一方、左のキレの分身体には〈鎖〉が刺さる。

右の分身体には〈光条の鎖槍《シャインチェーンランス》〉が突き刺さり光網《こうもう》に捕らわれていた。その分身体は本体が倒れると、跡形《あとかた》もなく消えていく。

「……突然襲《とつぜんおそ》われたが、強者だった」

必要はないが一応、死体に頭を下げる。

『閣下、お見事です』

『あぁ、カルードを斬った腕は確かだった』

『軍人、キレと呼ばれていたようですが、名の知れた相手だったのかもしれません』

『そういえば……』

戦場で両軍が離《はな》れている時に、邪界導師キレの名を喋っていた。

ラグニ村の住人もそれらしいことを話していたことは覚えている。

「シン、にゃおぉぉ」

黒猫《ロロ》が走って戻ってきた。

「どうした？」

「にゃん」

つぶらな瞳《ひとみ》で俺をジッと見ながら、片足でポンッと地面を叩く。

「ここを掘《ほ》れ？　犬の童話じゃあるまいし」

「ンン、にゃおんにゃぁ～」

黒猫《ロロ》はプイッと頭部を逸らす。『こっちにゃ～』とトコトコと歩き出す。

「案内か？」

そう聞くと、相棒は振《ふ》り向き「ンン――」と喉声《のど》を発して、早く来いと言うように前足で地面を叩く。

「ロロ、少し待った――皆《みな》、そいつらの装備品は集めないでいい。キレが使っていた直刀剣が使えそうなら回収してもいいが、戻ってこい」

「うん」

「了解」

皆が走り寄ってくる。

「にゃご」

黒猫《ロロ》は『いくぞ』って気合いのある声を発してから歩き出す。

相棒の姿は子猫《こねこ》だから面白《おもしろ》い……暫《しばら》く森の中を歩いた。途中で沸騎士たちを再召喚。

「閣下ァァ」

「閣下、敵はいずこ！」

「よう、沸騎士たち。今は森の中を進行中。ロロのあとに続こうか」

「「承知――」」

そのまま黒猫《ロロ》の尻尾《しっぽ》と後脚《あとあし》の毛を眺《なが》めつつ森の中を彷徨《さまよ》うように歩いて進む。

大量の落ち葉と緑葉たちが、岩場の穴の中へ吸《す》い込まれている現場に到着《とうちゃく》した。

風による吸い込み？　渦を巻くように緑葉は岩場の中へ消えていた。

「にゃぉ」

先頭を歩いていた黒猫《ロロ》も動きを止めていた。なるほど、ここから強い匂《にお》いを感じたのか。

その強い匂いが何か気になるところだが……。

あ、見て、丁度、魔宝地図を示す場所も、その右にある岩場の穴の中だ。

「偉《えら》いぞロロ。そこが目的地でもある。魔宝地図の発掘《はっくつ》、否、出現場所だ」

「うん。削《けず》られた跡《あと》、桶《おけ》と材木に樵《きこり》の斧が数本立てかけてある。誰《だれ》か住んでいるわね。しかも長年」

「ん、こっちには壁に絵が描かれてある」

「興味、ビンビンね――」

ミスティの発言だ。エヴァがいる壁際《かべぎわ》にゴーレムを連れて走った。

ビンビンって、教師でもあるからか？　そして、少し表現がエロいような気がするが指《し》摘《てき》はしない。

天井《てんじょう》は三十メートルぐらいの高さか。横の幅《はば》もかなりの広さ。

誰かが生活しているのは間違《まちが》いないが、入り口近辺から魔素の気配は感じられない。

すると、ヴィーネが、黒鱗《うろこ》の鞘を古びた家具に伸ばし、

「机にランタン、箪笥《たんす》もあります」

「村長の忠告通り誰かが住んでいるようだ。しかし、よりにもよって魔宝地図の場所に」

「あ、ご主人様、これを見てください」

黒色の鱗が目立つ鞘の鐺《こじり》を布の穴に入れて持ち上げた品物は……。

穴の空いた皮パンツだった。

「使用済みか」

「そのようです」

「にゃおん」

黒猫《ロロ》が興味を持ってしまった。あ、もしかして……鞘の鐺にぶら下がる使用済み皮パンツへと黒猫《ロロ》は小鼻を近付けて、くんくんと匂いを嗅《か》ぐ「――くしゅっ」余程《よほど》臭《くさ》かったらしい。フレーメン反応を起こしたうえに、くしゃみまでしているし。もう一度嗅《か》いでいる……やはり、遠くからこの匂いを感じ取っていたのか。

濃厚《のうこう》なフェロモンが好きなのかも知れない。相棒なりのセキュリティーチェックで、新しい未知の匂いに脅威《きょうい》を感じたか。さすがは相棒！　面白い。

因《ちな》みに、馬のフレーメン反応を見たことあるが、あれは凄《すご》い顔だった。

「……ロロ、それはもう嗅がないほうがいい」

「にゃおん」

くちゃー顔がカワイイから、もっと見たい気もするが。

「ヴィーネも、剣が臭《くさ》くなるからあまり……」

「は、はい」

彼女《かのじょ》は鞘を振るう。臭い皮パンツを捨てたが毒の剣だ。臭い匂いで効果が倍増？　鞘だ

し違うか。鞘を使った新しい臭剣術《しゅうけんじゅつ》には使えるのか？　と変な妄想《もうそう》をしていると、

「紅茶の束と薬草の束を数種類見つけた。紅茶は高級なモノだと思うけど見たことのない茶葉だった」

紅茶には蘊蓄《うんちく》があるレベッカさん。真剣《しんけん》な表情を浮かべている。

「この地上のような場所だ。新しい茶もあるだろう」

「うん、興味はあるけど、見るだけにした」

「それじゃ、皆、この辺の探索《たんさく》は後回しだ。奥《おく》へ向かおうか」

「ん、行く」

「はい」

「マイロード、進みましょう」

カルードの凛々《りり》しい男前の顔を見てから、洞穴《ほらあな》の中を歩いて進む。

窪《くぼ》んで歩きにくい土の地面だ。そんな洞穴を進むと、地面の凹凸《おうとつ》を隠《かく》すように絨毯《じゅうたん》が敷《し》かれてあった。絨毯は金色の魔力を発している。金色と銀色が混ざったペルシャ模様の絨毯。

「絨毯に魔力が内包されている？」

「ご主人様、あの絨毯は防衛機能がある特殊な絨毯では？」

「可能性はある……」

乗れば空を飛べたりして？　それか、パカッと地面が開いて落とし穴の剣山《けんざん》がある仕込《しこ》みの罠《わな》か？

「にゃおおん――」

あっ、迷っていると黒猫《ロロ》が金色絨毯の上に寝《ね》っ転《ころ》がってしまった。

背中を擦《こす》って楽しげに遊ぶ黒猫《ロロ》さん。

「……警戒《けいかい》のしすぎか」

「ですね、ロロちゃんっ、わたしも混ざるっ！」様、可愛い」

ヴィーネは黒猫《ロロ》
「もう、ロロちゃんっ、わたしも混ざるっ！」

……レベッカが黒猫《ロロ》に抱《だ》き着《つ》くように一緒に絨毯の上に転がり出している。

「ンン」

相棒から猫《ねこ》パンチをわざと浴びている顔のレベッカが面白い。

そのレベッカを見て笑っていたエヴァ。魔導車椅子のリムを回す。

絨毯の上をすいすいと移動しつつ、手を相棒とレベッカに向けていた。

「ふふっ、レベッカが面白い。猫耳《ねこみみ》つけたら雌《めす》にゃんこ？」

「ロロ殿《どの》がお腹《なか》を見せておられる！」

「何と素晴《すば》らしいお姿だろうか、魔界《まかい》の癒やし神になれますぞ！」

沸騎士たちも興奮。黒猫《ロロ》を魔界に持って帰りたいようだ。

気持ちは、凄く分かるが駄目《だめ》だ。俺の相棒だし。

「……不思議ね。壁に凝《こ》ったアルコーブがある」

ユイは沸騎士たちの言葉をスルーしながら、壁を見ていた。

確かに、壁には一定の間隔《かんかく》で窪みがある。壁の小さい窪み台にランタン系のマジックアイテムと小さい彫像《ちょうぞう》が飾《かざ》られてあった。

「……天井へと続く螺旋模様も、なにかの意味があるのでしょうか」

カルードも呟《つぶや》く。

「ただの模様だろう」

「このランタン、もらっていい？」

ミスティがアルコーブの品に興味があるらしく、手に持って聞いてくる。

「いや、今はだめだ」

「はーい」

しかし……時々、洞穴《ほらあな》の奥からいい匂いを含んだ風がくる。気のせいか？

その匂いを疑問に思いながら絨毯を歩いていくと、一番奥に到着した。

行き止まりではなく、岩場の間に設置された大きな鉄扉《てっぴ》がある。

鉄扉の側には、葉が大量に入った大きな袋《ふくろ》があった。

これ、先ほど洞穴の入り口から吸い込まれていた葉たちかも知れない。

ま、そんなことはどうでもいい。鉄扉の奥から一つの魔素の気配を感じる。

「この中に邪界の人が住む？」

「ご主人様、鍵《かぎ》を調べますか？」

ヴィーネが聞いてくる。

「よろしく」

「はい、ではっ」

彼女は長い足を折り、屈《かが》んだ体勢で、鉄の鍵穴《かぎあな》を覗《のぞ》く。

首を縦に振りつつ頷《うなず》いた。腰ベルトに付属している布袋から針金を取る。

その針金の先端を鍵穴へ入れ回し捻っていた。

カチャカチャと微《かす》かな金属音が聞こえる。ヴィーネがまた一回そこで頷く。

その瞬間《しゅんかん》、大きくカチャッと音が立った。鍵が開いたらしい。

「成功です。かなり精度の高い鍵でしたが、なんとか開けられました」

彼女がそういうなら本当にそうなのだろう。

「素晴らしいわ。ヴィーネさんは手先が器用なのね」

「ミスティも鍵開けができそうだな？」

「錬魔鋼があるから鍵の複製はできると思う。迷宮《めいきゅう》の宝箱もそれで開けるつもりだったけど、試《ため》したことがないから、実際に開けられるかは分からない」

「分かった。ま、ヴィーネが開けられるならヴィーネに任せるとしよう。んじゃ、この先に進もうか。一応、皆、戦闘《せんとう》態勢を取れ」

「「はいっ」」

「了解」

「ん」

「マイロードと共に」

仲間を見て準備万端《ばんたん》か確認。各自武器を構えているから大丈夫《だいじょうぶ》そうだ。

鉄の大きな扉《とびら》へ振り向《む》いて、鉄の大きな扉に両手を押し当《あ》てた。

両手を前に押すと、鉄の大きな扉が開く。ひんやりとした空気が俺たちの体を抜《ぬ》ける。

最初に目に入ったのは長方形の岩柱だ。

岩柱から石清水《いわしみず》のごとくちょろちょろと水が岩の表面を伝う。

長方形の岩の柱は岩の天井と繋《つな》がっており、巨大《きょだい》な石柱って印象だ。

湖の真ん中で、ぽつんと淋《さび》しげに存在する小島に聳《そび》え立《た》つ塔《とう》って印象でもある。

ま、ここは湖でも島でもなく、ただの洞穴の中だが。

足下《あしもと》の水の浅さも湖のような深さはない。足のくるぶし程度の浅さ。

天井から滴《したた》る水の音が洞穴のあちこちから響いていた。

匂いはどことなく塩素系が混じったような鉱物系の匂いが鼻を刺激《しげき》するが、いい匂いも混ざっているから嫌《いや》な感じはしない。中心の岩の柱と天蓋《てんがい》の天井は、なにかの神像のように見えてきた。

すり減った岩棚《いわだな》と壁を伝う水を見ると精霊が住んでいそうな雰囲気《ふんいき》もある。

魔素の反応は、その岩柱の背後に感じた。地の水は泉から湧《わ》き出《で》た水らしい。

透《す》き通《とお》った水は、微かにエメラルド風で美しさがある。

その泉か、地下水のお陰《かげ》か、洞穴の中は水気が漂い空気が澄《す》んでいて心地《ここち》いい。

清い空間？　が、デボンチッチは湧いていていない。

ま、デイダンの秘宝の時もいなかった。そして、ここは迷宮世界で邪神界《じゃしんかい》ヘルローネだ。

神界セウロスに近い次元の惑星《わくせい》セラではない。そう考えながら、

「……ゼメタス、アドモス、俺が先頭でいく」

りの地面を歩く。
骨音を響かせ歩く沸騎士たちより前に出た。ゼメタスが言ったように用心しつつ砂混じ
「閣下、ご用心を」
「畏《かしこ》まりました」

魔素の反応は岩柱の裏から感じる以外は……ない。

そして、肝心《かんじん》の地図が示す場所は中央。砂浜《すなはま》を擁《よう》した岩柱の真裏。

「……あの岩柱の裏に魔宝地図を置けば、宝箱とモンスターが出現するはず」

指を差した瞬間「なに奴《やつ》だ！　魔界の雑魚下郎《ざこげろう》めが！」と、声が響いてきた。

「ここはシクルゼ族の四眼ルリゼゼの領地ぞ！　我の裸《はだか》を見るのは数千年早い！」

地底から這《は》い上《あ》がった魔物《まもの》のようなガラガラ声だが、女の声だと分かる。

声は柱の裏、魔素を感じた辺りから聞こえた。

「女？」

エヴァがトンファーを岩の柱へと伸《の》ばす。

「ん、言葉が解《わか》らない。けど、あの巨岩《きょがん》の後ろから女性らしい声が聞こえた」

続いてヴィーネが翡翠《ひすい》の蛇弓《バジユラ》を構えながら、

「ご主人様、あの岩ごと、この翡翠の蛇弓《バジユラ》の矢で、ぶち抜きますか？」

「いや、待て」

そこに「ンンー――」と黒猫《ロロ》が喉声を鳴らしつつ走り寄る。

足下の水面に頭部を向けた。

小さい口から伸ばした舌で水を叩くように水を掬《すく》い口内に水を運び飲んでいた。

「ロロ、神獣《しんじゅう》だから大丈夫とは思うが、飲み過ぎるなよ？」

「ンンン、にゃ」

『大丈夫にゃ』という感じだろうか。実はミネラルが豊富で水素水とか？

名水的な感じで体に良い水なのかな。

黒猫《ロロ》は大丈夫として問題は岩陰《いわかげ》にいる者だ。

「……そこの岩陰にいる者、話をしようか」

「なぜソナタらの言葉に従わねばならんのだ。それに……今は無理だ」

「なにが無理なんだ」

「この場所から想像つかぬか痴《し》れ者《もの》がっ！」

随分《ずいぶん》と偉そうな口調だが、ここは岩から水が流れ落ちている。

砂、地中から水が湧き出ている場所だから、

「……水浴びでもしていたのか？」

「そうだ。裸なのだ、武器もない。だから頼《たの》む。後生だ、こっちに来るな……」

〈翻訳即是《ほんやくそくぜ》〉効果で、俺《おれ》の言葉は通じている。そして、女で裸だから恥《は》ずかしいのか。

「裸か。興味あるな。邪界《じゃかい》の、洞穴に棲《す》まう存在だ」

眷属《けんぞく》たちが分かる言葉で呟いていた。

「「シュウヤ?」」

「ご主人様?」

『閣下?』

女性陣《じょせいじん》から冷たい言葉が突き刺さる。

「仕方ないだろう?　俺しか言葉が通じないのだから」

「裸なんて……休憩《きゅうけい》の時にわたしたちを、散々……見ているじゃない」

はい、プラチナブロンドの美しい髪《かみ》を持つレベッカさんの裸体《らたい》はしっかりと、把握《はあく》していますとも。

「ご主人様、相手は裸で出てこられないと言っているのですね」

「そうらしい、武器もないとか」

「それでは、わたしが代表して」

「俺がいく。お前たちは、女の言葉は分からないだろう?　だから、ここで待機だ」

「はい、仕方がありませんが……」

「ん、えっちなシュウヤ」

「俺はいく、ついてくるなら好きにしろ」

「では、フォローします」

「うん。言葉が分からないし、仕方ない。シュウヤの〈翻訳即是〉に期待！」

「閣下、私たちが、盾に」

「そうですぞ、我ら沸騎士《ふっきし》にお任せあれ」

結局、皆で裏側に回ることに。沈黙《ちんもく》していたカルードもついてくる。

一応、岩の裏にいる未知の女に知らせておくか。

「――もうすぐ岩場につく、悪く思うなよ」

「ひぃぃぃぃ、くるなーーー」

そんな怯《おび》えた声を上げながら岩陰から飛び出してきた。

彼女はどういう意図か分からないが、滑《すべ》りやすいと思われる大岩を登っていく。

話していた通り裸だった。登る女は長髪《ちょうはつ》のストレート。

銀色と薄緑《うすみどり》色が混じった色で綺麗《きれい》な髪質《かみしつ》だ。背は俺よりも高いか。

四つの細長い腕《うで》を器用に上下させて苔《こけ》が生えた岩をよじ登った。

爪《つめ》が特別か？　皮膚《ひふ》は人族とエルフとダークエルフが合わさった印象。

雪肌《ゆきはだ》と言えばいいか。とにかく美しく悩《なや》ましい。

透き通るような皮膚の表面には、岩から跳《は》ねた水滴《すいてき》が付着していた。

足も細長い人族と変わらない。あ、指の形は違《ちが》う。

『大きい方ですが、可愛《かわい》く素敵《すてき》なお尻《しり》です……』

と、常闇《とこやみ》の水精霊《せいれい》ヘルメの尻好きセンサーが反応していた。

「ん、大きい」

「うん。身長はシュウヤと同じぐらい？　もっとあるかも」

「腕は邪族と猫獣人《アンムル》と同じ四本腕だけど、微妙《びみょう》に違う？」

「二十階層の入り口の近辺で戦った仲間？　髪は銀と薄緑。一応書き留めておくから」

ミスティがそう発言。岩の上を必死に登る女性であろう裸の種族を見た美人の〈筆頭従者長〉たちは、それぞれに感想を述べていた。

ミスティは羊皮紙に走り書き中。ミスティの羊皮紙に興味が出たから後ろに回る。
〈筆頭従者長〉としての身体能力を活《い》かすミスティは羽根ペンを凄《すさ》まじい速度で動かしては、厚い羊皮紙に考察を書いていた。少し覗かせてもらう。

邪界の調査レポート、その三十五。
洞穴に住む謎《なぞ》の大柄《おおがら》女怪物《かいぶつ》。
注・お尻が大きく、精霊ヘルメ様がご執着《しゅうちゃく》の模様。
長髪でヴィーネ的な銀色に薄《うす》い緑色が混じる。微妙に異なる四本腕を持つ。
足は見事な筋肉を保ちつつも嫉妬《しっと》を覚えるほどにスラリと長い。

足先の形は人族と違う。鉤爪《かぎつめ》がついている。

腕の指の形も若干違《じゃっかんちが》うようね。岩を登る仕草が速いから上手《うま》く調べられない。

種族は邪界の方？　魔族《まぞく》？　分からないわ。あ、マスターの好きな言葉で喩《たと》えるなら『未知との遭遇《そうぐう》』で正解かな。えすえふ系のえいがで面白いってマスターは教えてくれたけど、いまいち分からないのよね。と、そのマスターは、その未知の女性とスムーズに未知なる会話を円滑《えんかつ》に進めているから興味深いわ。この間もマスターは、ラグニ族の村の方々と円滑にコミュニケーションを取っていた。あの言語は何だろうか。

邪族のドワーフ語に比較的《ひかくてき》近い感覚とはまったく違う。

母音《ぼいん》、子音《しいん》、有声音《ゆうせいおん》、イントネーションが微妙に異なる。

発音の仕方も分からない……真似《まね》はできそう、邪界語？　魔界ゼブドラの共通言葉なのだろうか？　マスターの会話の様子から女の種族に興味が湧いたらしい。

顔を見れば、だいたい分かる。レベッカがそれを知って不機嫌《ふきげん》になっていた。

そもそも、なんでこんな森の中にある洞穴に住んでいるのかしら。

先ほどの見たことのないランプ、ランタンも気になるし、魔力を帯びた絨毯に、壁《かべ》に彫《ほ》られた絵も気になるわ、洞穴の壁にあった同じようなアルコーブもあるし……。

ミスティは夢中になって日記風に書いている。俺も彼女のように少し博士風を吹《ふ》かしてみるか。カレウドスコープでチェックしよう。右の眼《め》の横にある十字金属アタッチメントをタッチ。薄青《うすあお》いフレーム面が洞穴の内部を映していく。天井付近まで登り、岩上に張り付いている怪物を縁取《ふちど》り▽のカーソルが出た――カーソルを意識。

？？？シクルゼ〉？他？生命・ad##
脳波：興奮
身体：正常
性別：雌？？
総筋力値：５６７
エレニウム総合値：２８０１
武器：あり

表示がバグっている。魔界か、もとは違う宇宙に連なる生命体だからかな？

筋力、エレニウム値が高い。強そうだ。

「……なぁ、四つ腕を持つ方よ。そんな上に登って何をしているんだ？」

「こっちに来るな！　バカ、ヘンタイーー」

二つの長い腕で背中側へ一生懸命《いっしょうけんめい》に振り回《まわ》している。追《お》い詰《つ》められた手負いの動物のようだ。

「もう来てしまったが……下からだと、はっきりと尻が見えているぞ」

「エエェエエ、キャァ――」

四本の手で体を隠そうとしたところで、足が滑り落ちてきた。

助けてやるか――跳躍《ちょうやく》。落下中の大柄な女性を抱いてキャッチ。

「――え？」

四本腕の女性は体をビクッと揺《ゆ》らした。体重は結構重い。

「大丈夫か？」

「ぁ、ぁ、はぃ……」

女性は四眼を持つ怪物女さんだった。綺麗な顔の女性を地面に降ろして丁寧《ていねい》に解放。

女性の口と首筋と耳元と後頭部に肩《かた》にも繋がる黒色の眼帯で二眼は隠れていた。四眼の女性は人間だと眉《まゆ》の位置にある二眼で俺を凝視中《ぎょうし》。虹彩《こうさい》は緑色が基調でエメラルド。美しい瞳の女性は、頬を斑《まだら》に朱《しゅ》に染めた。

「向こうに着替《きが》えがあるんだろ？」

「うん」

四眼の女性は眼帯で隠れていない二眼で俺を見つめ返す。が、

「あ、きゃっ――」

自身が裸だと改めて認識《にんしき》したような取《と》り繕《つくろ》う顔付きとなった。

四眼の女性は慌《あわ》てて踵《きびす》を返す。洞穴の廊下《ろうか》に続く鉄の扉を潜《くぐ》った。

魔力がある絨毯の上を走る姿は意外に乙女《おとめ》的で可愛らしい姿だ。

「四眼よね。わたしたちと同じ位置の眼球は眼帯で隠れていたけど」

「はい、数日前、わたしたちを襲《おそ》った軍団の片方側には、四眼の魔族たちがいました」

レベッカとヴィーネが武器を構えて用心しながら語る。

「肌《はだ》の色は違うから、同じ種族か、亜種《あしゅ》かも知れない」

「マスター、魔宝地図の設置は後回し？」

「そうなる。今、着替《きが》えている彼女に聞いてみよう」

すると、着替えが終わった四眼の女性が戻《もど》ってきた。長い銀色と薄緑色の髪は縦長の耳の裏へ流されている。首の襟《えり》から肩甲《けんこう》と上腕甲《じょうわんこう》が一体化したダマスカス加工が施《ほどこ》されたような金属の螺旋《らせん》が美しい芸術品を感じさせる防具を身に着けていた。

杏葉《ぎょうよう》の唐鞍《からくら》の装身具のような模様にも見える。

黒色の革鎧《かわよろい》の胴体《どうたい》は焦《こ》げ茶色《ちゃいろ》の小さい革《かわ》ベルトの群れがちりばめられてあった。

大柄の体を拘束《こうそく》具で締《し》め付《つ》けることができそうなぐらいのベルトの数。

不思議だが、特殊《とくしゅ》な魔《ま》獣《じゅう》の革鎧かな。焦げ茶色の革ベルトと共に魔力が伴《ともな》う鋲《びょう》のような物も打《う》ち込《こ》まれてある。手首辺りに密集。両肩《りょうかた》から二本の直刀剣《ちょくとうけん》の青白い魔力が染《し》み込んだ柄巻《つかまき》が覗く。腰の両側には剣身《けんしん》が湾曲《わんきょく》したシミター系の長剣《ちょうけん》が差してあった。

キレと同じような四剣使いか。

「……先ほどは失礼した。助けは不要だったが、貴方《あなた》に助けられたのは事実。礼をいう」

ルリゼゼは歯を見せて微笑《びしょう》。鮫《さめ》のような歯が多い。

が、先ほどの態度とは変わって温容さが顔に表れていた。

「いえ、こちらこそ水浴びの最中に乱入して申し訳ない」

と丁寧に謝《あやま》ってから頭を下げた。四眼を持つ種族のルリゼゼにも、ラグニ村の方のように〈翻訳即是〉が通じてよかった。

「我に謝るとは珍《めずら》しい。名乗っておこう。我は、シクルゼ族の半端者《はんぱもの》。四眼ルリゼゼが名だ。其方《そちら》の名は何というのだ？」

「シュウヤです」

「そうか、シュウヤは人族なのか？」

「いえ、似たような感じですが違います」

「ほぅ、亜種といえど、この邪界の大陸に人族がな……」

ルリゼゼは眼帯で隠されていない二つの瞳で俺を見つめながら語る。

「……ルリゼゼさん、訊《たず》ねたいのですが」

「何だ？」

「魔宝地図というのは知っていますか？」

「モンスターと共に宝箱が出現する地図！　轟毒《ごうどく》騎王ラゼンが自慢気《じまんげ》に話していたのを覚えている。その地図を持っていた部下を殺してやったがな！　フハハハッ」

突然《とつぜん》、怪物らしい表情を浮かべて呵々大笑《かかたいしよう》。

「そうですか。それを持っているのです。丁度、地図の置き場所が、そこの中央にある岩場の下なんですが……出現させていいですか？」

「なにぃ、だから我の家に侵入《しんにゆう》したのか。駄目だといったらどうする？」

さすがにここで暮らしているなら邪魔《じゃま》はできない。

地図ならレベッカの死に地図もあるし、もしくは地図を止めて、一旦《いったん》、家に帰るか。

「……無理を押《お》し通すつもりはないです。違う地図の場所へ向かうか、家に帰ります」

「つまらんな。その見《み》え透いた敬語も止《よ》してほしいものだ」

この魔族系の女は何がしたいのか、いまいち分からない。お望み通り、敬語は止めた。

「分かった。魔法《まほう》の地図を置かずに、駄目なら帰るとする」

「……ふん、我と戦いに来たのではないのか！」

「戦いたいなら戦うが、どっちにしろ地図を置いちゃだめなんだろ？」

「いや、いい」

「そうか、なら置くぞ」

「待て、それは我と戦った後だ」

「そういうことか、なら」

魔力を放出し、魔槍杖《まそうづえ》バルドークを右手に出す。

「何という濃密《のうみつ》な……魔力《プレッシャー》だ。が、美味《うま》そうだ」

四眼ルリゼゼは素早《すばや》く後方へ跳躍しながら、口の両端《りょうたん》を引き上げた。

「いいぞ、いいぞぉ、その槍斧《そうふ》が主力武器なのだな。我に挑《いど》むという心意気。フハハハ！

急に面白くなってきたぁ、面白い！　気に入った！　シュウヤッ、お前は人族の面を被《かぶ》った魔族であろう？」

分かりやすい女だ。

「ふ、そうなのかも知れない」

冗談《じょうだん》に乗り笑いながら、ルリゼゼの一対《いっつい》の虹彩を凝視。エメラルド系の瞳は綺麗だ。

ルリゼゼの眼には魔力《まりょく》が留《とど》まっている。俺を分析《ぶんせき》しているようだ。

「邪界に飛ばされて数千年。我に挑む酔狂《すいきょう》な魔界騎士《まかいきし》、邪界騎士《きし》、邪界導師、神界戦士の数が減ってきたところに、これだ。たまらん、戦いの饗宴《きょうえん》を楽しもうではないか」

ルリゼゼは戦闘狂《せんとうきょう》らしい。このまま彼女と戦う前に、報告するか。

眷属たちはこの会話が理解できていない。

「ルリゼゼ、少し待った」

「作戦会議か？　構わん、やれ――」

鼻で笑ったルリゼゼ。顎《あご》をくいっと伸ばし、好きにしろ的なニュアンスだ。

しかし作戦？　舐《な》められたもんだ。一応仲間に振《ふ》り返《かえ》り、

「皆、あいつと戦うことになった」

「え？　仲良く話していたように見えたのに」

「ご主人様、楽しむおつもりですね？」

さすがはヴィーネ。微笑を浮《う》かべて、気持ちを当ててきた。

エヴァ並みに気持ちを読んでいる。

「その通り。皆には悪いが見ていてもらおう」

「ん、シュウヤの顔、凄く楽しそう。見学する！」

「――了解《りょうかい》、わたしたちもゆっくりと楽しみましょうか。紅茶タイムにするわ」

後退しながら話すレベッカ。

彼女はアイテムボックスから色々と休憩道具を取り出し地面に設置していく。

「ここには岩があまりないから、普通《ふつう》に手伝う」

「うん、ありがと」

休憩時には、必ず仲間のために敷物《しきもの》とお菓子《かし》を用意してくれるレベッカさんだ。

ミスティも参加して給仕《きゅうじ》のようにテキパキと動いていた。

「あの四眼の魔族？　腕に自信があるんでしょうけど、シュウヤと戦う選択《せんたく》をするなんて」

ユイが刀を仕舞《しま》いながら話していた。

「そうねぇ。でも仕方がないのかも、ここが我《わ》が家《や》なら必死に抵抗《ていこう》をするでしょ。さ、今はシュウヤに任せて、皆《みな》、座《すわ》って、お茶にしましょ」

「うん」

「ん、了解」

「はい」

「一応ゴーレムを作って置いておくわ」

美女たちはピクニックをするように水のない砂浜のような場所に敷かれた布の上に座り出す。渋《しぶ》い表情を浮かべているカルードは俺を見据《みす》えていた。彼《かれ》からは戦いたい、という目力を感じる。

「先ほどマイロードが沈《しず》めた相手とは……また少し違い、地上にいる武芸者のような雰囲気を出している相手ですな」

「そう分析したか」

「……はい。戦いは参考にさせて頂きますぞ」

カルードもまた武芸者、武人、鋭《するど》い眼光で俺を見つめている。

俺が参考にしているようにカルードもまた俺を参考にしているらしい。

少し恥ずかしくなったので、笑顔《えがお》を浮かべて頷いてから、四眼のルリゼゼの方へ振り返り、歩み寄っていく。俺は眼帯繋がりで、

「——待たせたな。で、どこで戦う？」

どこぞの渋声を意識して、ルリゼゼに聞いていた。

「ん？　仲間はどうしたのだ。一緒《いっしょ》に我と戦うのではないのか？」

「いや、俺一人だ」

ルリゼゼはショックを受けたのか、二つの眼が見開く。

「二つ腕のシュウヤだけで、我と戦うというのか？　余程《よほど》の自信過剰《かじょう》、馬鹿か……」

「馬鹿でいいよ。で、戦うならどこで戦うんだ？」

「ふ、ここの水浴び場でいいだろう――」

「了解――」

互《たが》いに浅い湖の上を浚渫《しゅんせつ》する勢いで掻《か》き分《わ》けて歩く。

宮本武蔵と佐々木小次郎《こじろう》の剣豪《けんごう》が鎬《しのぎ》を削《けず》って戦った巌流島《がんりゅうじま》のように。

水飛沫《みずしぶき》が湖面から舞《ま》うなか間合いを計った。

この剣呑《けんのん》たる間、アドレナリンが出る。それは四眼ルリゼゼも同じように見えた。

四眼ルリゼゼは嗤《わら》いながら両上腕《じょうわん》を肩口《かたぐち》へ伸ばす。

二つの青白い柄巻に綺麗な細い指が触《ふ》れると素早く握《にぎ》り、銀色の鋼の直刀剣を引《ひ》き抜いた。

……武士道でもあるのか、二つ腕だけ武器を抜いてきた。

……相手に合わせてくる武闘派《ぶとうは》か。気は心。ともいうし。

ルリゼゼなりの真剣勝負に対する誠意は気に入った。

俺も〈鎖《くさり》〉と古代魔法は止めておく。

使うのは愛用の槍《やり》、〈導想魔手《どうそうましゅ》〉、〈血道第三・開門〉の速度系だけにしておくか。

ルリゼゼの防具は戦士としての装備。魔力が籠《こ》もる特別な装備品だろう。

俺も――二《に》の腕に魔力を送った。斑模様の腕を囲う環《わ》が、二の腕から腕先にまで自動展開された。光輪防具《アーバー》だ。環は色合い的に渋い。

近未来型のガジェット防具にも見える。が、内実は壊《こわ》れた光輪防具《アーバー》だったりするが、意外に気に入っているから無問題――ルリゼゼと何もいうことなく意気投合したように互いに走るのを止めた。

「見ての通り二つ腕だけだが、気にするな。眼と腕を解放して全力で掛《か》かって来い。なんでもありの真剣勝負、遠慮《えんりょ》はいらん」

「――潔《いさぎよ》い人の雄《おす》なのだな。承知した」

ルリゼゼは下腕の手を使い眼帯を持ち上げる。

虹彩の色合いは上の双眸《そうぼう》と同じだが、魔法陣《まほうじん》らしきモノが浮かんでいる。

目尻《めじり》から薄く光った螺旋状《らせんじよう》の刺青《いれずみ》模様が耳裏の方まで伸びていた。

「魔眼《まがん》〈魔靭《ルゼ》・鳴神《ハヴオス》〉の〈第一開眼〉を解放。では遠慮なく、嘗《かつ》て、愚神《ぐしん》級の魔界騎士と呼ばれた力の本髄《ほんずい》を魅《み》せてやろう」

四眼ルリゼゼは嘗て魔界騎士と呼ばれていたのか。

そのルリゼゼの魔眼の中にある魔法陣が時計の針でも回るように急回転。

同時に、細長い下の両腕《りょううで》を斜《なな》めに下げた。下腕を臍《へそ》の前でクロスさせつつ腰《こし》の曲剣の柄巻を握ると、その曲剣を素早く引き抜いた。四剣流か。

「四腕シクルゼ流、四眼ルリゼゼが参る！」

「来い、勝負だ。四眼ルリゼゼ」

美人さんの四眼ルリゼゼは武人としての笑《え》みを見せた。

そのルリゼゼ、前傾《ぜんけい》姿勢で浅瀬《あさせ》の砂場の水を跳ね退《の》けるように突進《とっしん》。

間合いを詰めた刹那《せつな》、魔力を足に込めた鋭い踏《ふ》み込みから細長い下腕ではなく、上腕が握る直刀剣を振り下《お》ろしてくる――速い。

銀か鋼か煌《きら》めく直刀剣を半身の姿勢で後退して避《さ》けた。「――避けるだろうと読んでいた！」と、叫《さけ》ぶルリゼゼは、後退した俺の首を刎《は》ねようと前進しつつ直刀剣を振るってきた。

「――痛いのは嫌だからな」

俺はそう言いながら魔槍杖バルドークを斜め上《うえ》に伸ばす。紫色《むらさきいろ》の魔竜王《まりゅうおう》素材の柄《え》で直刀

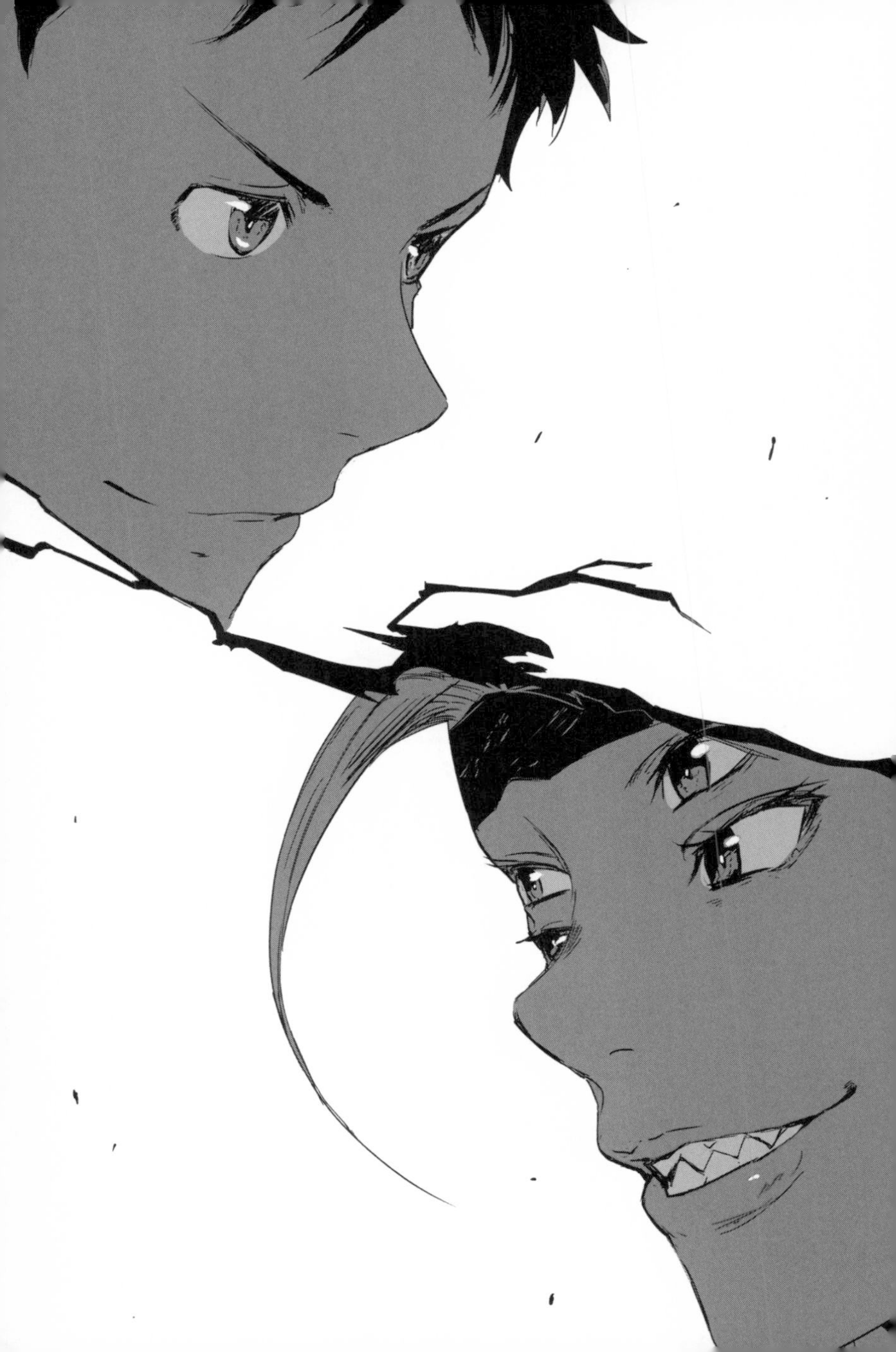

剣を防いだ。そして、魔槍杖バルドークの柄の角度を下げた。

狙《ねら》いは、ルリゼゼの上腕が扱《あつか》う直刀剣の刃《は》を受け流すことだが、誘《さそ》いに乗らない。

ルリゼゼは下腕を振るってきた。曲剣の刃の〈刺突《しとつ》〉と呼ぶべき剣突《けんとつ》と、何回も魔槍杖バルドークの柄を叩《たた》いた。硬質《こうしつ》な音を響《ひび》かせる。下腕が握る曲剣を引いていた。

剣術《けんじゅつ》が巧《たく》みと分かる。ルリゼゼはそんな剣術ばかりでないと意味する柔軟《じゅうなん》な足捌《さば》きから蹴《け》り技《わざ》を繰《く》り出《だ》しては細長い下腕が握る曲剣と上腕が握る直刀剣の突《つ》き技も放ってきた。

蹴りを柄で弾《はじ》き、右に移動しながら直刀剣を紅斧刃《おのば》の穂先《ほさき》で受け流す——。

ルリゼゼは俺の防御《ぼうぎょ》重視の動きを追うように細長い下腕を鞭《むち》のごとくしならせて朱色《しゅいろ》の曲剣刃《きょくけんば》を振るってきた。一対の曲剣刃で左と右から俺の胴体を挟《はさ》むつもりだ。

キレと同じような技か、その曲剣の刃を受けずに、後退、左右からの鋭い斬《き》り払《はら》いを避けた。が、素早さを増したルリゼゼ。

前進しながら突き技を放ってくる。連続で疾風《しっぷう》の如《ごと》く——。

「痛ッ」

魔槍杖バルドークで円を描《えが》くように回転させて、剣突を弾いた。

が、ルリゼゼは四本腕だ。弾けない剣刃もある。

そして、俺は革の服だ。胴体に銀刃と朱刃《しゅば》が掠《かす》る度に傷が体にできた。

「後退は愚──」

ルリゼゼは余裕《よゆう》の表情で俺の行動を責めてくる。そのまま後退する俺を追うように前進しつつ四つの腕で迅速《じんそく》の突きを繰り出す。俺の両腕を囲う環の光輪防具《アーバー》がルリゼゼの刃を防ぐ度に硬質の音を響かせ火花を散らしている。

そんな凄まじい剣術を披露《ひろう》しているルリゼゼは四眼の視線でフェイントを繰り出してから足を砂場に入れて砂を「──これはどうだ？」と喋《しゃべ》りつつ掬い蹴《け》る──砂を俺の目に飛ばし、目潰《めつぶ》しを狙いつつ肩を巻《ま》き込むような畳《たた》んだ姿勢から袈裟《けさぎ》斬りを繰り出してきた。

咄嗟《とっさ》に左に回転しながら目潰しと袈裟斬りを避ける。その直後、ルリゼゼの両下腕が握る朱色の曲剣が、左右から俺を挟むように斬《き》ろうとしてきた。慌てず魔槍杖バルドークの紅矛《ほこ》を正面にいるルリゼゼではなく──浅瀬の土地面に向けた。地面を穿《うが》つ。

柄を両手で持ち、体を浮かせて左右から迫《せま》った朱刃を避けた。

その避けたタイミングで、地面を突《つ》いた魔槍杖バルドークを掬い上げる。

泥《どろ》と水をルリゼゼの目元へと飛ばしてやった。

ルリゼゼは俺が同じことをしてくるとは思わなかったようだ。咄嗟に右に避けるが、左《ひだり》眼《め》の一部に泥水《どろみず》をかぶった。これで一時的に視界の一部を潰《つぶ》したはず。

「くっ──これぞ真剣《しんけん》勝負だ。良いぞ、良い、良い、良い、良い、良いッ！」

ルリゼゼは興奮。横向きの姿勢を保ち走りながら、嗤い、喋っている。

そんなルリゼゼの二眼と左の眼は瞑《つぶ》ったままだ。その瞳《ひとみ》が一瞬《いっしゅん》開く。瞳が散大したかと思うと、横を並走《へいそう》していた彼女《かのじょ》は直角に動く。膝《ひざ》を折り曲げたと思ったら、僅《わず》かに宙へ跳躍――左前回転を行いながら上腕と下腕が握る四つの剣刃を活かす独特の回転斬りを繰り出してきた。剣刃はそれぞれ微妙に違う角度から迫る。四連続の剣術スキル。

ユイ&カルードの回転斬りを思い出しながら〈血道第三・開門〉を開門――。

〈血液加速《ブラッディアクセル》〉を発動。

ゴルゴダのブーツごと両足が〈血魔力〉で染まる。身体速度が増した。

俺は、ルリゼゼが横回転しつつ四つの魔剣《まけん》を振るう、その魔剣の刃、一つ一つの形を把握しつつ四つの魔剣の刃を紙一重の距離《きょり》で避け続けた。

剣の名手のルリゼゼ――四剣の朱色と銀色が混ざり合う剣閃が虚空《こくう》を交差。

その四つの魔剣が引くタイミングに合わせて魔槍杖バルドークの石突《いしづき》をルリゼゼの腹に衝突《しょうとつ》させようと狙う――が、ルリゼゼは少し距離を取った。

「素晴《すば》らしい身体速度、体術、いや、槍武術の一つなのか？　我と同じ魔界騎士になれるぞ。だが、第二開眼〈魔靭《ルゼ》・鳴神《ハヴオス》〉――」

刹那。四眼と連動？　ルリゼゼの四つの手首から魔力が膨《ふく》れ上がる。

その手首からジャックナイフを連想させる緑色のモノを多数突出《とっしゅつ》させた。

暗器による飛び道具――旧ソ連『スペツナズ・ナイフ』を連想させる。魔槍杖バルドークを回転させて、その暗器の連続した飛び道具攻撃《こうげき》を防ぐ。が、ナイフの群は多い。これは避けられない。咄嗟に魔槍杖バルドークを持つ腕と無手の腕を頭部の前に交差させた。神界のブー一族からもらった二の腕に展開中の壊れた環防具も使い、多数のスペツナズ・ナイフの攻撃を防ぐことに注力する。魔槍杖から幾《いく》つもの斑な火花が発生――左右へと緑色の太いナイフの刃を弾いていく。が、ドスッドスッと体に刺《さ》さった。痛ェ、痛すぎる。骨に沁《し》みるような鈍《にぶ》い音、下半身に刃渡《はわた》りの長いナイフが刺さって……痛すぎる。しかも、股間《こかん》の大事なところに刺さって、しまった……これは、なんだ。あまりの痛みと変な感覚を得て、必死に何かを否定。

ゴルゴダの革鎧は切《き》り裂《さ》かれて、体が赤く染まるが、ルリゼゼから距離を取る。

刺さったスペツナズ・ナイフのようなナイフを引き抜いていった。ルリゼゼは、

「その速度を生み出している足をもらうとしよう。四腕シクルゼ流〈魔靭《ルゼ》・友喰《ミル・バ》い〉――」

トントンットン、と、小気味よいステップを踏みつつルリゼゼが――スキルの言葉を呟《つぶや》くと共に爆発的《ばくはつてき》な加速を見せる。間合いを詰めながら未知の剣閃を繰り出してきた。

丁度、緑色のナイフを引き抜《ぬ》く作業を終えた直後だったが――魔槍杖バルドークを斜め

に伸ばす。その四つの剣閃を柄と竜魔石《りゅうませき》で防いだ。金属の不協和音が耳朶《じだ》を震《ふる》わせる。

「さすがに足を狙うといったら分かるだろ」

「ふ、そうだな〈魔鞘《ルゼ》・鏡斬り《サソー》〉――」

マジ？　最初はフェイクだったらしい。ルリゼゼがスキルか技の名を呟いた瞬間《しゅんかん》、ぶれるように現れたもう一体のルリゼゼが魔剣を迅速に振るっていた。気付いた時には、俺の両足が切断されていた。痛ぃぃぃぃ――。

「ご主人様――」

背後から選ばれし眷属の悲鳴が届く中――両足が切断されて、体が空を舞う。

百八十度移り変わる洞穴《ほらあな》の視界。知らない天井《てんじょう》だ……これが斬られた反動からくる、移り変わる視界というやつか。久々にまともに斬られたな。眷属たちが驚《おどろ》いているが、もう心配はさせない。ルシヴァルの宗主《そうしゅ》として――血魔力〈血道第一・開門〉を意識。

「俺を殺すなら足ではだめだ。熱く滾《たぎ》っている魂《たましい》を斬らないと」

空中から両断された足を意識。痛すぎるが血を操作――。

生々しい断面を見せる俺の両足に、その膝から出血している大量の血を繋《つな》げた。

足と足が血で繋がった刹那、両足は膝の血の流れに乗りつつ上空の俺の下に飛来。

一瞬で、足と足の切断面が磁石のS極とN極が引かれ合うように合わさると合体。

骨と肉繊維《せんい》も一瞬で再生を果たした。よし！　成功。足は逆さまにくっ付いていない。ちゃんと正面を向いている。ルリゼゼは「なんだと！」と発言。当たり前だがルリゼゼは俺の回復力に驚く。そのルリゼゼの四眼に溜《た》まっていた魔力が減少しているように見えた。浅瀬の表面に着地した。回復した足の感触《かんしょく》は普通だ。水で冷たい。

そのままルリゼゼの姿を視界に捉《とら》えつつ、魔槍杖バルドークの柄を握る指を拡《ひろ》げて、柄を掴《つか》み直した。掌《てのひら》で得るグリップの感触を確かめつつルリゼゼとの間合いをゆっくりと詰めたところで、下段に差し向けた紅矛で、砂と水を掬うような動作のフェイントを行う。その下からの攻撃を、俄《にわか》に止めつつ魔槍杖バルドークを持ち上げた。

「くっ、魔眼〈魔靭・鳴神〉には見えているぞ――」

ルリゼゼは、そんな言葉を発しているが、二つ下腕は下方。フェイントに引っ掛かる。

その動きを把握しつつ全身に魔力を纏《まと》う〈魔闘術《まとうじゅつ》〉を実行。一段階速度を上げた。

外から俺を見たら魔力を帯びた全身の筋肉が一回り増しているような感じなのかも知れない。凄まじい躍動《やくどう》を体に感じつつ魔槍杖バルドークを上段から振るった。同時に握り手の指をラフマニノフの難しい協奏曲でも弾くように素早く離《はな》す。複数の指を、柄になぞらえながら柄の握り手を変化させた。そのままルリゼゼの頭部を紅斧刃で叩くイメージで魔槍杖バルドークを振り下ろした。

「速い――」

ルリゼゼはフェイントに掛かっていたが異常な反応速度だ。

〈魔靭・鳴神〉の効果か？

ルリゼゼは回転斬りの勢いを利用しつつ両上腕が握る二つの直刀剣と左下腕の曲剣の刃を頭上に掲《かか》げて――三つの刃をクロスさせてきた。

俺が振り下ろした魔槍杖バルドークの紅斧刃を、その三つの刃で受け止める。

と、紅斧刃と三つの刃の衝突面から激しい火花が散って、ルリゼゼの前髪《まえがみ》が焦げた。

力の紅斧刃を受け止めた三つの魔剣に刃《は》こぼれはない。業物《わざもの》で強力な魔剣だろう。

そして、このままつばぜり合いか？　そう考えた直後、ルリゼゼは朱色の曲剣の角度を変えるや、俺の胸元《むなもと》を、その朱色の曲剣で突こうとしてきた。

ところが、魔槍杖バルドークの上段振り下ろしが、ルリゼゼには予想外に重かったらしく表情を苦し気に歪《ゆが》めながら、片膝《かたひざ》で浅い湖面を突いて体のバランスを崩《くず》した。

反撃《はんげき》の曲剣の突きは途中《とちゅう》で止まる。

「その顔色、予想外の速度と力を感じたな？」

笑みを浮かべながらルリゼゼに対して挑発《ちょうはつ》をするように語り掛けた。

――同時に魔槍杖バルドークを押す力を強めた。

ルリゼゼが持つ直刀剣と朱色の曲剣刃と魔槍杖バルドークの紅斧刃による鍔迫《つばぜ》り合《あ》いとなった。このまま鍔迫り合いが加速すると見せかけた。

「ぐ、ぐっ、我を舐めるなっ——」

掛かった。そのタイミングでルリゼゼの三つの剣刃と衝突していた紅斧刃の魔槍杖バルドークをわざと消す。そう、突然なる均衡《きんこう》の崩れ。

これにはルリゼゼも対応できまい。多脚《たきやく》ならまた違ったと思うが、ルリゼゼの接地は完全に失われた。体勢を崩すと前のめりに転倒《てんとう》。素早く〈導想魔手〉を発動させる。

歪《いびつ》な魔力の拳《こぶし》をルリゼゼの視界を潰した頭部に直撃《ちょくげき》させた。左半分の顔と黒色の革鎧の側面に魔力の拳の窪《くぼ》みができあがる。「——ぐあぁ」と痛みの声を発したルリゼゼは、上腕と下腕の手に持っていた剣を落としつつ、もんどりうって回転しながら岩壁《がんぺき》へ吹き飛《と》んだ。岩に直撃するか？　と思ったが、ルリゼゼは血塗《ちまみ》れな体のまま体勢を変えた。

——両足の裏で岩壁を捕《と》らえ蹴る。吹き飛ばされた力を逆に利用するかのような反動で俺《おれ》の方へと飛ぶように突っ込んでくる——血に塗《まみ》れた髪《かみ》がべっとりと付いたルリゼゼの表情は拳の痕《あと》が痛々しい。暴戻《ぼうれい》の気が漲《みなぎ》った表情だ。そして、下腕の右手には、まだ朱色の曲剣を一つ握っていた。ルリゼゼが向かってくる間に右手の魔槍杖バルドークを召喚《しょうかん》。

タフな女魔族の四眼ルリゼゼだ。普通なら、あの〈導想魔手〉の魔力拳《まりょくこぶし》で潰れている。

ルリゼゼは飛んでくる速度を活かすように腕のリーチを犠牲《ぎせい》にしながらも肘《ひじ》を曲げた。

振り幅《はば》を小さくした寝《ね》かせた刃で俺の頸《くび》を斬ろうと振るってきた。

先ほどより剣速が速い。その剣速を目で追いながら〈魔闘術〉を一時的に解除。

速度を落としたが、ルリゼゼは右手に握る朱色の剣一本のみだ。その俺の体を薙《な》ぎ斬ろうとする攻撃行動はしっかりと追える。

魔槍杖バルドークの柄を小刻みに揺らした——穂先で宙に八の字を描くや——。

ルリゼゼの振るった曲剣の刃と、八の字機動の紅矛が激しく衝突した。

独特な甲高《かんだか》い金属音と火花が散った。その火花と紅斧刃の勢いは紅色の虎《とら》が口を広げて喰らう印象だ。紅斧刃の勢いがルリゼゼの曲剣の勢いを超《こ》えた。曲剣を外側へと弾く。

紅《あか》い軌跡《きせき》が視界にチラつくが、その紅い軌跡を消すように、引いていた魔槍杖バルドークを前方に押し出す〈刺突〉を繰り出した——ルリゼゼは傷を負いながらも滞《とどこお》りのない足捌きで左斜め上に移動。あっさりと〈刺突〉の紅矛を避けた。左側に移動したルリゼゼは弾かれた曲剣を胸に構え戻しつつ地を強く蹴る。僅かに跳躍しつつ朱色の曲剣の切っ先を俺の頭部に向ける。気魂溢《きこんあふ》れる突き技——。が、その突きの速度は、先ほどより遅《おそ》い。

ルリゼゼは怪我《けが》の影響《えいきょう》か、動きが不安定なのかも知れない。

その突き技の軌道《きどう》を予測しつつ爪先《つまさき》を軸《じく》とした必要最低限の回避《かいひ》運動を行った。

迫る曲剣の突きを余裕ある間合いで避けながら――。

引いた右手が握る魔槍杖バルドークを前へと捻《ひね》り出す〈刺突〉をルリゼゼの腹に向けて繰り出した。ルリゼゼの腹に魔槍杖バルドークの〈刺突〉が刺さったか、と思われた一弾指《いちだんし》。ルリゼゼは大柄な体格に似合わない動きを見せる――。

朱色の曲剣が握る右手を伸《の》ばしきった状態で、魔槍杖バルドークの上をくるり舞い回り〈刺突〉を華麗《かれい》に避けてきた。〈刺突〉の魔槍杖バルドークを棒高跳《ぼうたかと》び競技の棒にでも見立てたかのような機動力――凄《すご》い！　体から濃密な魔力を漂《ただよ》わせていたルリゼゼは膝を曲げて重心が下がった体勢で着地するや否《いな》や「終開眼〈魔靭・鳴神〉」と、呟いた。その刹那、緑のオーラのような魔力を体から噴出《ふんしゅつ》させつつ、足先で湖面の上を削り取るような水飛沫をあげる水面蹴りを放ってきた。そのバレリーナのような蹴りの機動を見ながら浅瀬に沈む自身の足を、更《さら》に深く沈み込《こ》ませてから地を蹴った。跳《と》んで、ルリゼゼの水面蹴りを避けた。そして、

――蹴りなら蹴りを！　邪界導師《じゃかい》キレが使っていた簡易バージョンを意識。

宙で腰を捻る上段回し蹴りを、ルリゼゼの頭部に放つ。

ルリゼゼは左顔面が腫《は》れて血塗れた顔だったが、愉悦《ゆえつ》染《じ》みた嗤い顔を見せて、背を弓なりに反らしつつ俺の蹴りをあっさりと避けた。

俺の蹴り技術では、やはり、キレがまだ足らない。

緑の魔力を体に纏ったルリゼゼは身体能力が増した。仰《の》け反《ぞ》り姿勢からむくっと素早く体勢を持ち直すと、四眼の魔族らしく鋭い歯を見せた。

傷付いた歯牙《しが》の間から「くっ、はっ、」とした独特な冷笑《れいしょう》を溢《こぼ》しながらナイフトリックを行うような素早さで、曲剣の持ち手を左の上腕の手へと変えていた。

〈導想魔手〉の拳でルリゼゼの顔を殴《なぐ》ったが、ルリゼゼにダメージの蓄積《ちくせき》はないのか？

ルリゼゼは素早い所作で握り直した曲剣の剣先で――俺の胸を狙う。

連続的に突いてきた――緑の魔力を纏ったルリゼゼは動きが疾《はや》い。刹那の間に避けきれず、曲剣の切っ先が頬をかすめた。肩先《かたさき》にも刃が食《く》い込む。痛い、痛い――血が間断なく噴《ふ》き出《で》て痛烈《つうれつ》な痛みを味わうが魔槍杖バルドークの柄で鋭い切っ先を弾きつつ――。

なんとか、退いたところで魔槍杖バルドークを首後ろに回して風槍流『案山子《かかし》通し』を行う。ぐわり、ぐわりと連続的に横回転――爪先回転の技術だ――。

ルリゼゼと踊《おど》るように突き技の連続攻撃を避けつつ魔槍杖バルドークの柄でも弾き続けた。そこで〈魔闘術〉を再度両足に込めた。

〈血液加速《ブラッディアクセル》〉の血が体を巡《めぐ》る勢いが増す。

体の末端《まったん》の神経にまで行《い》き渡《わた》るように〈血魔力〉の血流を〈魔闘術〉の魔力が後押《あとお》しす

るのを感じつつ砂地を強く蹴った。斜めの位置から直角への動き――。

ルリゼゼとの間合いを一気に詰めた。槍圏内《やりけんない》に入った直後――。

浅瀬を潰す勢いの踏み込みから魔槍杖バルドークの突きをルリゼゼの胸に伸ばした。

ルリゼゼは左上腕が握る曲剣を上向かせるや、魔槍杖バルドークの穂先に曲剣の腹を当て紅矛を横の外へと出す。突きを往《い》なしてきた。その往なされた勢いを逆手に取る。間髪《かんはつ》を容れず魔槍杖バルドークを下から振るった。竜魔石でルリゼゼの臀部《でんぶ》を狙う。が、ルリゼゼは対応――。

「〈魔鳴・柔相剣《じゅうしょうけん》〉」

とスキルを発動。曲剣をしならせて速度を変化させる。柳《やなぎ》の枝を連想させる曲剣の機動で、先ほどよりも強く優《やさ》しく竜魔石は外へと押し出された。互いの力を利用し、俺の力を逆利用する。ルリゼゼの巧みな柔剣術《じゅうけんじゅつ》の〈魔鳴・柔相剣〉により、股間《こかん》潰《つぶ》しの竜魔石は防がれた。ルリゼゼは俺の〈魔闘術〉と血液加速の速度に対応している。

ルリゼゼの魔眼〈魔靭・鳴神〉の最終段階の能力か。力と速度と技術が一段階上がった印象を受けた。魔剣を持っていない三本の腕《うで》はそれぞれリーチが違《ちが》う腕を活《い》かすように風を孕《はら》む高速のストレートパンチを繰り出してくる――〈槍組手〉で対抗《たいこう》。

ルリゼゼの腕を絡《から》め取ろうと狙うがルリゼゼはスラリと伸びた足技《あしわざ》も繰り出してきた。

砂金のような汗《あせ》の粒《つぶ》が足の筋の上を流れていた。その汗が飛んでくる。

間近で戦士の汗と息遣いを感じながらルリゼゼとダンスを踊るように蹴りを繰り出す。互いの踝《くるぶし》、足首、脛、膝が衝突し合った――。

俺とルリゼゼは好敵手ここにありと言わんばかりに「「ハハッ」」と互いに笑いながら華麗な足技を封《ふう》じ合った。そのルリゼゼは朱色の剣刃も別の生き物のように動かしてくる。

朱色の剣刃を魔槍杖バルドークの柄で弾いた。俺の前腕《ぜんわん》と二の腕を連続して引き斬るような剣技《けんぎ》も避けた。ルリゼゼとの間合いを維持《いじ》するように戦う。一進一退の攻防《こうぼう》となった。

コンマ何秒の間の争いの中、何十人も殺せそうな技の応酬《おうしゅう》を互いに繰り出した――三十合は打ち合ったか？　魔槍杖バルドークの決定的な一撃《いちげき》が打ち込めない。

が――ここらで均衡を崩す。俺の首筋を狙うような鋭い薙ぎを――。

紅斧刃の上部で受け止めた。ここは力で押し返す――。

昔、師匠《ししょう》にも褒《ほ》められた一流の類といわれた〈魔闘術〉の質は更に上がっている。偉大《いだい》な神王位たちのリコ＆レーヴェ・クゼガイルの魔力操作、戦いの技術、カルード、ヴィーネ、ユイの歩法、剣術、魔力操作を身近で学び、邪界導師キレの魔力操作と蹴りの技術を実戦で学んだ経験は糧《プラス》になっているはずだ。

その経験を自らの体に言い聞かせるように体に纏う〈魔闘術〉を意識。

リアルタイムに〈魔闘術〉の配分を変化させた。

更に、ルリゼゼのタイミングを微妙《びみょう》に狂《くる》わせる風槍流『突崩《つきくず》し』を実行。

魔槍杖バルドークの穂先でルリゼゼの胸を連続的に浅く小突《こづ》く。

小突いた紅矛は想定通り往なされた。ルリゼゼは突進——。

朱色の曲剣の剣先で俺の胸を突き刺そうとしてきた。両手に持つ魔槍杖バルドークを押し、柄を朱色の剣先へ衝突させつつリコの技術を応用。

押し出した魔槍杖バルドークを小刻みに振動《しんどう》させつつ横に移動させた。

朱色の魔剣を柄と太刀打《たちうち》で引っ掛けるように払い流すと同時に、全身の〈魔闘術〉の配分を変更《へんこう》。ゼロコンマ数秒もかけず足に魔力を集中させる。

足を根にした爪先を軸とする爪先半回転で高速に横回転。その回転する勢いが加算した魔槍杖バルドークが右から左へと疾風迅雷《しっぷうじんらい》の域で駆《か》け抜ける〈豪閃《ごうせん》〉を発動——。

朱色の魔剣が引っ掛かり体勢を崩していたルリゼゼは、この〈豪閃〉に対応できない。

右上腕の一部を紅斧刃で斬ることに成功！

同時に魔槍杖バルドークを握る右手を胸に引き寄せる。「くっ——」ルリゼゼから苦悶《くもん》の表情と痛みの声が漏《も》れた。畳み掛ける。布石の魔力を込めた下段足刀を実行。

ルリゼゼの足を狙った。ルリゼゼは右手を斬られていたが、即座《そくざ》に蹴りに反応。

緑の魔力を纏う体で地を蹴り、バレリーナのような機動力の跳躍《ちょうやく》で蹴りを避けた。

その空中のルリゼゼの胸に向けて〈闇穿《あんせん》〉を繰り出す。ルリゼゼは魔槍杖バルドークの回転に合わせるように緑魔力を発した体を捻るや宙空で別の斥力《せきりょく》を得たように急激な横回転を行うや、朱色の曲剣を振るう。闇を纏う紅矛の穂先に朱色の曲剣を衝突させて〈闇穿〉を弾いてきた。ある程度弾《はじ》かれることは想定していたが少しショック。しかし、俺の本命はこれだ。魔槍杖バルドークを握る手を引き戻す。ルリゼゼは蹴りを俺の胸に繰り出した。

俄に肘を内側に曲げて魔槍杖バルドークを掌の中で縦回転させた。

ルリゼゼの連続した蹴技を柄で防ぎつつ――。

同時に微細《びさい》な魔力を魔槍杖バルドークへと注いだ。

ペンマジックを行うように掌の中で回転を続ける魔槍杖バルドーク。

その柄が煌めきつつ魔力の波紋《はもん》が一瞬で石突の竜魔石へ向かった。

竜魔石の中心の円環《えんかん》のような方位体が魂を得たかのように煌《きら》めく。

竜魔石が蒼《あお》一色に輝《かがや》くと同時に蒼氷の広刃剣《こうばけん》が生成された。

ルリゼゼは驚愕《きょうがく》しているが、宙空の位置から拳を繰り出す。

顔面に迫る拳を、俺は掌で回転を終えた魔槍杖バルドークの柄で受けた。

先端《せんたん》の竜魔石から蒼氷の広刃剣をルリゼゼに向ける。

穂先の紅矛と紅斧刃が後端《こうたん》の石突に見える機動だ。

ルリゼゼは四眼で隠し剣《氷の爪》を見ながら魔力を全身に溜めて解放。

——刹那、朱色の剣刃で「〈愚王鬼《ぐおうき》・一剣〉——」と発言。

朱色の剣刃で鬼のような幻影《げんえい》を発した剣技を繰り出す。

体が斬られて痛い！　が、構わず風槍流の〈刺突〉を発動——。

突き出た魔槍杖バルドークと衝突した朱色の剣を弾く。そして、螺旋回転《らせんかいてん》する隠し剣《氷の爪》が
ルリゼゼの無防備な鳩尾《みぞおち》を捕らえて貫《つらぬ》いた。

「——ぎゃっ」

ルリゼゼが装備していた黒色の革鎧《かわよろい》は幾重《いくえ》にも革《かわ》が捲《めく》れて散る。

ルリゼゼは回転しつつ吹《ふ》き飛んだ。隠し剣《氷の爪》が穿った鳩尾の孔《あな》から血飛沫《ちしぶき》が迸《ほとばし》る。ルリゼゼは後方の巨大《きょだい》な岩に衝突し、反動を受けて浅い湖面に転がった。

仰向《あおむ》けで動きを止める。浅い湖面に血の波紋が流れゆく。

ルリゼゼが纏う緑色の魔力は消える。〈魔闘術〉的な独自の〈闘法〉の魔力は強力だった。

ルリゼゼは、もう起き上がれないはずだ。

普通なら死んでいると思われるが、なにしろルリゼゼは普通ではない。まだ分からない。

と、考えつつも〈魔闘術〉を解除。

血の放出も止めて〈血液加速《ブラッディアクセル》〉を自然に閉ざす。

「勝負あった？　でも焦《あせ》った。シュウヤが足を斬られるなんて、シュウヤも完璧《かんぺき》ではないのね」

「ご主人様の槍使いとしての実力を以《もっ》てしても、未知の強者《きょうしゃ》には苦戦もします」

「うん。分かってるけど正直、心臓に悪い……」

レベッカは泣きそうな表情を浮かべて呟く。済まん。しかし、ヴィーネが語ったが強い奴《やつ》は本当に強い。魔族《まぞく》のルリゼゼ、邪族のキレも偉大な強者だ。

キレは殺してしまったが、尊敬を抱《いだ》かせる動きの質。キレは邪族でありながら四腕。ルリゼゼと同じ四剣使いのようだったが、あの華麗な足技の方も印象深かった。

今後も、ヤゼカポスの短剣《たんけん》とレンディルの剣を持つ青銀のオゼと同様、あの武術は脳裏《のうり》に焼き付いて残り続けると思う。

「わたしも体に寒気が、でも同時に相手の四眼、魔力操作、四剣の技術、どれもが素晴らしい技術を持った剣士《けんし》だったから、シュウヤではなくて、その動きを自然と追っていたわ」

ユイも剣術を扱うからな。

「武術も奥《おく》が深いのね……」

レベッカは腕を組んでユイの言葉に頷《うなず》く。真剣な表情だ。

確かに武の奥は深い。同時に師匠の言葉が過る。

『……最後に一つ忠告しとく。魔技《まぎ》の術を修めたからといって〝絶対強者〟ではないということだ。常に世の中、解《わか》らんことが起こる、気を付けるのだぞ！　そして、ロロ様とシュウヤの旅の無事を祈《いの》る、ラ・ケラーダッ！』

ラ・ケラーダ！　師匠、その通りでした。強者は無数にいます。

そして、迷宮《めいきゅう》の地下二十階層は別大陸という別世界。

翻訳《ほんやく》スキルがなきゃ到底《とうてい》理解できないことばかりでした。

「はい、武術には限りがなく、特にあの片手剣に移行してからの剣技術は特筆すべき動きでした。尊敬に値《あたい》します。ご主人様は、その尊敬できる相手に勝利しました。凄く誇《ほこ》らしいです」

「ん、途中のドガァッと吹き飛ばして、また戦い出してから激戦になった。槍をピューと持ち上げて、ジャッと振り下げるとこが凄い！」

エヴァはヴィーネに同意しながら一生懸命《いっしょうけんめい》トンファーを使い戦いを再現しようとしている。その仕草は段々と上手《うま》くなっている気がした。

「訓練の時から思っていたけど……マスターの槍って、非常に洗練された槍の動きよねぇ。素人《しろうと》の目でも分かる。素朴《そぼく》な疑問なんだけど、なんで、そんなに槍が〝糞《くそ》〟上手いの？」

「前にも話をしたけど、槍のお師匠様がシュウヤにはいるからね」

「あ、影響《えいきょう》が云々《うんぬん》って話ね」

「うん。昔、命を救われた時、シュウヤは尊敬できる偉大な師匠だと話してくれた。コテンパンに倒《たお》されながら槍武術を学んでいたんだ。と、楽しげに教えてくれたの」

ユイが自慢《じまん》気にアキレス師匠のことをミスティと皆に語る。

「あの繊細《せんさい》かつ豪快《ごうかい》な槍武術には、大本がいると……」

ミスティは羊皮紙のメモ帳にまた走り書きを行う。ヴィーネは、

「風槍流のお師匠様の話は前に聞いた事があります」

「先生、元気にしているかな……」

エヴァは昔を思い出したのか、愁《うれ》いの表情を浮《う》かべている。

エヴァを教育した先生、エルフの師匠には会ってみたい。カルードが、

「……さぞや、偉大なる槍マスターなのでしょうな」

武人の言葉だ。すると、小型ヘルメが腕を組みながら視界に出現し、

『わたしも閣下のお尻《しり》の中で生活をしていましたから、詳《くわ》しくは知らないですね。そもそもお尻の教育――』

いつものお尻に纏《まつ》わる変な蘊蓄《うんちく》を語り出したのでシャットアウト。そして、彼女たちが師匠のことを話すので否《いや》が応でも……思い出す。今、師匠たちはどうしているだろうか。いつもの日課に槍の訓練をしているのかな。レファ用の弓をもう仕上げた頃《ころ》かも知れない。ラグレンと一緒に酒を飲んでいたりして……畑、薬作り、鍛冶《かじ》、趣味《しゅみ》の将棋《しょうぎ》のような駒《こま》を作り、『これは悪手だ』とか独りでぶつぶつ言っているかもな。あの頃は激しい訓練の毎日だったが、新しい発見の毎日で面白《おもしろ》かった。懐《なつ》かしい……会いに戻《もど》るのも面白いかも知れない。ロロディーヌに乗り、エルフの国がある場所を迂回《うかい》しつつ山間部を越《こ》えてマハハイム山脈の高原地帯を目指すか？　しかし、師匠がくれた地図はもうない。だから、ある程度は頭に入っているが……ゴルディーバの里をピンポイントで探すとなると、それなりに時間が掛かるだろう。あの沼《ぬま》、崖《がけ》、森林、山、隘路《あいろ》の大いなる自然地帯。「シュウヤ、綺麗《きれい》な怪物《かいぶつ》女性はまだ動いている！」とレベッカの甲高い女性声で過去の光景から呼《よ》び戻

された。「やはりまだ生きているか」四眼ルリゼゼは、眼と口から出血。左の胸に岩の破《は》片《へん》が突き刺さっていた。隠し剣《氷の爪》が穿った鳩尾には、当然、穴が空いている。ルリゼゼは必死に立ち上がろうとした、が、足や手が震えて思うように動かない。その再び倒れたルリゼゼに近寄った。

「ルリゼゼ、勝負はついたな」

「ぐ……ぐぁ」

喋ろうとした彼女は勢いよく吐血《とけつ》した。胸、人でいう肺の位置に岩の欠片《かけら》の一部が、鎧《よろい》を突き抜けている。「我、負けっ、ぐふぁっ」と俺は片膝をさげて、

「もう喋るな――」

アイテムボックスから高級回復ポーションを数個出す。

殺し合いの結果だが、もう十分だ。自然と助けようと行動を起こしていた。

「……最初は痛むが、我慢《がまん》しろ？」

突き刺さった岩の破片を右手で掴みつつ素早《すばや》く引き抜く。

「ぎゃぁ」

と、悲鳴を発したルリゼゼに回復ポーションをかけた。

人の唇《くちびる》と似ている桃色《ももいろ》の唇を無理に指でこじ開ける。

折れた鮫歯を数本取り出してからポーションのお猪口《ちょこ》の部分を傾《かたむ》けつつ、そのルリゼゼの口の中へとポーションを飲ませてあげた。

「――ゴホッゴホッゴファッ」

と、ルリゼゼは咳《せ》き込《こ》んでしまう。が、左胸と鳩尾の鎧の穴から覗《のぞ》かせていた出血は止まっていた。傷は塞《ふさ》がったかな。一応、上級の《水 癒《ウォーター・キュア》》を念じ発動。ルリゼゼの頭上に魔《ま》法《ほう》の水塊《すいかい》が出現。その水塊は崩れて散るや細かな水滴《すいてき》シャワーとなって四眼ルリゼゼの全身に降り注いだ。ポーションにより傷は癒《い》えたから、この水魔《みずま》法《ほう》の回復は余計かも知れない。ま、念のためだ。ルリゼゼの咳《せき》が止まる。

「……助かったの、か?」

四眼ルリゼゼは低い口調でたどたどしく語りながら四つの眼を目まぐるしく動かす。

そして、ゆっくりと大柄《おおがら》な上半身を起き上がらせた。

「そうだ。助けた。魔族か分からない種族でも、ポーションとか回復魔法は効くんだな」

「光属性以外なら何でも効く。しかし、我は魔眼〈魔靭・鳴神〉を解放して負けたのか。

そして、殺されず助けられた……屈辱《くつじょく》だが不思議と心が澄《す》み切って気持ちがいい」

清々《すがすが》しい顔色だ。壮絶《そうぜつ》な武術を使った殺し合いの結果だが、憎《にく》しみとは違う何かを感じたのはルリゼゼも同じらしい。しかし、心が澄み切って気持ちがいいか。

言い得て妙《みょう》だ。何かではなく、その通りだと思う。さて、本題に入る。

「……ところで、もう一度問うが、ここで魔宝地図を使用していいよな？」

「ふ、構わん、好きにするがいい。わたしも魔宝地図の戦いは見たいが……」

「邪魔《じゃま》はするなよ？」

「そんな無粋《ぶすい》な真似《まね》はしない、偉大なる強者シュウヤよ……」

ルリゼゼは四眼を震わせながら語ると、俺の顔を一心に見つめてきた。その四眼を見ながら「分かった。信用しよう」と発言。すると、ルリゼゼは笑顔《えがお》を作る。良い笑みだ。

俺も自然と笑顔になったところで、「では少し皆《みな》と話をする」と、発言。

「承知した」

ルリゼゼの言葉に頷いてから、皆のところに戻り、

「魔宝地図を置く許可がおりた。皆、戦闘《せんとう》準備」

「うん。けど、四眼のルリゼゼはどうするの？　助けていたけど……」

「見学するらしい」

ルリゼゼは岩の椅子《いす》に座《すわ》っている。レベッカが蒼い双眸《そうぼう》で睨《にら》みながら、

「信用できるの？　守護者級と戦っている時に、厄介《やっかい》な敵が増えるのは、勘弁《かんべん》なんだけど」

と、発言。俺は頷いて、

「それはないと思う。ルリゼゼは、俺に合わせて二つ目と二つの腕だけで戦おうとしてきた。見た目と違い、できるだけ対等な立場で真剣勝負をしたい純粋《じゅんすい》な武闘派《ぶとうは》だ」

「粋《いき》な女、素晴らしい戦闘民族です。興味が湧《わ》きました」

ヴィーネの発言だ。壁際《かべぎわ》で休む四眼ルリゼゼを見ていた。強者と女性を尊重するダークエルフには、魔族の四眼ルリゼゼと相性《あいしょう》が良いかも知れない。

「名前は今言ったようにルリゼゼが名だ。魔族のシクルゼ族と語っていた」

「シクルゼ族のルリゼゼ。剣術は凄かった」

「おう。では、地図を設置するとして、この間と同じように守護者級は俺が対応しよう。皆は他のモンスターに対処してくれ。いいな？」

「「はい」」

「了解《りょうかい》」

「納得《なっとく》はしていないからね！　わたしはルリゼゼの反対側で蒼炎弾《そうえんだん》を用意しておく」

レベッカは俺を真面《まとも》に斬ったルリゼゼが怖《こわ》いようだ。ま、四眼に四腕。魔界《まかい》の言語は分からないし、怖いと思う気持ちは分かる。すると、真剣な表情を浮かべたエヴァが、

「ん、レベッカ、心配しすぎ、向かってきたら緑皇鋼《エメラルファイバー》の金属で穴だらけにする」

エヴァは光魔ルシヴァルの〈筆頭従者長《選ばれし眷属》〉の一人としての能力を活かすように目尻《めじり》から

頬《ほお》にかけての皮膚《ひふ》の表面に血管を浮かせていた。

レベッカは「う、うん」とエヴァの表情を見て少し怯《おび》えていた。そのエヴァは気にせず、魔導車椅子《まどうくるまいす》を変化させた。両足の踝に小さい車輪を付けたversionだ。

その車輪を活かしてスイスイと浅い湖を軽《かろ》やかに移動。砂と湖に一対《いっつい》の車輪の跡《あと》を作る。

無敵なヒーローを連想させるローラー滑《すべ》りを行うと華麗に横回転――。

金属の足の裏から金属の杭《くい》が出ているのか、地面に小さい穴ができていた。

エヴァの機動に感動を覚えながら魔宝地図を持って浅い湖を進む。

湖の水を弾《はじ》くゴルゴダのブーツは優秀《ゆうしゅう》だ。革鎧服のほうは穴が空いたが。そして、ルリゼゼとの衝突により中央の岩の一部は削《けず》れて散らばっている。魔宝地図の指定場所は……ここだ。振《ふ》り返《かえ》った。

仲間たちの姿を確認《かくにん》。すぐ後ろに、ミスティの操《あやつ》る金属の簡易ゴーレムが仁王《におう》立ち。

左に盾《たて》前衛の黒沸騎士《ふっきし》ゼメタス、右に、赤沸騎士アドモスが骨盾と剣を構えて立つ。

少し離れた左の後方に強襲《きょうしゅう》前衛のユイ。右側にはカルードが魔剣ヒュゾイで構えている。中衛には黒豹《くろひょう》ロロディーヌだ。首と胴体《どうたい》から無数の触手《しょくしゅ》を出している。

丸い触手の先端が無数に宙を泳ぐ姿は迫力《はくりょく》があった。

そのロロディーヌは姿勢を低くして獲物《えもの》を虎視眈々《こしたんたん》と狙《ねら》う姿勢となる。

隣《となり》には、翡翠の蛇弓《バジユラ》を構えたヴィーネが立つ。

後列にエヴァ。体から紫色《むらさきいろ》の魔力《まりよく》を放出させつつ体が浮いていた。

金属の足から瞬《また》く間《ま》に魔導車椅子に変化させる。

両足を載せる踏《ふ》み板《いた》、車輪にリムが備わるオーソドックスな魔導車椅子だ。

周囲には緑色の金属の刃《は》も浮いている。

エスパー・エヴァと呼びたくなる格好だ。

ミスティは、その浮いているエヴァの後ろに立つ。

簡易ゴーレムはミスティと距離が離れた位置だが、ミスティ的に支障はないようだ。

レベッカは最後尾《さいこうび》の位置。グーフォンの魔杖《まつえ》を持ちつつ周囲に蒼炎弾を五つ浮かせている。

グーフォンの魔杖の周りにも蒼炎弾を作っては、蒼炎弾でお手玉を披露《ひろう》するように遊んでいた。そんな遊びをしつつも時折ルリゼゼを見る。

レベッカはルリゼゼを警戒《けいかい》しているようだが、そのルリゼゼは平然とした雰囲気《ふんいき》だ。

岩の壁《かべ》を削って作られた椅子に座りつつ、こちらの様子を眺《なが》めていた。

ルリゼゼは俺たちの味方をしてくれるような気もする。

「それじゃ、置くぞ——」

あとがき

16巻を買って頂きまして、ありがとうございます。誤字があったらすみません。誤字報告はＷｅｂの「小説家になろう」の感想欄か、健康のマイページの活動報告&メッセージに下さい。「カクヨム」でも待っています。他にも健康に熱い気持ちを伝えたい方も待っています。なるべく応えるように努力はします。

それでは今巻16巻の見所を。まずはなんといっても、表紙のシュウヤの一騎駆けでしょうか。シュウヤを乗せた神獣ロロディーヌの躍動感が半端ない。神獣ロロディーヌに騎乗したシュウヤが、邪界ヘルローネで争う魔族と邪族の戦場を駆け抜ける。魔槍杖バルドークを巧みに振るう〈豪閃〉！　その〈豪閃〉で邪族と魔族を薙ぎ払いつつ駆け抜けるシーンを見事に描いてくれた市丸先生に感謝しています。その16巻の表紙を見ていると、表紙からロロディーヌに乗ったシュウヤが飛び出してくるようにも見えました。さて、飛び出てくる……と書いたところで少し脱線しますが、将来的に本の表紙が肉眼で立体視でき、アニメーションで展開されるような技術ができたらいいと思いませんか？　iPad的な機械端末が進化すれば、数百年と待たずとも、わりと近い未来で可能になるかも？　なお、SONYが肉眼でゲームなどを立体視しながらプレイ可能となるデバイスを開発中らしいので、個人的にはぜひ、近年内の実現に期待したいです。

さて、作品のことに話を戻すと、ストーリー上の見所としては、シュウヤによる敵との一騎打ちが連続して続くシーンが気に入っています。一騎討ちの連続は、Web版にはない書籍版16巻のオリジナル要素でもあります。新技〈白無穿〉なども現状は本巻のみ。

そのほか、シュウヤとルリゼゼの絡みも見所でしょうか。この戦いも、いろいろWeb版から加筆しておりますので、あとがきから読んでおられる方は、是非本編を楽しんでいただけたら幸いです。ちなみに強者と強者の戦いは、私の大好きな要素でもあり、書籍でもWeb版でも、いつもワクワクしながら書いています。かつての格闘技界の名シーン、高山善廣vsドン・フライは今でも記憶に残っていますしね。あの時の「本当にカッコいい」二人に習って、今後も精進して、「強者と強者の戦い」を描いていきたい所存です。

次は、最近鑑賞した映画の話を。最初に挙げたいのは『孤狼の血 LEVEL2』。前作はレンタルで鑑賞済みでしたが、やさぐれた刑事を演じた役所広司の演技力が半端なく、ぐっと引き込まれた良作でした。昭和感満載な雰囲気も良かった。が、今作は前作に及ばず。エンタメとしては面白いですが、あえてあまり深くは語らないでおこうかと……。さて、次の映画は『シャン・チー　テン・リングスの伝説』。カンフーアクションたっぷりのマーベル映画として楽しめました。ただ、一度くらいは日本人が主役のマーベル作品も観たいなぁといつも思いますね。ちなみに、その日本人の真田広之が出演している『モータルコンバット』の映画も観たい。いつかレンタルかBlu-rayを買おうと思います。

そういえば、そんなレンタルで観た『薬の神じゃない！』は、実に面白かった！　中国で実際に起きたニセ薬品事件を題材とした作品なのですが、この虚実入り交ざったコロナ下の現状と、とかく利益優先の製薬会社、という構図が重なりましたね。きちんと病気に効く薬を、可能な限り安く患者に提供することが大原則であるべきなのに、命よりも利益を優先する製薬会社の姿が、まさに悪魔的に見えました。そんな製薬業界、本当に大丈夫なのでしょうか？　まあ、だからこそ私としては、人に本来備わるという「自然免疫」を信じたいところです。そう、感染症を打ち負かすことに役立つ天然自然の白血球や免疫反応を、ペンネームに選んだ「健康」の名を信じます（笑）。

ＮＫ細胞（ナチュラルキラー細胞）と呼ばれる細胞は侵入した悪い細胞を倒すとされていますからね。そして、『地獄への道は善意で舗装されている』と言うように、政治的な意味での「善処」として導入されたCovid-19ワクチンは、治験不足だと言われ続けて久しい。要するに急ごしらえの人工抗体。私も現代人として、現代科学は一定まで信じていますが、昨年のダイヤモンドプリンセス号の辺りから情報が錯綜して怪しいことばかりです。どんな情報も鵜呑みせずにいろいろ調べるんですが、そうすればするほど、マスコミが信じられなくなってきます。右も左もすべてがグル。ＳＤＧＳなどを含めた陰謀論、これはＣＩＡが作った造語だとも。なるほど、的を射ている。真実を封じる言葉は便利ですね。そして、他にもインフルエンザがコロナに合わせ急に消えたことも怪しい。やはり、コロナ関連は茶番ではないかとも思えてきます。マスクは半ばファッション化（笑）。対策は手洗いとうがいを基本にし、コロナは五類認定が妥当では？　健康的な食事と睡眠。自然農法で栽培され、ちゃんと「葉に虫がついた」農薬が使われていない野菜などを食べることが肝要！　ドヴァキンが飲んだ蜂蜜酒も飲むようにしよう（笑）

　わたしは日本人による日本人のための政治が行われるように願います。

　さて、こういったきな臭いお話はこれくらいで。続いて、恒例の謝辞に移ります。

　担当様、市丸先生、関係者の方々、今回もお世話になりました。常に感謝しております。「槍猫」世界を構築するための文章力をもっと上げたいです。そして、槍猫を楽しみにしてくれている読者にも強い感謝の思いを送ります。本当にありがとう。残り少なくなった本年も、「にゃぉぉぉ」と元気な相棒の声が皆さんの心を温めてくれますように。

２０２１年９月　健康

小説第③巻は2022年1月発売!
作画 大前貴史
原作 明鏡シスイ
キャラクター原案 tef
1
信じていた仲間達にダンジョン奥地で殺されかけたが
ギフト『無限ガチャ』で
レベル9999
元パーティーメンバーと世界に復讐&『ざまぁ!』
週刊少年マガジン公式アプリ
「マガポケ」にて
好評連載中!!
コミックス①巻も
好評発売中!
作画:大前 貴史
原作 明鏡シスイ キャラクター原案:tef

信じていた仲間達にダンジョン奥地で殺されかけたが
ギフト『無限ガチャ』で
レベル9999の仲間達を手に入れて
元パーティーメンバーと世界に復讐&
『ざまぁ!』します!
「小説家になろう」
四半期総合ランキング
第1位
(2020年7月9日時点)
①〜②巻
好評発売中!!
レベル9999で
圧倒的無双!!!!!!
明鏡シスイ
イラスト/tef

HJ NOVELS
HJN21-16

槍使いと、黒猫。 16

2021年10月19日　初版発行

著者——健康

発行者—松下大介
発行所—株式会社ホビージャパン
〒151-0053
東京都渋谷区代々木2-15-8
電話　03(5304)7604（編集）
03(5304)9112（営業）

印刷所——大日本印刷株式会社

装丁——木村デザイン・ラボ／株式会社エストール

ISBN978-4-7986-2628-4　C0076